KB176422

연두빛 바람

백동호 지음

연두빛 바람

2016년 07월 07일 초판 발행

지은이 백동호
펴낸이 배수현
디자인 유재헌
홍 보 배성령
제 작 송재호

펴낸곳 가나북스 www.gnbooks.co.kr
출판등록 제393-2009-12호
전 화 031-408-8811(代)
팩 스 031-501-8811

ISBN 979-11-86562-34-5(03800)

- 가격은 뒤 표지에 있습니다.

- 잘못된 책은 구입하신 곳에서 교환해 드립니다.

비록 운명이 허락지 않아서 함께하는 시간을 길게 갖지 못했지만 언제나 영혼의 동반자였던 나의 일란성쌍둥이 형제의 영전에 이 책을 바칩니다.

사마천은 이미 2천 년 전에 '세상일처럼 뜻대로 되지 않는 것도 없다.'며 깊은 탄식을 했습니다. 뜻대로 되었거나 혹은 뜻대로 되지 않았더라도 인생을 긍정적으로 보았던 모든 이들에게도 이 책을 바칩니다.

가정의 소중함을 새삼 일깨워 준 나의 아내 손재은, 큰아들 민석, 작은아들 산에게 사랑과 고마움을 이 책에 남겨두고 싶습니다. 그리고 제게 큰 힘이 되어 주신 손의영 선생님과 변치 않은 우정을 보여준 인광요양원 정 원장님에게도 감사를 드립니다.

이 글에는 대부분의 실존인물이 실명 또는 가명으로 등장하지만, 말 그대로 소설입니다. 따라서 이 소설 속에 벌어진 모든 사건에 대해서 경찰이 진술을 요구할 경우 아무런 할 말이 없다는 것을 미리 밝혀둡니다.

백동호

차례

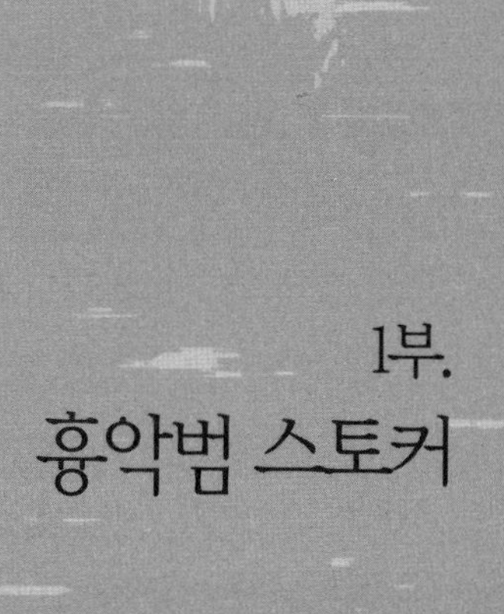

1부.
흉악범 스토커

❖

어둠은 아직 물러가지 않았지만 여명이 차츰 세력을 더해가는 창밖에는 소담스러운 함박눈이 내리고 있었다. 사흘째 간간이 계속되는 눈이었고 내일은 2005년 크리스마스 이브였다.

병원 앞 밀감 빛 가로등이 배터리를 다해가는 플래시처럼 차츰 빛을 잃어 가고 있었다. 어디선가 잔기침을 하며 깨어난 자동차가 눈이 쌓인 이면도로를 까치발 고양이 걸음으로 살금살금 지나갔다. 아직 아침이 배달되지 않은 겨울세상은 이렇게 고요하고 평화로웠다.

하지만 마음의 불지옥을 겪으며 밤을 꼬박 새운 백동호는 무서운 분노, 번쩍이는 눈은 닥치는 대로 물어뜯고 할퀴고 발광을 하다가 마침내 자신까지 내던져버릴 만큼 광기로 빛나고 있었다. 병실 침대에는 임신

중이었던 아내가 검푸르게 멍들고 이곳저곳이 찢겨 처참하게 부서진 얼굴로 잠들어 있었다. 모진 놈 곁에 있다가 벼락 맞더라고, 화초처럼 곱게 자란 여대생이 졸업을 한 학기 남기고 험한 과거의 소설가와 결혼했다. 그리고 어두운 운명의 탁류에 속절없이 휩쓸려 버린 것이다.

싹수가 떡잎부터 벌레 먹은 범죄인생 꿈나무였던 백동호는 칼 물고 뜀박질하듯 위태로웠던 객지생활에 죽을 고비도 여러 번 겪었다. 그때마다 적어도 상대방의 입장에서 생각하면 충분히 그럴만한 까닭이 있었다. 하지만 이번 일은 정말 아무 잘못도 없었다. 당연하게 서로 그냥 지나쳐가야 할 대형트럭이 갑자기 중앙선을 넘어 달려와서 충돌한 심정이었다.

어젯밤 연립주택 건물 현관에서 엉망으로 부서진 아내를 허벙저벙 들쳐 업고 자동차에 태울 때 엉덩이를 받힌 손으로 뜨뜻하고 끈적끈적한 피가 계속 흘러내리고 있었다. 백동호는 직감적으로 태아가 잘못되고 있음을 깨달았다. 가슴이 타들어 가던 그때의 심정을 무엇으로 표현할 수가 있으랴. 병원을 향해 자동차를 몰면서 애타고 간절한 눈물로 기도했다. '주여! 제발 저의 아내와 태아를 무사하게 해주세요.'

다행히 아내는 생명에 지장이 없었지만 유산으로 인한 부부의 상심은 이루 말할 수 없었다. 인간 세상의 모든 상처가 치유되어도 자식을 잃은 상처는 낫지 않는다. 그 아픔은 누구와도 나눌 수가 없다. 나는 이 좋은 세상에 태어나보지도 못하고 하늘나라에 먼저 가버린 건강했던 태아와 무참하게 부서진 아내에게 영원히 돌이킬 수 없는 죄인이 되었다. 백동호는 입원실 창가 대형유리창에 머리를 세차게 들이 받아서 얼음인간으로 조각조각 깨져버리고 싶었다.

흉악한 세상(교도소)에서는 가장 흉악한 놈이 영웅이다. 살인무기수 출신 스토커 진상철은 청주교도소 독거사동에서 징역을 살던 애송이 시절, 김대두(1970년대 연쇄살인마)와 우범곤(1982년, 경남 의령에서 4개 마을을 돌아다니며 주민 62명 사살, 33명에게 중경상을 입힌 순경)을 영웅으로 칭송했다.

그 후에는 지존파, 막가파, 유영철 등의 사건이 벌어질 때마다 감방에서 대리만족을 느끼며 전율할 흥분으로 잠을 못 이루었다. 복수도 중요하지만 더 이상 무고한 사람 피해가 생기기 전에 잡아야 한다.

진상철은 체포되면 나의 아내가 임산부인 줄 몰랐다고 주장하겠지. 이것은 법적으로 단순히 폭력사건이며, 아무리 악의적으로 죄명을 씌워도 죄명은 준강도에 불과하다. 놈은 필로폰을 상습으로 투약하고 있으니 그것까지 합해도 징역 5~7년 남짓이다. 흉악한 놈 가슴에는 고드름이 녹지 않는 것. 진상철은 제 잘못을 생각지 않고 출소 후 복수를 시도할 것이다. 그때는 더욱 감당하기 어려워진다. 경찰은 근본적인 해결책이 아니다.

백동호는 어금니가 튀어나오도록 이를 악물고 병실을 바장바장 서성거렸다. 만약을 위해 진상철에 대해 충분히 조사를 해두었다. 가족을 납치해서 자신의 요구사항을 관철시키려고 협박할 가능성이 있기 때문이었다. 진상철은 평소 사람을 만나고 다닐 때는 대포차 에쿠스를 타고 다녔다. 그리고 아무도 모르는 스타렉스 3밴이 더 있었다. 밀린 세금이나 과태료를 조사했고, 모두 납부해서 수배가 되어 있지 않은 대포차였다. 백동호는 자동차 2대에 진즉 위치추적기를 설치했다.

영화 실미도의 원작소설 등 몇 권의 베스트셀러를 집필한 백동호는 담당검사가 인정한 대한민국 최고의 금고털이 출신이었다. 진상철의 자동차에 위치추적기를 감쪽같이 설치하는 것쯤은 어렵지 않았다. 진상철은 백동호가 스타렉스 3밴은 존재를 모르는 것으로 생각하고 있었다. 개조된 화물칸에는 갈아입을 옷이나 간단한 생활도구까지 갖추어져 있었다.

막상 이렇게 변을 당하고 생각해보니 예정된 수순의 비극이었다. 기대는 번번이 빗나가지만 불길한 예감은 대부분 적중하는 것이 인생이다. 누구 하나는 죽어야만 이 상황이 끝난다는 것은 단순히 불길한 예감 정도가 아니라 확신이었다. 백번 벼르지 말고 한번 치랬다고 덧거친 상황에 바질바질 애를 끓이며 구멍수를 찾으려고 노심초사하는 것보다 상황을 보아서 살인까지 염두에 두고 있었다.

하지만, 살인이 말이나 생각처럼 쉽게 실행할 수 있는 것은 아니다. 내가 떳떳하니 설마 무슨 일이 있겠는가. 핑계를 대며 차일피일 지나치게 망설이는 동안 순식간에 일이 터지고 말았다.

사건이 벌어진 어젯밤은 눈보라가 치고 있었다. 백동호는 가족(임산부 아내, 2살 된 아들)과 함께 김포공항 이마트에서 쇼핑을 하고 돌아왔다. 1시간 전에 검색해본 진상철의 운행 중인 에쿠스는 마포에 있었고, 스타렉스는 일산의 장기주차장에 머물러 있었다. 백동호는 별 생각 없이 샤워를 했다. 아내 손재은은 잠이 든 어린 아들을 침대에 눕힌 뒤, 핸드폰을 자동차에 두고 온 것을 깨달았다. 남편이 혼자서는 절대 외출을 하지 말라고 했지만 연립주택 3층에서 계단만 내려가면 바로 1층에 주차장이 있다.

손재은은 얼른 갔다 올 작정으로 계단을 내려갔다. 그리고 자신의 집 우편함을 뒤지고 있는 낯선 남자 진상철과 딱 마주쳤다. 진상철은 백동호 가족에 대해 모두 알고 있었지만 그녀는 아직 남편의 스토커를 직접 만난 적이 없었다. 그녀는 어째서 우리 집 우편물을 당신이 모두 꺼내가는 것인지 추궁하고 싶었지만 달리는 도둑은 무섭지 않아도 우뚝 선 도둑은 무섭다. 당당한 사내의 기세에 질려서 한마디도 나오지도 않았다. 사람이 그렇게 무섭게 느껴지기는 처음이었다.

진상철은 자신의 행위를 들킨 것이 화가 났다. 상대가 그토록 증오하는 백동호의 아내였고, 연약한 몸집에 주변에는 아무도 없었기 때문에 만만하기도 했다. 잠시 침묵이 흘렀으며 진상철은 도둑놈이 개 꾸짖듯 낮고 위협적인 목소리로 말했다.

“뭘 봐? 나 도둑놈 아니니까 비켜!”

서민 연립주택이라서 본의 아니게 손재은의 위치가 계단 옆 좁은 우편함 통로를 가로막고 있었던 것이다. 진상철은 대단한 존재인 자신이 비키라고 했는데 감히 그대로 버티고 서 있는 하찮은 여자가 괘씸했다. 더구나 필로폰에 취한 상태라서 분노가 증폭되고 있었다.

그녀는 사내가 살벌한 표정으로 우쭐우쭐 다가오자 도망치려고 몸을 돌렸다. 진상철은 순간 머릿속에 상대가 소리치며 뛰어가면 골치 아프다는 불길한 번갯불이 번쩍 스쳐갔다. 재빠르게 달려들어서 목을 휘어 감았다. 다른 손으로는 입을 틀어막았고, 아랫다리를 걸어 세차게 넘어뜨렸다. 사람은 작은 고통에는 비명을 지르지만 큰 고통에는 숨조차 쉬기가 힘들다. 게다가 몹시 당황한 상태였다.

그녀를 쓰러뜨린 진상철은 지난 몇 개월간 백동호에게 켜켜이 쌓여온 증오를 그의 아내에게 대신 쏟아내기 시작했다. 필로폰의 가장 큰 특징은 무슨 일을 하던 효과의 극대화, 집중력이다. 사탕을 먹으면 단맛이 열배나 되고, 게임이나 섹스를 하면 무아지경으로 12시간 이상 쉬지 않고 계속할 수가 있다. 아무 음악이나 들으면 심금을 울리는 천하의 명곡이다. 지금 진상철은 오직 폭력에 몰두했으며 집요하게 그녀를 짓밟고 걷어차며 부수기 시작했다. 시멘트 바닥에 손재은의 머리가 쿵쿵 소리를 내며 부딪쳤고, 옆구리에 발길질이 쏟아졌다.

그녀는 태아를 보호하기 위해 필사적으로 배를 가렸다. 그러면서도 자신이 죽어가고 있다고 생각했다. 그녀에게 맨 처음 떠오르는 모습은 2살 된 어린 아들이었다. 남편이 부디 좋은 여자를 만나서 아들을 구김살 없이 키워주기를 바랬다. 부모님께 죄송했다. 더없는 사랑으로 키운 딸이 아버지뻘의 남자를 죽어라 쫓아다니며, 결혼해서 가슴에 말뚝을 박더니 이렇게 죽어버리면 얼마나 한이 되실까. 세상에서 자식 때문에 울어보지 않은 부모는 없다지만 너무나 큰 불효였다.

사이코 패스는 상대가 자신보다 나약할수록 자신의 위대한 존재감이 확대된다. 진상철은 좀처럼 폭력을 그치지 못했고 그녀의 얼굴, 머리에서 흘러내린 피가 덩케덩케 모여서 선지로 변하고 있었다. 아마 4층에서 사람들이 아무 것도 모른 채 왁자지껄 내려오는 소리가 들리지 않았다면 더 큰 변을 당했을 것이다. 진상철은 쓰러진 손재은을 그대로 두고 호랑이에게 쫓기는 노루뜀으로 딩금 딩금 도망쳤다.

어느새 훤하게 날이 밝아오고 있었다. 무엇인가에 놀랐는지 소스라치며 잠에서 깨어난 아내는 눈가에 보슬이가 맺힌 채 백동호를 바라보았다. 아무것도 호소하지 않아서 더욱 깊은 슬픔이 엿보였다. 팔자 사나운 강아지 잠만 자면 호랑이가 꿈에 보이더라고, 남편을 잘못 만난 탓에 앞으로도 한동안 악몽에 시달리게 될 것이 분명했다. 백동호도 아무 말 못하고 아내의 손을 가만히 잡아주었다. 잔인한 슬픔에 목젖이 아팠다. 잠시 후면 지방에서 도착하실 장모님을 무슨 낯으로 뵐 것인가.

영화나 드라마는 피해자가 악당의 시달림을 견디다 못해 결국 살인을 저지르거나 가족의 복수를 하는 것으로 묘사된다. 하지만 현실 속에서 가족을 보호하지 못했다는 후회는 아무리 빨리해도 이미 늦어버린 것이며, 인간이 할 수 있는 가장 처절한 복수로도 영원히 피해를 되돌릴 수가 없다. 나는 이미 돌이킬 수 없는 피해를 입었으며 더 이상은 절대로 안 된다.

진상철 같은 야비하고 흉악한 인간은 목구멍을 넘기고 나면 뜨거운 것을 잊는다. 단순히 혼을 내주는 것만으로는 부족하다. 오랫동안 잠들어 있던 야수의 본능이 스물 스물 깨어나고 있는 그는 손톱이 손바닥을 파고 들 정도로 주먹을 꽉 쥐었다.

서해안 고속도로는 함박눈이 그친 대신 비도 눈도 아닌 것이 거지발싸개처럼 지저분하고 미친년 속치마처럼 어수선한 진눈깨비가 푸득푸득 흩날리고 있었다. 서산 톨게이트를 빠져나온 진상철은 대산항 바닷가를 향해 천천히 자동차를 몰았다. 대산항은 불우한 어린 시절 중에서 그나마 좋은 기억을 가지고 있는 곳이었다. 마음이 답답할 때마다 와볼 곳이 여기 밖에 없었다.

무어라 말할 수 없이 착잡했다. 살인무기수로 20년 징역을 살고 출소한 지 이제 4개월이 조금 지났는데 벌써 2명을 살해했다. 하지만 백동호의 아내를 그렇게 만든 것은 고의가 아니었으며 우연이었다. 재수가 없으면 고양이꼬리를 밟아도 호랑이로 변하는 법. 하필 연립주택 현관 우편함에서 백동호 우편물을 꺼내보다가 그의 아내와 마주칠 것은 무엇인가. S도 S같이 못하고 X에 풀칠만 하더라고 이것으로 백동호 가족을 납치하겠다는 계획은 어려워졌다. 아무래도 발떠퀴가 사나운 이번 생에서는 그럴 듯하게 살기는 틀려버린 것 같았다.

한번 떠나온 과거는 결코 돌이킬 수 없는 편도여행, 그것이 인생이다. 그리고 운명의 신은 주어진 시간을 헛되이 낭비하는 사람의 미래에는 덫을 놓는다. 진상철은 지금 빠져 나갈 수 없는 덫에 걸려 몸부림을 치고 있었다.

하지만 추녀 끝의 물은 항상 제 자리에 떨어지는 것. 그는 결코 군던지러운 버릇을 고치지 못하는 인생패배자였다. 모든 것을 남의 탓, 세상

탓, 특히 아무런 연관이 없는 백동호의 탓으로 돌리고 있었다. 이왕에 이렇게 된 것. 백동호를 살려두면 후환이 된다고 생각했다.

강력범죄자가 일정한 주거지에 머물면 불리하다. 때문에 진상철은 주로 찜질방을 이용했으며, 가끔 모텔이나 PC방도 이용했다. 그리고 교도소 빵깐동기의 소개로 위조범에게 각기 다른 주민등록증 3개와 운전면허증도 3개 만들었다. 경찰이 검문을 해도 전혀 의심을 받지 않을 정도로 정교하고 실제인물을 도용한 것이라서 신분조회를 할 경우에도 안전했다. 위조범에게는 자신에게 신분증을 만들어 준 사실을 영원히 잊으라며 웃돈까지 얹어주었다.

경비는 충분하니 두루 여행을 하다가 서울로 올라갈 생각이었다. 그럴 리는 없지만 만약 체포의 위기에 처하면 닥치는 대로 죽여 버리고 자살할 각오였다. 자동차와 주머니에는 최루가스총, 대형 전기충격기, 호신용 삼단강철봉, 회칼 등 여러 가지 무기가 숨겨져 있었다. 교도소에서 만능운동선수였던 그는 굳이 이런 무기가 아니더라도 혼자서 4,5명 정도는 가볍게 감당할 자신이 있었다.

대산항 도로를 한 바퀴 돌고 삼길포를 지나다보니 그 경황에도 단발머리의 청초하게 생긴 여자가 바닷가 횟집에서 술을 마시고 있는 풍경이 눈에 들어왔다. 탁자 위에 놓인 술잔을 보니 혼자 온 것 같았다. 이지랄 같은 날씨에 무슨 사연이 있기에 젊은 여자가 초저녁부터 저렇게 청승을 떨고 있는 것일까. 진상철은 여자의 모습을 계속 돌아보다가 하마터면 핸들을 놓칠 뻔 했다. 나중에 밝혀진 것인데 그녀는 안문희(27

세)였다. 삼길포 앞의 대호방조제를 건너면 10여 년 전부터 건설되고 있는 당진 석문국가산업단지가 나오는데 먼저 입주한 일부 기업들 중 한 곳의 여직원이었다.

그런데 하필 그녀가 술을 마시고 있던 삼길포 횟집을 지나 대호방조제를 자동차로 건너고 있는 진상철은 필로폰 약기운이 떨어지는지 눈이 침침해졌다.

백동호가 강서구 병원에서 해수(咳嗽)에 헐떡증을 겸하고 울화(鬱火)에 물 조갈을 겸한 사람처럼 괴로운 탄식과 고통의 신음을 내뱉을 때, 아직 아무것도 모르고 있는 황용주는 성북동 고급주택가에서 승용차에 몸을 실었다. 오전에는 자신이 도움을 주어야 할 모녀를 만나고, 오후에는 어머니가 돌아가신 정환채 변호사의 상갓집에 들릴 예정이었다. 두 사람 모두 황용주가 가장 힘겨울 때 힘이 되어 주었다.

황용주는 오래 전, 교도소에서 일기를 쓰듯 정환채 변호사에게 편지를 보낸 적이 있었다. 대부분 소실되었고, 일부는 모아 두었는데 그마저 잃어버렸다고 했다. 그리고 얼마 전 집수리를 하다가 낡은 책장 뒤에 떨어져서 먼지를 뒤집어쓰고 있는 것을 우연히 발견했다는 전화가 왔다. 우편이나 소포로 보내주겠다는 것을 모처럼 인사도 드릴 겸 찾아뵙겠다고 했는데 공교롭게 상을 당한 것이다.

하지만 황용주는 선뜻 출발할 마음이 들지 않았다. 어젯밤 일찍 잠이 들었고, 악몽도 꾸지 않았다. 그런데 눈을 뜨자 이상하게 심사가 뒤숭숭했다. 근래에 없던 일이었다. 아무래도 흉악범 스토커에게 시달리고 있는 백동호에게 무슨 일이 생긴 것은 아닐까 찜찜하고 께름칙했다.

황용주는 백동호와 어릴 때 헤어졌다가 중년이 되어 다시 만난 일란성쌍둥이 형제였다. 그들의 삶을 다룬『KBS TV1, 이것이 인생이다(비운의 쌍둥이형제). 2000년 6월 27일 방영』프로그램 제작을 즈음해서 교도소에 있던 황용주에게 백동호가 자주 면회를 갔으며, 비로소 많은 이야기를 나눌 수가 있었다. 그리고 서로의 인생이 너무 측은하고 애처로워서 밤마다 흐느껴 울었다.

그들은 중년이 되어서야 겨우 만났지만 평생 서로를 의식하며 살았고, 서로의 운명이 얽혀서 결정적인 영향을 끼쳤다. 원래 아이가 없는 백씨 집에 양자로 들어가기로 했던 사람은 황용주였다. 그런데 마침 집에 없었기 때문에 백동호가 대신 가서 서로의 운명이 바뀌었다. 그로인해 백동호가 끔찍한 아동학대를 받으며 성장한 것에 대해 황용주는 마음의 빚이 있었다. 하지만 백동호도 여러모로 황용주에 대한 마음의 빚이 있을 수밖에 없는 인생이었다.

그들은 전혀 다른 환경과 장소에서 성장했으면서도 놀라울 만치 일치하는 것이 많았다. 얼굴과 체형이 닮은 것은 일란성쌍둥이로서 당연하지만 팔자걸음, 활자로 된 것은 무엇이던 읽어치우는 독서습관, 상위 0.1%의 지능, 여러 개의 전과, 아마추어 바둑고수, 무엇보다 신기한 것은 다친 시기는 다르지만 턱 밑의 흉터까지 똑같다는 것이다. 그리고 성인이 되어 처음 만났을 때 그들은 같은 색깔의 티셔츠와 같은 모양의 안경을 끼고 있었다. 자신의 또 다른 존재, 거울을 보는 느낌이었다. 정말 아무 것도 없이 서로를 바라보며 면도를 할 수도 있을 것 같았다.

두 사람은 삶의 궤적이 상당히 닮았지만 기구한 운명으로 말하자면 황용주가 한수 위일 정도로 파란만장한 인생이었다. 다행히 운명의 절묘한 배려 덕분에 지금은 상당한 부자로 살고 있었다.

사실은 소설보다 기이(奇異)하다. 황용주는 소설보다 기막힌 사연들이 모인 결과로 에드몽 단테스(백동호가 붙여 준 별명, 소설 몽테크리스토 백작의 주인공)가 되었다. 그러나 억울한 세월을 되돌릴 수 있다면 지금의 재산은 미련 없었다.

황용주는 경제적으로 얼마든지 도울 마음이 있었지만 백동호는 소설가로 충분히 밥벌이를 했다. 자신의 힘으로 번 돈이 아니면 길가의 개똥도 쳐다보지 않는 고지식한 생활을 하고 있는 중이었다. 글을 쓰는 데는 쾌적한 환경이 중요할 것 같아서 좋은 집이라도 한 채 사주려고 했다. 그랬더니 머지않아 귀농할 것인데 서울에 무슨 집을 사서 이사를 하겠냐며 일언지하에 거절당했다. 황용주는 자신의 호의조차 받지 않는 백동호가 서운하기보다는 든든하고 자랑스러웠다. 뜬금없이 교회도 다니고 있으며 불우이웃들을 위해서도 적지 않은 돈을 쓰고 있는 것 같았다.

황용주는 백동호가 귀농을 해서 자리를 잡고 은둔생활을 시작하면 자신도 한국생활을 청산할 작정이었다. 그들은 이제 50줄에 들어선 사내였으니 각자의 삶을 찾는 것이 옳았다. 사실은 진즉부터 평생의 상처로 얼룩진 땅을 뒤로하고 이민을 가고 싶었다. 오라는 사람도 있었다. 그런데 사랑하는 여인에게 아직도 청혼을 허락받지 못했다. 그리고 어떻게 만난 형제인데 차마 두고 떠날 수가 있겠는가. 힘겨운 작업이지만 백동호의 조언을 들어가며 쓰고 있는 글이 있는데 그것도 마치고 싶었다.

어쨌거나 황용주는 침대에서 일어나자마자 시작된 뒤숭숭한 마음이 가라앉지 않았다. 아직 이른 아침이었지만 백동호에게 전화를 해보았다. 그리고 통화를 마치자 똥으로 속을 넣은 만두를 씹은 표정으로 자동차에 올랐고, 강서구 병원을 향해 차를 몰았다.

진눈깨비가 그친 서해바다에 칙칙한 가래침 빛깔의 노을이 지고 있었다. 후련한 바다가 보고 싶어서 찾아왔지만 하늘도 바다도 온통 오물을 머금고 있는 것 같았다. 바람은 병든 노인의 기침소리 같았다. 진상철은 한적한 도로 가장자리에 자동차를 세웠다. 주변에 인적은커녕 지나가는 차량도 없었다.

진상철은 운전석에 앉은 채 지갑에서 가로 20Cm 세로 5Cm의 직사각형크기로 자른 은박지와 필로폰이 든 작은 비닐봉지를 꺼냈다. 그로브박스(다시방)에서 은으로 된 담배파이프도 꺼냈다. 준비동작이 마치 종교의식을 거행하는 것처럼 경건하고 조심스러웠다.

진상철은 은박지를 U자 형태로 길게 접은 뒤 밑 부분에 라이터 불을 켜서 이리저리 움직였다. 은박지에 묻은 손자국과 불순물을 타며 회색연기와 함께 약간 고약한 냄새가 났다. 그렇게 완전히 소독된 은박지 위에 1회 주사량 10배 정도의 분량의 필로폰을 올려놓았다. 지금부터 벌어질 상황을 잘 알기에 성마른 가슴이 쿵덕쿵덕 뛰었다.

은박지 밑에 다시 라이터 불을 대자 투명한 소금덩어리 같은 필로폰이 액체로 녹으며 희끄무레한 연기가 모락모락 올라왔다. 진상철은 파이프를 대고 한 모금이라도 허비하기가 아까운 듯이 숨이 찰 때까지 걸탐스럽게 깊숙이 빨아 당겼다. 약간 쓴맛과 함께 짜릿한 몽롱함이 뒷머리부터 시작해서 온몸의 모세혈관까지 사르르 퍼져나갔다.

쌀 한 톨 보다 작은 부피의 필로폰을 물에 타서 주사를 놓거나 음료수에 섞어 마시는 것은 경제적 여유가 없고 천박한 인간들이나 하는 짓이었다. 진상철은 우아하고 품위 있게 연기로 흡입을 했다.

같은 단맛이라도 인공감미료와 천연벌꿀은 격을 달리 하듯 필로폰 주사는 화학주처럼 독하고 강열한 쾌감이 뒷머리를 강타하고 순식간에 온몸에 전달된다. 그러나 필로폰 연기의 흡입은 격이 다르다. 시작부터 봄바람 꽃향기가 감실감실한 천국을 여유롭게 산책하는 듯 은은한 쾌감이다.

진상철은 중국에 건너가서 필로폰을 제조했다가 국내에서 체포된 두무영감과 함께 징역을 살았다. 시원하게 빛나는 대머리라서 두무(두 귀가 달린 무릎)라는 별명을 얻은 그는 라이벌 조직 후배의 밀고로 체포된 원한을 가슴에 품고 있었다.

이미 70살을 넘겼고, 간암까지 앓고 있는 두무영감은 은혜를 원수로 보답한 후배에게 원한을 갚는 것이 죽기 전의 소원이었다. 진상철은 돈과 함께 평생해도 남을 만큼 많은 양의 필로폰을 주겠다는 조건 때문에 살인청부를 승낙했다. 그리고 출소 3일 만에 깔끔하게 해치웠다. 또 다른 사건은 강간살인이었다.

진상철은 오늘 밤 강간상대를 찾으려고 비아그라까지 먹었지만 백동호 생각을 벗어날 수가 없었다. 개자식! 소문난 X이 잔등 부러졌더라고 예전에는 그토록 멋있게 느껴졌는데 말짱 황이고 허당이네. 좋은 말로 할 때 받아들였으면 저도 좋고 나도 좋은 것을 내가 꼭 이렇게 악을 품어야 한단 말인가.

새삼 백동호에 대한 증오로 와들와들 가슴이 떨려왔다. 진상철은 금년 광복절특사로 대전교도소를 출소할 때만 해도 백동호로 인해 새로운 인생 행복을 찾는 꿈에 부풀어 있었다.

영원히 열릴 것 같지 않았던 동양최대 규모의 대전교도소 육중한 철문을 무려 20년 만에 나서자 바깥 공기는 확연히 달랐다. 바라보기만 해도 위압감이 드는 높은 담장 안은 퀴퀴하고 음습한 늪지대의 답답한 호흡이었다. 그런데 갑자기 하늘과 가슴이 한꺼번에 탁 트인 청명한 날씨, 자유의 향기로 멀미가 나서 코끝이 쐐했고 걸음마저 휘청했다.

대부분 가족들이 교도소 앞에 마중 나와 있었다. 하지만 갑작스러운 출소(광복절특사)라서 미처 연락이 닿지 않거나 아예 가족이 없는 출소자들은 후줄근한 모습으로 정류장에서 시내버스를 기다렸다.

영화에서 보면 교도소를 나서는 사람들은 모두 깔끔한 차림이지만 현실은 다르다. 새벽에 출소하는 만기출소자는 그마나 며칠 전에 사회옷을 세탁 해준다. 그러나 광복절특사처럼 오전 10시 경에 느닷없이 출소하는 죄수들은 공기도 잘 통하지 않는 영치창고에서 오랜 세월 구겨진 채 처박혀 있었던 퀴퀴한 옷을 그대로 입어야 한다. 시내버스에 먼저 자리하고 있던 승객들은 출소자가 타면 어디에서 이렇게 심한 곰팡이 냄새가 나는지 코를 벌름벌름 거리다가 이마를 좁힐 것이다.

아무튼 '초하루가 8개월'(240개월, 징역 20년을 말하는 교도소 용어) 동안 꿈에서나 그리던 삼천리독보권(三千里獨步權)이었다. 아직도 실감이 나지 않은 자유를 한껏 만끽하고 싶었던 진상철은 무작정 터벅터벅 걸었다. 세상은 어리둥절할 만큼 변해 있었다. 호송버스를 타고 교도소에 들어가던 때는 멀리 충남방적 건물들만 덩그러니 있었고, 추수 끝난 넓은 들판에 허수아비가 쓸쓸했는데 지금은 온통 아파트 숲이었다. 거리에 자동차는 왜 그리 많아 졌는가.

진상철은 얼마 걷지 않아서 피곤했으며, 지나가는 택시를 타고 유성온천으로 향했다. 택시가 시내에 가까워질수록 여자, 그 보드라운 짐승들이 20년 전에 비하면 거의 벌거벗은 옷차림으로 늦여름 거리를 활보하고 있었다. 강간살인범 출신의 진상철은 그 모습을 보는 것만으로도 입안의 침이 마르고 가슴이 들렁들렁했다.

행인들은 택시에서 내린 진상철이 설마 안전핀이 빠진 채 굴러다니는 수류탄처럼 위험하기 짝이 없는 인간이라는 사실을 알 리 없었다. 진상철은 근처 재래시장에서 청바지, 반팔티셔츠, 운동화를 사들고 호텔

사우나로 들어갔다.

교도소 목욕은 한정된 물로 수천 명이 사용해야 하기 때문에 탕 속에 들어가지 못한다. 세숫대야로 물을 퍼서 쓰다가 샤워로 그쳐야 하며 목욕시간도 짧았다. 그런데 대리석으로 된 화려하고 웅장한 욕탕, 공기방울이 부글부글 끓어오르는 뜨거운 물에 몸을 푹 담그니 그야말로 나른한 쾌감이 손가락의 모세혈관에서부터 퍼져나가서 온몸을 휩싸고 돌았다. 사람이 목욕 한 번에 이토록 행복해질 수 있다는 것이 새삼 놀라웠다. 나는 이제 차라리 자살을 할지언정 교도소에는 절대로 돌아가지 않을 것이다.

진상철은 지난 세월 무기징역을 살며 밤마다 불공평한 세상을 저주하고 증오했다. 그리고 푼돈이나 강도질 하다가 또 다시 체포되어 교도소에서 뼈를 묻거나 사형장의 이슬로 사라지고 싶지는 않았다. 어차피 X같은 삶인데 출소하면 사람들이나 원 없이 죽이는 대한민국 최고의 연쇄살인범이 되겠다고 굳게 결심하고 또 결심했다. 수많은 살인을 계획하며 잔인한 상상의 힘으로 징역을 버텨냈다.

증기탕에 들어간 진상철은 시간이 길어질수록 목이 타고 두 눈은 열기로 튀어나올 것만 같았다. 가시넝쿨 속에 내던져진 것처럼 온몸을 찌르는 뜨거운 열기를 투지로 이겨내는 동안 무기징역 출소기념으로 묻지마 살인부터 한건 해치우고 싶었다.

하지만 이미 예정된 청부살인이 있었다. 서두를 필요는 없다. 일단 백동호의 자전소설을 확인해보자. 만약 소설 내용이 사실이 아니라 뻥이었다면 사람을 기만한 죄로 연쇄살인의 첫 희생자는 백동호가 될 것이다.

진상철은 지난 1985년 강간살인, 강도, 남편 앞에서 부인을 강간한 사건 등 4건의 범행으로 사형선고를 받았다. 범죄도 유행을 타는 것인지 80, 90년대에는 가족들이 지켜보는 앞에서 부녀자를 강간하는 이른바 가정파괴범 사건이 종종 발생해서 세상을 경악케 했다. 노태우 정권의 '범죄와의 전쟁'이후 가정파괴범은 살인을 하지 않은 소년수(배진순, 김철우 등)라도 사형을 밀어붙이면서 차츰 수그러들었다.

진상철은 다행히(?) 전두환 정권 때 발생한 사건이었다. 게다가 체포된 시점이 만20세가 되지 않은 소년수(훗날에는 만19세)라는 점이 참작되어 항소심에서 무기징역으로 감형되었다.(2살 많은 공범은 사형집행)

인면수심의 진상철은 황당하게도 자신이 정의로우며 의리와 인정이 넘치는 멋진 사나이라고 확신하고 있었다. 세상 사람들은 설마 그럴 리가 있느냐며 수긍하지 않을 것이다. 그러나 진상철 뿐만이 아니라 극악한 범죄자일수록 예외 없이 자신이 특별한 존재이며 정의롭고 인간성이 좋은 사람이라는 자부심을 지니고 있다.

지존파 김현양이 TV카메라 앞에서 '나는 인간이 아니다.'고 자조적으로 한 말의 의미를 제대로 알아들은 사람은 아마도 거의 없을 것이다. 그 말은 '나는 원래 법 없이도 살만큼 착하고 선량한 사람이다. 그런데 세상이 나를 이렇게 짐승으로 만들었다.'는 반어법, 강력한 인간선언이다.

20명의 여성을 살해한 유영철은 수백 대의 카메라 앞에서 세상 사람들에게 이렇게 도덕선생님 같은 훈계를 했다. 『이 일을 계기로 여성들이 함부로 몸을 놀리는 일이 없었으면 하고…… 부유층들도 좀 각성을 했으면 합니다.』

흉악범들이 정의로운 입장에서 동료죄수를 대하는 감방생활은 일일이 예를 들 수 없을 정도로 많다. 교만한 사람일수록 타인의 교만을 용납하지 못하고, 죄악한 사람일수록 타인을 정죄하는데 가혹하다. 진상철은 교도소에서 사소한 일로 동료죄수들을 신랄하게 비난하고 정죄했으며 툭하면 싸움을 벌였다.

기상나팔이 울리면 감방사람들은 점호 때까지 이불을 개고 밤새 참았던 소변을 교대로 본다. 그런데 진상철은 꼭 기상직전에 하나뿐인 변소를 독차지하고 냉수마찰을 했다. 싸움이 될까봐 모두 참고 있었지만 교도소에는 큰아버지를 업어치기로 넘겨 놓고서도 힘이 보배라며 우쭐거리는 패륜아, 감사납기로 내기를 하자면 남에게 뒤질세라 발등 딛고 나설 위인들이 적지 않다. 그중에서 성질 급한 놈이 술값 먼저 내듯 삼수갑산을 가는 잡놈이 기어코 변소 문을 두드렸다.

"야! 진상철. 지금 사람들이 오줌 누려고 기다리는 것 안보여. 냉수마찰은 다른 시간에 해도 되잖아."

진상철은 물기도 닦지 않고 팬티만 입더니 변소를 뛰쳐나왔다. 그리고 돌주먹 한방에 쓰러진 상대를 사정없이 걷어차며 말했다.

"이 새끼야! 감방 변소는 누구나 먼저 차지하는 사람에게 우선권이 있다. 그렇게 급하면 나보다 먼저 일어나서 오줌을 싸면 되잖아."

감방사람들이 이렇게는 같이 못살겠다며 들고 일어났다. 결국 진상철은 혼거방에서 생활하지 못했고, 백동호가 수용되어 있던 독거사동으로 쫓겨 왔다. 하지만 독거사동에서도 사사건건 싸움의 불씨가 되었다. 그런 진상철이 예외적으로 존경을 바치며 깍듯이 섬기는 상대는 오직 한사람 백동호 뿐이었다.

존경의 이유는 간단했다. 백동호가 대한민국에서 가장 솜씨 좋은 20억대의 금고털이였기 때문이다. 1970~1980년대의 범행이었으니 현재의 시가로 환산하면 200억대가 넘는 큰돈이었다.

'좁쌀이 백 바퀴 구르나 호박이 한 바퀴 구르나'인데 진상철이 감방에서 만나 본 도둑이나 강도는 모두 하찮은 의붓국민, 좁쌀인생들이었다. 자신도 4건의 범행을 합쳐서 고작 210만원 때문에 사형선고까지 받았다가 무기징역을 살고 있지 않은가. 그런데 백동호는 군계일학 '호박'이었으며 도토리를 굽어보는 왕밤이었다.

진상철은 '대도' 조세형을 우습게보았다. 젊은 시절 조세형은 동일수법 범행만을 계속 반복해서 출소한 뒤 때로는 2-3개월, 길어도 6개월을 넘기지 못하고 또 다시 체포되기를 반복했다. 환갑이 넘은 뒤에는 듬성듬성 체포되었지만 평생을 교도소에서 보내며 사실상 사회로 잠시 휴가를 다녀온 것이다. 스도(예수 그리스도)형님도 천하를 얻을지라도 제

목숨을 잃으면 아무 소용이 없다고 말씀하셨다. 아무리 많은 돈을 털어도 그것을 쓸 겨를도 없이 금방 잡혀서 평생을 교도소에서 보내면 무슨 소용이 있겠는가.

하지만 백동호는 23살부터 31살까지 8년 동안 한 번도 체포되지 않았고, 금고털이를 당당한 직업으로 여겼다. 조세형보다 훨씬 많은 돈을 털어 화려한 저택에서 살았으며, 승용차가 흔치 않던 시절에 고급 외제 자동차를 타고 다녔다. 밑바닥에서 성공하려는 사내 손에는 핏물 마를 날이 없고, 계집은 사타구니에 물기 마를 날이 없는 것이 세상이치다. 자신도 백동호처럼 한세상 멋드러지게 살고 싶었다.

1994년 백동호가 공주교도소에서 만기출소한 뒤, 그해 출간한 자전 소설을 읽고 진상철은 광적으로 열렬한 팬이 되었다. 한번은 감방죄수들과 소설이 과연 모두 사실인가에 대해서 심리(우김질)가 붙었다. 죄수들은 영화나 소설이 아니라 현실 속에서 이렇게 신출귀몰한 금고털이가 정말 존재할 수 있는지 뻥이 심해도 너무 심하다는 것이다.

실제로 자전소설에는 마지막 금고털이 사건 때 당시 다이알비누 등으로 상당히 규모가 컸던 부산동산유지 사장이 경찰서로 찾아와서 백동호에게 이렇게 말했다. 『내가 하도 신기해서 어떻게 생긴 사람인가 얼굴 좀 보러 왔소. 당신 투명인간입니까. 아니면 마술사요? 곳곳에 설치된 도난경보기는 어떻게 피했고, 10m떨어진 곳에 숙직원이 자고 있었는데 옆 사무실에서 시멘트벽을 어떻게 소리 없이 부수고 들어왔습니까? 쯧쯧쯔……. 당신은 다른 일을 했어도 틀림없이 성공했을 것인데 재주가 참으로 아까운 사람이오.』

진상철은 무조건 백동호 편을 들어서 자전소설이 모두 진실이라고 주장했지만 마음 한구석에는 정말 그렇게 마술사처럼 도둑질을 할 수가 있을까 의심이 생겼다. 신기에 가까운 금고털이 기술은 그럴 수가 있다고 쳐도 가까운 숙직실에서 잠을 자고 있는 직원이 깨지 않도록 시멘트벽을 소리 없이 부수고 들어간다는 것을 불가능하게 느껴졌다. 밤에는 주먹으로 벽을 살짝만 두드려도 소리가 상당히 크게 울려 퍼진다. 그런데 대형 함마로 온 힘을 다해서 후려치지 않으면 단단한 시멘트벽은 부서지지 않는다. 건물이 통째로 무너지는 소리가 날 것이다. 다른 죄수들도 모두 그 내용을 거짓말로 생각했다.

하지만 그것은 사실이었다. 안 되면 되게 하고, 뜻이 있는 곳에 길이 있다. 훗날에는 약간 환경이 바뀌었지만 그 무렵 사무실벽은 대부분 3개의 구멍이 뚫린 가로40Cm 세로20Cm 시멘트블록을 쌓고 그 위에 모르타르로 미장을 한 것이다. 소리 없이 시멘트벽을 뚫는 작업은 일단 사람이 들어갈 적당한 높이를 선정하는 것으로 시작된다. 그리고 의료용 청진기를 대고 조금씩 옮겨가며 손가락 한 개로 조심스럽게 두들겨 본다. 약간의 훈련을 거치면 시멘트블록 중에서 구멍이 나있는 얇은 부분과 두껍게 막힌 부분의 소리를 쉽게 구분할 수 있다.

얇은 부분이 선정되면 독일제 수동식 핸드드릴에 성냥개비만큼 얇은 드릴기리(쇠나 시멘트벽을 뚫는 나사송곳)를 끼워 구멍을 뚫기 시작한다. 독일제 핸드드릴 중에는 톱니바퀴가 돌아가는 곳에 그리스를 잔뜩 채워 넣고 그 위에 캡을 씌워서 손으로 돌리면 작동하는 소리가 전혀 나지 않는 것이 있다.

게다가 성냥개비만큼 얇은 드릴기리가 벽에 구멍을 뚫는 마찰음은 거의 들리지 않는다. 수동식 핸드드릴은 끝을 배에 대고 밀면서 한손으로 손잡이를 돌려 작동할 수가 있다. 다른 손은 용량이 큰 물총으로 구멍을 뚫고 있는 드릴기리에 계속 쏘아주면 작업을 하고 있는 사람에게조차 아무 소리도 들리지 않는다. 그런 방식으로 구멍을 뚫는 시간은 3분 정도이다.

구멍이 뚫리면 그 다음 작업에 들어간다. 특수강철로 된 수동식 니마(삼각형으로 앞부분은 뾰쪽하고 뒤는 넓은 톱니바퀴)를 돌려서 작은 구멍을 넓히는 것이다. 이때도 물총으로 접촉부분을 쏘아주면 젖은 시멘트블록이 깎이는 소리가 거의 나지 않는다. 성냥개비만큼 얇은 구멍을 계란만한 크기로 넓히는데 10분 정도가 소요된다.

다음 단계부터는 체력이 좋아야 한다. 물을 흠뻑 묻힌 손수건을 계란만한 구멍에 넣어서 양쪽을 감싼다. 그리고 '와니 프라이어'(끝이 기역자로 구부러진 초대형 펜치의 일종)를 구멍에 넣어 손수건을 꽉 문다. 그런 뒤, 온 힘을 다해서, 하지만 매우 조심스럽게 뜯어내면 프라이어에 물린 시멘트 부분이 소리를 내지 않고 힘없이 떨어져 나온다.

여기까지만 묘사하자. 아무튼 소리가 거의 나지 않고 주먹 두 개가 들어갈 만큼 구멍을 뚫는 데는 도합 25분, 사람이 여유롭게 빠져나가는 크기가 되려면 80분 정도가 걸린다. 백동호는 이런 식의 모든 범행은 아무에게도 배운 적이 없다. 사법고시를 준비하는 사람 못지않게 열심히 공부하고 연구했으며 많은 실습과 시행착오를 거쳐서 얻은 결과이다. 이런 방식으로 시멘트벽에 구멍이 뚫린 것을 알 리 없는 동산유지 숙직원은 사건현장을 발견하자 '어떻게 이런 일이 있을 수가 있을까?' 직접 눈으로 보고 있으면서도 믿을 수가 없었다고 한다.

어쨌거나 광복절특사로 석방되어서 서울로 올라 온 진상철은 국회도서관, 중앙도서관을 다니며 백동호에 대한 조사를 시작했다. 그런데 중앙일간지들을 아무리 뒤져보아도 금고털이 백동호 체포기사가 보이지 않았다. 역시 자전소설이 뻥인가 싶었고, 실망을 넘어 우롱당한 사실에 참을 수 없도록 분노가 치밀어 올랐다. 마지막 사건이 부산이었으니 혹시 모른다는 생각에 그곳까지 내려갔다.

그리고 1985년 11월 4일자 부산일보에 소설에 묘사된 것과 똑같이 10억대 금고털이 기사가 사회면을 절반이나 채우고 있는 것을 발견했다. 경찰조사로는 9회에 걸쳐 12억을 털었다고 되어 있지만 실제로는 대부분 단독범행으로 20여회에 걸쳐서 20억 원을 넘게 털었다는 자전소설은 이제 의심의 여지가 없었다.

이렇게 큰 사건이 중앙일간지에 보도되지 않았던 것은 바로 전날 한일축구전의 승리로 30여년 만에 월드컵 본선진출 티켓을 따냈기 때문이었다. 대한민국 전체가 열광했고, 엄청난 축제분위기여서 다른 뉴스가 밀려버렸던 것이다. 진상철은 이제 자신의 목숨을 백동호에게 걸기로 결심했다.

적어도 진상철의 입장에서는 백동호가 자신에게 갚아야 할 빚이 있었다. 손가락을 하나쯤 잘라 바치며 충성을 맹세하면 백동호는 의리가 있는 사람이니 한번쯤은 자신을 화끈하게 도와줄 것이라고 믿어 의심치 않았다. 사실 그 빚은 전혀 성격을 다른 것이라서 말도 되지 않는 논리였다. 서푼 빚에 이자가 천 냥이며 갚지 못하면 목숨을 내놓으라는 억지였지만 욕망에 눈이 먼 이기적 인간은 때때로 자신이 보고 싶은 것만 보며 믿고 싶은 대로 믿는다.

미친년도 속옷은 안에다 입고, 신은 발에다 신는다. 멀쩡한 대학교수가 사이비종교에 빠져 목숨을 재촉하는 것은 차라리 측은하기나 하지. 백동호가 자신의 스승이 될 것이라고 믿는 진상철은 치료가 불가능한 정신병자가 속옷을 겉에다 입는 격이었다.

삼길포 단골 횟집에서 홀로 술을 마시고 있는 안문희는 어둠이 내린 바다를 물끄러미 바라보았다. 밀물시간이었고 바람이 심해서 파도가 성난 데모대처럼 물갈기를 휘날리며 달려오고 있었다. 파도의 포말이 하얀 형광으로 부잇한 어둠 속에서 선명하게 드러났다. 그녀는 바다를 바라보며 무심코 머리를 뒤로 넘기다가 잠깐 놀랐다. 긴 생머리에서 갑자기 짧아진 단발머리가 적응이 되지 않고 있는 것이다.

안문희는 서울에서 직장을 다니는 강성식과 주말 연인이었다. 정식으로 상견례를 한 것은 아니지만 양가 부모님도 두 사람 사이를 알고 있으며 당연히 결혼할 것으로 믿었다. 그런데 금년 가을부터 조금씩 이별의 조짐이 보였다. 싸운 것도 아니고, 서운하게 한 것도 없는데 이런 저런 이유로 만나지 못하는 주말이 자주 생겼다. 아무래도 다른 여자가 생긴 것 같았다.

그리고 마침내 '만나서는 차마 말을 하지 못하겠다. 우리 헤어지자'는 간단한 문자메시지를 받은 것은 8일 전이었다. 대학 때 그토록 사생결단으로 좋아한다며 쫓아다녀서 마지못한 척 받아 주었더니 몸도 마음도 불태웠던 6년의 연애 결과가 고작 이것인가. 머리가 멍했고, 도무지 믿기지가 않았다.

이별통보를 받은 그날 안문희는 직장에 연차휴가를 내고 상경했다. 헤어지더라도 이렇게는 아니다. 얼굴을 마주보며 지난 사랑에 대한 예의를 갖추어라. 그런 마음이었다. 하지만 강성식은 이미 자신의 원룸에서 새로운 여자와 달달한 밤을 보내고 있었다.

치가 떨리는 배신감, 인정하기 싫은 질투심, 그리고 동네 놀이터에서 다시는 떠올리고 싶지 않을 만큼 비열하고 지저분한 언쟁이 있었다. 여고 때 수험공부로 중단했지만 어려서부터 7년이나 태권도 도장을 다녔던 안문희는 참다못해 돌려차기로 강성식의 턱을 걷어찼다. 강성식은 겁에 질린 눈으로 뒤로 자빠졌다. 운동을 했다는 것은 들어서 알고 있었지만 그런 모습을 처음 보았던 것이다.

안문희는 다음 날 핸드폰과 미니홈피를 싹 정리했다. 공연히 긴 생머리도 싹둑 잘라버렸다. 그리고 지난 며칠 동안 그 더러운 개자식에 대해서 아무런 미련도 남아 있지 않다고 자신을 설득했다. 너는 이제 과거의 파편조차도 아니다. 그저 지워 버려야할 추억의 더러운 얼룩이다. 하지만 그래도 마음 한구석에는 행여, 혹시 그에게서 전화가 오면 어떻게 하나 걱정 반, 기다림 반이 있었다.

필로폰에 취한 채 백동호 생각에 몰두해 있던 진상철은 움찔하며 눈을 크게 떴다. 삼길포에서 혼자 술을 마시던 여자의 횟집 앞에 세워져있던 빨간색 소형승용차가 옆을 지나간 것이다. 운전자는 보지 못했지만 그 여자가 분명했다. '어쭈! 저것이 지금 음주운전을 하네.'

조수석 좌석 밑에 숨겨 둔 회칼을 꺼낸 진상철은 황급히 소형승용차를 뒤따라갔다. 필로폰에 취하면 대부분 섹스에 대한 갈망이 비정상적으로 극심해진다. 조금 전에는 백동호를 생각하느라 잊고 있었는데 여자를 뒤따라가는 동안 섹스를 하고 싶다는 갈망과 조급증으로 가슴이 꿀렁꿀렁 거렸다.

소형차는 당진으로 접어들자 산업단지 때문에 듬성듬성 세워지고 있는 신흥주택가로 향했고 원룸건물 주차장에 차를 세웠다. 안문희는 곧바로 밤이 들것 같지 않았는지 잠시 망설이다가 원주민 할머니가 운영하는 구멍가게 수준의 작은 슈퍼에서 캔맥주 3개와 마른안주를 사들고 왔다.

차가운 바람이 부는 12월 하순, 밤은 깊어 가고 있는데 가뜩이나 한

적한 동네에 인적이 있을 리 없었다. 그녀가 원룸건물 현관을 열고 들어서는 순간 검은 그림자가 뒤에서 우악스러운 팔이 입을 틀어막았다. 이어서 목에는 섬뜩한 칼끝이 느껴졌다. 그녀는 반사적으로 칼을 겨눈 팔을 잡아 꺾으며 뒷머리로 진상철의 얼굴을 그대로 받아버렸다.

설마 이렇게까지 민첩한 반격이 있을 줄 상상도 하지 못했던 진상철은 턱을 강타 당하자 심한 충격이 왔다. 와락 분노가 치솟았다. 입을 틀어막은 손에 더욱 힘을 주며 팔을 꺾으려는 손을 뿌리쳤다. 그리고 칼 손잡이 밑 부분으로 눈퉁이를 후려쳤다. 안문희는 노란색 별들이 눈앞에서 번쩍거렸다. 쓰러진 옆구리에 구둣발이 날아왔다. 그녀는 이것은 현실이 아니라 꿈처럼 느껴졌다. 아득한 의식 속에서 겨울바람이 요란한 말울음 소리를 내며 달려가고 있었다.

백동호는 진눈깨비가 흩날리는 서울을 빠져 나오면서 티시 히노호사의 '돈데보이' 뚜아에무아 출신의 김은영이 부르는 '에버그린' 등 좋아하는 노래들만 4시간 분량으로 모아 놓은 mp3를 자동차 카세트로 연결해 듣고 있었다. 핸드폰으로 위치추적을 해보니 진상철의 자동차는 지금 서산 대호방조제에 정차하고 있었다.

벌써 저녁 7시를 넘겼다. 부산에서 오시는 장모님이 궂은 날씨로 고속도로에서 차가 막히는 바람에 점심 무렵에야 도착했다. 12시간 교대로 근무하는 간병인들도 구해 놓았지만 장모를 만나고 나서 곧바로 출발을 할 염치가 없었기에 석고대죄를 하다가 늦어진 것이다.

황용주와 만만치 않은 언쟁도 있었다. 진상철을 잡으러가는 것을 알아차리고 혼자 보내지 않으려 했던 것이다. 황용주는 자신과 동행을 하지 않으려면 무술경호원이라도 몇 명 붙여주겠다는 주장을 굽히지 않았다. 백동호는 자신을 믿지 못하냐고 얼굴까지 붉히며 거절했다.

물론 황용주의 말대로 하는 것이 안전하다는 것을 모르지 않았다. 하지만 혹시 일이 잘못되어서 살인이 벌어질 경우에는 경호원들이 목격자가 된다. 시체가 없으면 살인도 없다. 진상철을 생포하는 과정에서 죽게 되면 시체를 감쪽같이 처리할 작정이었다. 나는 마지막 출소 후 남은 인생을 화 한번 내지 않고 악한 얼굴 한번 짓지 않으며 살려고 했다. 행복은 내 것이 되었다가 이렇게 허무하게 사라지고 마는 것일까. 텅 비었던 내 마음의 정원에 아내가 함께 했고, 깊은 사랑을 받았다. 내가 살다가는 빈자리를 채울 아이까지 있으니 그저 고마울 따름이다. 그런데 살인을 하고 나서도 행복할 수가 있을까. 적어도 죄책감이나 불안감에 시달리지는 않을 것이다. 어차피 벌어진 살인이라면 깊은 산속에 묻어버리는 것만으로는 부족하다. 정육점에서 사용하는 소형육절기로 잘게 토막을 내서 불에 태우고 남은 뼈는 쇠절구에 빻아 바다에 뿌려버리자. 화학약품으로 시체를 녹여버리는 방법도 있다. 물론 그런 과정에 대한 흔적도 치밀하게 완벽히 지워야겠지.

백동호는 이런저런 생각을 하면서도 혹시 황용주와 관계된 자동차가 따라오고 있는지 수시로 살폈지만 미행은 없는 것이 확실했다. 이번 일을 해결하고 나면 귀농을 서두르자. 인생의 목표는 남을 이기거나 성공이 아니라 행복하게 사는 것이다. 시골 장터 이발소 주인이 하루에 느끼는 행복의 질과 양은, 대통령이나 재벌에 비해서 조금도 뒤떨어지거나 부족하지 않다. 세상을 보다 많이 느끼고 재미있게 살다가 죽을 때 주변 사람들에게 내 행복에 동참해주어서 고맙다는 인사를 할 수 있다면 가장 성공한 사람이다.

하늘아래 헛되지 않은 것이 없거늘 내 무엇을 더 바라고 쾌분잡한 도시에서 살겠는가. 바람 불어서 파도 잔잔한 때 없고 하늘 울어서 비 아니 오는 날 없는 것. 바람 불고 하늘 우는 일이 지천으로 깔린 도시는 더 이상 싫다.

내가 30중반의 나이에 소설을 쓰겠다며 초등학교 과정부터 공부를 시작했을 때 아무도 나의 성공을 믿지 않았다. 시작이 너무 늦었다는 것이다. 그러나 나는 이혼으로 옥바라지 해주는 사람이 없어서 대학입시 공부는 포기했지만 희망을 잃지 않았고 습작을 계속했다. 마침내 인터넷이 보편화되지 않았던 무렵에는 독자로부터 팬레터를 라면박스로 3개나 받았고, 그 후 다음 카페 팬클럽 회원들만 1만여 명이 넘을 정도로 성공했다. 얼마나 감사한 일인가. 내가 중이 되고 나니 고기가 천하더라고 이만하면 부자가 되었다. 이쯤에서 박수칠 때 떠나자.

이사를 갈 곳은 서울에서 멀리 떨어졌으며 아무 연고가 없어야 한다. 이문구의 농촌소설이 생각나고, 교도소 독방에서 달달 외우며 음미했던 도연명의 귀거래사가 떠올랐다. 도연명은 시골집에 인편으로 보내는 편지의 말미에 이렇게 썼다.

『이 편지를 가지고 간 아이를 잘 대접해 주어라. 그 아이 또한 어느 집의 귀한 아들이다.』

내 비록 도연명과 감히 견줄 수 없는 소인배이지만 그의 호방함과 따뜻한 인간애에 경의를 표하며 귀거래사를 읊조리겠다. 낮이면 소규모의 농사를 짓고 밤이면 소설을 쓰겠다.

백동호의 새 소설은 일란성쌍둥이 형제 황용주가 무기징역을 살며 한 사람의 은인을 만남으로서 변변한 직업도 없이 엄청난 부자가 된 절묘한 사연이었다. 사연을 거슬러서 추적하다보면 황용주와 아무런 상관도 없는 일제강점기 고다마 기관 조선지부에 얽힌 내용까지 취재를 해야 하는데 진상철의 스토킹으로 중단 된 상태였다. 이번에 어떤 형태로든 진상철의 문제가 해결되면 자료조사에 박차를 가한 뒤, 시골로 내려가서 본격적으로 집필을 할 작정이었다.

백동호는 자동차가 횡단보도 신호등에서 멈추자 귀농생각도 함께 멈추었다. 그리고 이번에는 18K로 된 십자가 목걸이를 벗어서 콘솔박스에 넣었다. 마음속으로는 이미 살인자가 된 상황이었다. 앞으로는 교회도 나가지 않을 작정이었다. 백동호의 인생에서 세 번째 버리는 하나님이었다. 설령 지옥에 간다고 해도 상관없었다.

백동호는 교회를 다닌 기간이 얼마 되지 않았지만 어려서부터 기독교와 깊은 인연이 있었다. 조실부모하고 아이가 없는 집에 양자로 들어간 백동호는 끔찍한 아동학대를 받으며 성장했다. 11살 무렵 겨울 어느 날, 양부모에게 죽도록 얻어맞고 간신히 도망쳤지만 갈 곳이 없었다. 어느 신축공사장에 들어가 끙끙 몸살을 앓았는데 새벽에 낯선 사람이 나타나 따뜻한 집으로 데려갔다.

신축공사장은 대전 대동교회 건물이었는데 새벽에 근로봉사를 나온 집사님이 어린 아이를 발견한 것이다. 집사님은 정성을 다해 치료했고, 울면서 기도를 해주었다. 백동호는 그때의 감동을 영원히 잊을 수가 없었다.

훗날 생각해보면 백동호가 오랜 어둠을 벗어나서 소설가로 살아갈 수 있는 감성을 지니게 된 것은 옆집의 교회 권사(과부 할머니, 쌍둥이

형제의 유모)의 사랑 덕분이었다. 백동호는 먼 훗날까지 눈만 흘겨도 찢어지는 비단가슴의 유모 할머니 권사가 부르는 찬송가를 기억했다. 그 후 대동교회 집사에게 받은 감동도 있었다.

아무튼 영원히 대전을 떠나 객지생활을 시작한 백동호는 생계형 절도죄로 소년교도소에 들어갔다. 활자로 된 것은 무엇이던 속독으로 읽어치우던 습관이 있던 그는 감방에서 읽을 책이 신약성경밖에 없어 무한반복으로 읽었다.

징역형을 선고받았다가 항소, 소년부 송치가 되어 충주소년원 밴드부에 소속된 뒤에는 본격적으로 신학을 공부했다. 일주일에 한 번씩 있는 성경토론 시간에 백동호는 우리가 기도하는 방법부터 고치자고 했다. 구하기 전에 있어야 할 것을 모두 아시는 하나님께 무슨 복을 그렇게 구구절절하게 많이 간구하는가. 먼저 그의 나라와 의를 구하며, 그리스도인으로서 선과 사랑을 실천할 수 있도록 해달라는 기도가 되어야 하지 않은가.

그리고 기독교인은 좋은 사람, 착한사람들이 훨씬 더 많다. 하지만 잘못된 신앙으로 오직 자신들만의 물질적 복을 지나치게 비는 이기심 때문에 선한 사마리아인의 정신을 잊어버리고 사는 기독교인들도 적지 않다. 그로인해 땅끝까지 복음을 전하기보다 오히려 비신자들이 외면, 비난을 하고 있다. 예수님이 실종된 교회가 무슨 소용이 있겠는가. 신앙인의 무엇을 보고 그들이 전도되겠는가. 때문에 우리는 기도하는 자세부터 반성이 필요하다고 했다.

그런데 문제가 발생했다. 신약성경만을 집중적으로 읽었을 때는 몰랐는데 구약성경을 정독하며 관련 전문서적도 접하자 의문이 생긴 것이다. 모세와 여호수아는 약속의 땅 가나안을 정복하기 위해서 많은 부족들을 상대로 인류역사상 가장 끔찍한 침략전쟁을 집요하게 계속했다. 어린아이와 노인까지 살아 있는 모든 인간의 말살, 가축과 짐승까지 남김없이 도륙을 하고 그 후에는 불을 질렀다. 어차피 모두가 하나님의 피조물이다. 하나님께서는 어째서 그렇게까지 상상만으로도 소름이 끼칠 만큼 잔인한 명령을 내리셨는가.

또한 다윗과 밧세바는 비열하기 그지없는 막장드라마 불륜이었다. 하나님께서 벌을 내리시려거든 두 사람에게 내리지 어째서 아무런 죄도 없이 태어난 첫째 아기를 죽이시는가. 훗날 지혜의 왕이 된 솔로몬은 그들의 둘째 아들이었다.

구약성경은 아직 신앙이 익지 않았던 반거들충이 청소년 백동호가 받아드리기 힘든 내용들이 너무나 많았다. 충주소년원 도서관에서 유명한 석학이며 무신론자인 버트런드 럿셀의 책들을 읽은 뒤 신앙고민이 더욱 커졌다. 그리고 무엇보다 출소(퇴원)가 가까워질수록 신앙인으로서 진실하게 살아갈 자신이 없었다. 교회를 다니며 범죄를 저지르는 위선자가 되고 싶지는 않았다.

생활고를 견디다 못한 일가족 집단자살이 드물지 않게 보도되던 시절. 홍두깨 세 차례 맞아 담 뛰어 넘지 않는 소 없고, 사흘 굶어 도둑질하지 않는 놈 없다는 속담의 절절한 체험. 거리에 실업자가 넘쳐나고 있는 상황에서 엎어지면 엉덩이 자빠지면 X밖에 없는 상처 난 청춘. 학력 별무, 주민등록증도 신원보증인도 없는 전과자. 거지노릇도 사흘만 하면 발을 빼기 어렵다는데 6살부터 아동학대로 종종 팔다리가 부러진 채 가출을 반복, 좀도둑질로 굶주림을 채웠던 세월. 그것이 청소년 백동호였다.

백동호는 훗날 소설가로 살아가면서 아무리 힘든 상황에서도 바르게 성장한 사람들이 있다며 잘못된 과거를 지적하는 사람을 만난 적이 있었다. 교회를 다니기 전에는 버럭 화를 내며 비난하는 사람에게 정중한 사과를 받아냈으며, 교회를 다닌 후에는 빙그레 웃어주고 말았다. 구차하게 반박을 할 필요조차 없었던 것이다.

부모의 극진한 사랑 속에서 등 따습고 배부르게 성장한 사람이 자신의 도덕성은 과대평가하고 불우한 성장과정의 타인에게는 엄격한 잣대를 적용하거나 깔보면 안 된다. 그리고 타인에 대한 도덕적 우월감이 담긴 설교와 비난은 대부분 자신의 진실한 모습을 모르는 교만과 위선에서 비롯된다.

어쨌거나 각설하고 진상철을 찾아가는 백동호의 자동차는 험한 날씨 때문에 서울을 빠져 나오는 데만 1시간이 걸렸다. 서해안 고속도로를 달리는 실내에는 '아말리아 로드리게스'의 '어두운 숙명'이 흐르고 있었다.

아말리아의 슬픈 노랫소리는 주름진 인생의 처연한 탄식 같았다. 백동호는 오랜 전 대구교도소에서 청주교도소로 향하는 호송버스 라디오로 '어두운 숙명'을 처음 들었는데 진한 슬픔이 핏줄에 스며들어 눈물이 고였다. 어디에 붙어 있는지도 모르는 먼 나라, 가사도 잘 모르는 중년 여가수 목소리가 자신의 영혼 속에 들어와 이토록 깊은 감정을 자아내고 있다는 사실이 경이로웠다.

포르투칼에서는 아말리아를 가수라고 부르지 않는다. 그녀의 이름 앞에는 언제나 파두(포르투칼 민요)의 여왕, 국민적 영웅이라는 존칭이 들어간다. 그늘진 역사를 가진 민중의 심정이 담긴 파두는 이별, 운명, 절망, 죽음 등을 주제로 한다. 평생 파두를 노래했던 아말리아는 죽기 전「우리가 결코 마주해서 싸울 수 없는 존재(운명)가 있다는 것을 아는 것이 파두의 존재의미」라는 말을 남겼다.

백동호는 아말리아의 노래를 들을 때마다 인간은 주어진 환경을 스스로의 의지로 개척할 수는 있지만 타고난 운명을 거역하면 하늘의 벌을 받게 되는 존재인지도 모른다는 생각이 들곤 했다.

'세상 모든 것을 살펴보시는 예수님! 어두운 운명으로 태어난 저는 참으로 먼 길을 돌아서 피나는 노력 끝에 정상인으로 밝은 세상에 나왔습니다. 적어도 제게 있어서 이것은 기적입니다. 그것이 왜 그렇게 잘못인가요. 저는 당신에게 복을 달라고 기도한 적이 거의 없습니다. 그저 당신의 나라와 의를 구하는 사랑의 그리스도인이 되게 해달라고 했습니다.

이제 눈물로 간구합니다. 정말 살인을 하고 싶지 않나이다. 저를 시험에 들게 하지 마옵시고, 예수님이 그렇게 기도하셨던 것처럼 이 잔을 피할 수 있다면 피하게 해주시옵소서. 제가 살인흉악범 스토커를 상대로 가족을 안전하게 보호할 수 있다는 확신을 주십시오.'

다시는 교회를 다니지 않겠다고 작정했으면서도 자신도 모르게 기도를 한 백동호는 눈물과 함께 쓴웃음을 지었다. 가족을 보호하기 위해서 살인을 해야 하지만 가족을 위해서라도 살인만은 하지 않아야하는 딜레마. 그러나 누군가 죽어야지만 끝난다면 죽는 쪽보다는 죽이는 쪽을 선택하는 것이 당연하다. 새삼 흉악범 스토커 진상철을 만났을 때가 떠올랐다.

'실미도' 영화 개봉을 즈음해서 백동호의 아내는 양천구 목동사거리 부근에서 아담한 카페를 운영하고 있었다. 아이를 임신했을 때, 카페를 내놓았지만 팔리지 않았고 장사도 잘 되지 않은 상황에서 첫째 아이가 태어났다.

아내는 육아에 전념해야 했기에 카페는 시설비라도 건지려고 당분간 백동호가 맡아서 이름도 '실미도'로 바꿔 운영했다. 카페에는 안성기, 설경구, 허준호 등 출연배우들의 사인과 포스터, 영화에 사용된 군복과 권총 등의 소품을 진열했다. 현관에는 강우석 감독을 비롯한 몇몇 영화감독, 연예인과 옛 친구들이 보낸 축하 화환도 진열했다.

번거로움을 좋아하지 않은 그가 가장 많은 사람들을 만난 것도 이 시기였다. 인근 지역유지와 기관장들이 놀러왔고 소식이 끊겼던 옛 친구도 만났다. 그는 수시로 헛손질하듯 공허한 악수, 의례적인 덕담과 친절한 미소를 지어야 하는 사교생활이 몹시 마땅치 않았다. 정성껏 가꾸어 놓은 고요한 마음의 정원이 감탕발로 어지럽혀지는 느낌이었다.

더욱이 곤혹스러운 손님도 있었다. 이제는 그 누구던가. 까마득히 잊고 살았던 교도소 빵깐동기들이 찾아오기 시작한 것이다. 마지못한 차 한 잔의 담소로, 더러는 식사대접으로, 차마 그냥 보낼 수가 없는 사람에게는 성의껏 담은 돈 봉투를 건네기도 했다. 그리고 헤어지기 전에는 악수와 함께 이런 말을 했다.

"시체와 어두운 과거는 깊이 묻을수록 좋다더라. 나는 과거를 깊이 묻어버렸다. 미안하지만 앞으로는 어떤 경우에도 만나지 말자."

백동호의 간곡한 당부를 들은 전과자들은 두 번 다시 찾아오지 않았다. 한번은 80살 노인(별명 도고영감. 도고는 도둑고양이의 준말)이 찾아왔다. 오래 전 청주교도소 독거사동에서 함께 생활했으며, 못 말리는 도벽 때문에 눈에 띄는 모든 것을 훔쳐야만 직성이 풀리는 절도전과 27범이었다. 성질 고약한 젊은 죄수들에게 얻어맞아서 항상 눈퉁이가 퍼렇게 멍이 들었던 도고영감은 백동호와 얽힌 사연들이 많았다. 형편이 딱해보여서 식사대접과 함께 50만원을 봉투에 담아드렸다. 헌데 식사 도중 잠깐 자리를 비운 사이에 벗어놓은 웃옷에서 지갑을 훔쳐 달아났다. 지갑에는 적지 않은 현금과 수표가 들어있었다. 차마 경찰서에 신고할 수가 없어서 그냥 신용카드만 정지시키고 쓴 웃음을 짓고 말았다.

적대감정을 지니거나 악연을 맺었던 전과자가 카페로 찾아 온 적은 한 번도 없었다. 그래서인지 여종업원은 평소 백동호를 찾아온 사람들을 무서워하기는커녕 저 사람은 전과가 몇 범이냐. 너무 착하게 생겼다. 무슨 죄를 저질렀던 사람이냐는 등 왕성한 호기심을 보였다.

그런데 2005년 초가을, 어디선가 본 듯한 사내가 카페에 들어오더니 백동호를 찾았다. 30대 후반의 사내는 크지도 작지도 않은 키에 완강한 어깨, 송충이 횃눈썹, 자신이 대단한 사람이라는 교만이 숨겨져 있는 교활하고 음충스러운 눈, 두꺼운 입술이었다.

무엇보다 신경에 거슬리는 것은 사내의 왼손이었다. 붉은 피가 짙게 배어있는 붕대 속에는 새끼손가락이 없었다. 잡놈은 잡놈을 알아보는 것. 백동호는 어쩐지 수꿀했고 몹시 불길한 예감이 스쳐갔다. 하지만 그 만남이 앞으로 자신의 인생에 얼마나 큰 고통과 절망을 안겨주게 될지는 아직 까마득히 모르고 있었다. 사내는 백동호를 단번에 알아보았다.

"형님! 안녕하십니까?"

"누구신지요?"

"아이고. 말씀 낮추세요. 저 진상철입니다. 옛날 청주(교도소) 독거사동에서 함께 있었지 않습니다. 세월이 많이 흘렀습니다."

그제서 확실하게 기억이 났다. 그때는 솜털이 뽀소한 애송이 청년이었는데 벌써 16년 전의 일이었다. 삭발한 머리, 푸른 죄수복의 앳된 모습에서 어느 정도 머리가 길렀고 사회 옷을 입은 중년으로 변해 얼른 알아보지 못한 것이다.

순간 백동호의 표정에는 짜증이 어렸다. 진상철은 빵간동기 중에 가장 만나고 싶지 않은 '탑 쓰리' 중의 하나인 밥(좆밥, 매너가 더러운 죄수를 일컫는 교도소 용어)이었던 것이다.

백동호가 찾아온 용건을 묻자 진상철은 선뜻 입을 열지 못하고 있었다. 무언가 비장한 사연을 토해 낼 것처럼 긴장을 하는 것이 역력했다. 이놈은 미세하지만 눈동자가 불안정하게 흔들리고 마른입술을 자주 다신다. 아무래도 필로폰 상습투약자 같다. 잠시 침묵이 흘렀으며, 진상철이 조심스럽게 말문을 열었다.

"형님! 먼저 저의 사연을 좀 들어주십시오."

"여기는 영업장소이고 조금 있으면 손님이 많아질 것이니 긴 시간을 내기는 곤란하다. 네 사연은 대충 알고 있으니 요약해서 말해."

진상철은 가랑잎에 똥 사먹도록 가난한 집에서 태어나 잔인하기 그지없는 범죄로 점철된 자신의 과거를 자랑스러운 표정으로 털어 놓았다.

「나는 이만치 흉악한 놈이다.」는 고백이 「나는 이만치 대단하며 믿을 수가 있는 놈이니 한번 키워줄만 하지 않느냐.」는 엉뚱한 기대감으로 치닫고 있는 것이다.

"이런 얘기를 내게 들려주는 이유가 뭔가?"

대충 자신의 소개를 마치자 자신감이 붙은 진상철이 주머니에서 가죽으로 된 동전지갑을 꺼내들었다. 의아한 눈빛으로 지켜보던 백동호는 곧 사태를 알아챘다. 가슴이 철렁하는 순간 진상철이 바닥에 무릎을 꿇었고 할복자결을 앞둔 사무라이처럼 결연한 표정으로 말했다.

"형님! 저를 제자로 거둬주십시오. 목숨을 바치겠습니다. 이 손가락은 제가 절대로 은혜를 저버리거나 배신하지 않겠다는 맹세의 증표입니다"

소파가 아니라면 뒷목을 잡으며 쓰러졌을지도 모를 정도의 충격이었다. 나는 지금 소설가로서 그런대로 성공했으며 평화롭게 잘살아가고 있다. 이런 흉악범이 바치는 충성과 목숨이 왜 필요하며 무엇에 쓰겠는가.

도둑놈들 속삭이는 것은 담 넘자는 소리더라고 교도소에서는 많은 범행모의가 이루어진다. 같은 날 출소하는 사람들은 서로 '만기공범'이라고 부르며 친하게 지낼 정도로 보편화 되어있다. 백동호를 금고털이 스승으로 모시겠다며 간청하는 죄수들도 적지 않았다.

백동호는 마지막으로 출소한 1994년에 발간한 자전소설이 현재 문학동네 강태형 사장이 운영하던 도서출판 포도원에서 초판을 5만질(10만부)이나 발행할 정도로 주목을 받았고, 한동안 베스트셀러가 되었다. 그러자 낯모르는 전과자들이 금고털이 제자로 받아달라며 편지를 보내거나 직접 찾아온 적도 있었다. 모두 단호한 어조로 단념시켰다.

최근 6-7년 동안은 이런 사람이 없더니 뜬금없이 진상철이 나타난 것이다. 더구나 막무가내로 손가락을 잘라 바치는 경우는 꿈에도 상상조차 하지 못했다. 무겁게 가라앉은 침묵이 계속되는 동안 자글자글 짜증이 끓어올랐지만 황소를 힘으로 달랠 수 없고, 똥은 칠수록 더러움이 사방으로 튄다.

백동호는 일단 자리를 옮겨 진상철을 실미도 카페 사무실로 데려갔다. 사무실이라고 해봐야 화장실 앞 작은 공간에 컴퓨터를 들여놓고 소파 두어 개가 놓인 메뚜기 이마빡만큼 좁은 곳이었다. 백동호는 한숨과 함께 담배연기를 호요바람으로 길게 내뿜으며 말했다.

"진상철! 도대체 어떤 근거로 내가 너를 제자로 받아줄 것이라 믿으며 대뜸 손가락까지 잘라 왔느냐?"

"제가 형님의 자전소설을 읽으면서 가장 공감했던 것은 과거를 조금도 반성하지 않는 당당함이었습니다. 저는 전과자들이 쓴 여러 종류의 잡다한 글을 많이 읽었습니다. 모두 지난 잘못을 뼈저리게 뉘우치며 참회를 하는 줄거리에 교묘한 자기자랑과 합리화가 녹아있었습니다. 하지만 형님은 자신이 실명으로 등장하는 소설의 마지막 부분에서조차 '돌이켜보면 40년 세월 나는 이 소설 하나를 쓰려고 그렇게 거친 황야를 달려왔는지 모른다.' 고 끝을 내셨습니다. 저는 이 말이 너무 좋아서 하루에도 수십 번씩 읊조리며 징역을 살았습니다."

"전과자인 내가 과거를 참회하지 않고 남들이 보기에 뻔뻔한 모습으로 세상에 나타난 것을 네가 생각하는 이유와 전혀 다르지만 설명을 하자면 얘기가 길어진다."

"형님만 괜찮으시다면 저는 아무리 긴 얘기도 괜찮습니다."

"너 징역을 살면서 진심으로 자신의 죄를 참회하며 눈물을 흘리는 동료를 만나 본적이 있냐?"

"그런 게 어디 있습니까. 한 번도 못 보았습니다."

"얼마 전 동아일보사에서 발행하는 신동아란 잡지에 '교정직 서기관 최효숙(청주여자교도소장)의 여감방 30년 체험기'가 수록되었는데 이런 말이 나오더라. '처음에는 죄를 뉘우치고 숙연해져요. 안에서의 제약도 있고 재판 중이라 뭘 보여줘야 하기 때문이죠. 그런데 사람은 절대 안 변합니다.'

사형수를 믿음으로 교화시켰다는 종교지도자의 감동스토리도 진실은 전혀 다르다. 내가 자전소설을 쓸 때 가장 염두에 둔 것은 쉬운 말로 표현할 것과 욕을 먹어도 좋으니까 정직하자는 것이었다. 때문에 나는 나오지도 않는 참회의 눈물을 억지로 짜내서 소설에 담을 수는 없었다.

하지만 피해자들에게 인간적으로 미안한 마음이 있었으며 다시는 어둠의 길을 걷지 않겠다는 무언의 약속을 소설에 넣었다. 그것은 내 글을 읽어준 고마운 사람들과 어길 수 없는 약속이며, 나도 정상적인 가정에서 성장했다면 최소한 보통사람은 되었을 것이라는 자존심이다. 그리고 이제부터라도 조금이나마 좋은 일을 하며 살고 싶다. 네가 들으면 웃겠지만 교회도 다니고 있다."

"형님이 저를 제자로 받아주시는 것이야말로 세상에서 좋은 일을 아주 크게 많이 하시는 것입니다. 솔직히 저는 푼돈이나 강도질 하다가 교도소에서 뼈를 묻느니 출소하면 사람들이나 원 없이 죽이는 대한민국 최고의 연쇄살인범이 되려고 결심했습니다. 밤마다 수많은 살인을 계획하고 상상하며 징역을 살았습니다.

그러다가 형님의 소설을 읽고 두견새 목에서 피 꺼내 먹듯 살아온 제 사연을 모두 털어 놓은 뒤 도움을 요청해보자고 마음을 먹었습니다. 형님이 거둬주시면 저로 인해 희생될 선량한 사람들 목숨을 많이 살리시는 것이 됩니다."

"네가 무슨 짓을 저지르고 다니던 나와는 상관없는 일이다. 하늘이 무너져도 내가 또 다시 범죄를 할 리는 없다. 해도 너 혼자 힘으로 해라."

"그 말씀은 배지도 못하는 아이를 낳으라 하고, 나오지 않는 똥을 으드덕 누라고 하는 것과 마찬가지입니다. 제 힘으로 할 수 있다면 뭣 하러 형님을 찾아왔겠습니까? 사람은 그릇의 크기가 저마다 다르고 적성이 있습니다. 도둑질도 사무실털이, 상점털이, 낮티(빈집털이), 밤티, 모두 따로국밥입니다."

"내가 새로운 직업으로 소설가를 택한 것은 남은 인생동안 나로 인해 이 세상 그 누구의 눈물도 흘리지 않게 하겠다는 결심 때문이다. 소설가는 갑도 을도 아니며 혼자만 외로우면 되거든. 그리고 나는 어둠의 과거로 돌아가지도 않겠지만 설령 돌아간다고 해도 그동안 눈부시게 발전한 도난경보기에 대해서 백지이다. 흘러간 물은 물레방아를 돌리지 못한다."

"저는 제자가 되고 싶다고 했지 금고털이 기술을 가르쳐 달라고 하지 않았습니다. 한국은행 현금수송차량을 털고 싶습니다. 범행자금도 제가 마련할 것이며 성공하면 원하시는 대로 이익배당을 드리겠습니다. 형님은 배후에서 계획을 세우고 명령만 내려 주십시오."

진상철이 새끼손가락까지 잘라 바친 목적은 이것이었다. 영화는 실미도사건 만을 다루고 있지만 원작소설은 실미도 사건을 추적 조사하는 백동호의 일화와 교도소의 경험, 공소시효 때문에 자전소설에서 털어놓지 못했던 일들이 더 많이 들어 있었다.

백동호가 부산 동산유지 금고털이로 체포되기 한 달 전의 일이었다. 경부고속도로 금강휴게소에 차를 세우다가 우연히 저만큼 앞에 있는 하늘색 대형버스를 발견했다. '한국은행'이라고 씌어 있는 글씨를 읽지 않더라도 한 눈에 현금수송차량인 것을 알 수 있었다. 화장실 갈 것도 잊은 채 꽃 본 나비, 물 본 기러기처럼 저절로 버스에 다가갔다. 여기에 현금을 가득 채우면 얼마나 들어갈까. 커다란 사과상자 하나에 2억쯤 잡고 최하로 8백 상자는 들어갈 것 같다. 지금은 얼마나 들어 있을까.

백동호는 골똘한 생각에 잠겨 있다가 식당으로 갔다. 권총을 찬 한국은행 청원경찰 세 명이 저만큼 앞에서 식사를 하고 있었다. 순간 아이디어가 반짝 떠올랐다. 만약 매력적이고 청순한 염채은(소매치기 출신의 애인, 금고털이 제자)이 음식이 담긴 쟁반을 들고 저 옆을 지나치다가 하이힐이 삐끗해서 넘어진다면 저들 중 한 사람의 옷에 음식물이 쏟아진다. 청원경찰은 처음에는 불쾌한 표정이다가 곧 너그러워질 것이다. 자고로 미인의 실수를 이해하지 못하는 남자는 없으니까.

잠시 뒤 여자는 사과의 뜻으로 청원경찰 수대로 자판기 커피를 빼온다. 그 커피에는 마시면 혼수상태에 빠지는 약물이 들어 있다. 충분히 있을만하고 가능한 일이다. 미리 경비원의 성향을 파악하고 커피를 마시지 않는 사람은 다른 차를 타오면 된다. 쓰러지는 그들을 부축하며 자동차 열쇠를 훔치는 것은 식은 죽 먹기, 혼란의 와중에 현금수송차량이 떠나는 것을 누가 알겠는가.

아닌 게 아니라 식사를 마친 청원경찰 중 하나가 자판기 커피 석 잔을 들고 왔다. 커피를 마시며 대화를 나누던 그들은 현금 수송차량으로 향했다. 백동호도 따라갔다. 밑져야 본전인데 끝까지 가볼 생각이었다. 고속도로를 달리는 동안 여러 가지 탈취 아이디어를 구상했다.

한국은행 부산지점에 도착한 현금 수송차량은 후문에다 꽁무니를 대더니 직사각형의 현금 포대를 끝없이 내렸다. 어지간한 창고 하나를 가득 채우고도 남을 것 같았다. 그것은 정말 가슴 떨리는 감동이었다. 1천억의 현금….

범죄인에게는 범죄인만의 사고방식과 꿈이 있는 것. 백동호는 세계 범죄 역사에서 사람을 해치지 않고 가장 많은 돈을 턴 멋진 놈으로 명예의 전당에 오르고 싶었다. 1960년대 미쓰비시그룹 월급수송차량이 털렸을 때, 일본의 모든 언론은 사람을 해치지 않고 어마어마한 돈을 털어간 멋진 범인에 대해서 칭찬일색이었고 일본국민들도 모두 범인을 영웅시하며 열광하지 않았던가.

일본의 한적한 도로를 미쓰비시 월급수송차량이 달리고 있었다. 그때 요란한 사이렌이 울리며 경찰 오토바이가 다가오더니 차를 세우라고 했다. 갱단이 차량에 시한폭탄을 장착했다는 것이다. 제 목숨 아깝지 않은 사람이 어디 있는가. 미쓰비시 직원과 운전수 등 3명이 몹시 겁에 질린 모습으로 황급히 내렸다.

그리고 차량 엔진을 살펴보았더니 살벌하게 생긴 대형폭탄에 타이머가 채칵채칵 돌아가고 있었다. 그때 경찰관의 무전기에서 소리가 났다. 무전을 받은 경찰관은 수송차량을 발견했으니 폭발물 처리반을 빨리 보내달라고 요청했다. 헬기가 멀지 않은 공터로 10분 후에 도착하기로 했다. 문제는 공터까지 시간이 얼마 남지 않은 시한폭탄이 장착된 현금수송차량을 몰고 갈 사람이 없다는 것이다. 경찰이 화를 벌컥 내며 수송차량에 올라탔다. 사람들이 어찌 그리 책임감이 없냐는 것이다.

경찰은 운전수와 직원들에게 다른 차를 잡아타고 빨리 공터로 뒤따라오라고 했다. 그리고 경찰관이 운전을 해서 떠난 미쓰비시 현금수송차량은 흔적도 없이 사라져버렸다. 그 차량은 며칠이 지나 빈 창고에서 발견되었다.

나중에 밝혀진 것이지만 시한폭탄은 가짜였고 범인은 끝내 잡히지 않았다. 공소시효가 만료되는 시점에서 일본의 모든 TV와 라디오는 정규방송을 중단하고 공소시효 만료를 알리는 생중계를 했다. 요미우리신문에서는 엄청난 거액을 제시하고 당시 범인의 수기를 싣겠다며 대대적인 광고를 했다. 하지만 대형트럭 가득히 돈을 싣고 사라진 범인이 그까짓 껌값에 나타날 리 없었다.

백동호는 세계에서 발생한 현금, 보석, 미술품 등의 수송차량 강탈사건을 모조리 조사하고 끈질긴 연구 끝에 나름대로 독창적인 범죄 시나리오들을 몇 가지 완성했다. 그 중의 하나는 평소 텅 빈 현금수송차량을 운행하지 않고 차고에 세워두었을 때, 몰래 침입하는 것은 어렵지 않다. 무색무취의 마취제가 담긴 용기를 교묘하게 숨겨 두는 것이다. 그리고 현금수송이 시작되는 날 뒤따라가다가 적당한 시간과 장소에서 리모컨으로 수송차량 안의 마취제를 분사시키는 것이다. 물론 범행의 시간과 장소는 백동호가 적당히 만들어 낼 수도 있었다. 그 외에도 만약을 위해 다른 범행계획 시나리오 서너 가지 더 연구를 해두었다. 마취학을 체계적으로 공부하는 등, 긴 시간과 많은 범행자금이 필요한 일이었지만 성공할 자신이 있었다.

1천억 원의 현금이 들어오면 내가 평생 검소하게(?) 쓸 돈만 남겨둘 것이다. 그리고 나머지는 불우이웃 돕기와 현금수송차량 직원들이 파면될 테니 그들에게도 몰래 한 재산 떼어주겠다. 별의 별 공상을 다 했지만 그로부터 한 달 뒤 백동호는 부산동산유지사건으로 체포되었다. 내가 출소해서 또 다시 금고털이를 한다면 동일수법 전과자가 되어 체포될 확률이 높다. 범죄수법을 바꿔야 한다.

백동호는 체포된 다음 날부터 경찰서 유치장에서 한국은행 현금수송차량 탈취 시나리오를 다시 연구하기 시작했으며 마취학 책을 구입해서 공부했다. 만약 어릴 때 헤어진 일란성쌍둥이 형마저 무기수로 복역하고 있다는 사실을 알게 되지 않았으면 출소 후 틀림없이 한국은행 현금수송차량 탈취에 인생을 걸고 도전했을 것이다. 그럴 리도 없지만 설령 실패한다고 해도 여한은 없었다.

한국은행에서는 실미도가 영화로 된다는 소식을 접하고 원작소설에 묘사된 현금수송차량 탈취계획이 신경 쓰였던 것 같다.

한국은행 "탈취 장면 빼 달라" '실미도' 제작사에 요청. 모방범죄 우려.

한국은행이 영화 '실미도'(감독 강우석)의 제작에 제동을 걸고 나섰다. 한국은행은 발권국장 명의로 '실미도'의 제작사인 한맥영화사에 보낸 협조공문에서 "발권당국으로서 우려의 입장을 표하지 않을 수 없다"면서 "영화의 원작인 소설 '실미도'의 내용 중 주인공(백동호)이 한국은행 현금수송차량 탈취를 계획하는 장면이 기술돼 있는 바, 이를 영화에서 제외해줄 것을 부탁 한다"고 밝혔다. ……한국은행 관계자는 표현의 자유에 영향을 줄 수 있다는 점을 고려했지만 발권 방국으로서 ……

2002년 03월 25일 18:43 〈스포츠 조선 김호영 기자. 인터넷에서 발췌〉

이 같은 내용이 여러 언론에 보도되었다. 교도소에서 그 신문 보도를 읽은 진상철이 얼마나 가슴 벅차고 황홀한 상상을 했는지 짐작이 갔다.

죄수들은 대부분 잠자리에 몸을 눕히면 발가벗은 여자 아니면 출소한 뒤 한탕을 생각한다. 이왕이면 대박을 노린다. 이른바 만기공상이다. 만기공상은 출소가 가까워지면 하게 되는 것이 아니다. 심지어 무기징역을 선고받은 날부터 시작되며 높은 담장을 벗어나 자유만 얻으면 무엇이던 해낼 수 있을 것 같은 장밋빛 미래이다. 백동호는 간곡한 어조로 다시 말했다.

"상철아! 소설 실미도에 묘사된 탈취계획은 물 건너 간지 오래다. 가지고 있는 패를 다 보여주며 하는 도박은 이길 가능성이 없다. 한국은행이 영화제작에 제동을 거는 공문을 공식적으로 보낼 정도이면 이미 나의 탈취계획에 대한 실무자들의 회의가 있었고, 충분한 대비책을 세웠을 것이다."

"만약 형님의 계획이 단순한 범죄소설로 무시를 해버려도 좋을 만큼 허접한 것이었으면 한국은행이란 거대조직에서 표현의 자유를 제한한다는 비난을 감수하면서까지 영화제작에 제동을 걸지 않았을 것입니다. 확실하게 실현 가능성이 있기 때문이겠지요. 저도 많이 생각해보았는데 형님의 소설대로 하면 틀림없이 성공할 것 같았습니다. 형님은 이런 방면에 대한민국 제일의 천재이니까 방법을 달리해서 계획을 세우면 틀림없이 성공할 것입니다."

"너는 내가 무엇이던 손을 대기만 하면 무조건 성공하는 천재라고 생각하는데 천만의 말씀이다. 나의 성공은 남보다 백배 천배의 노력 때문이다. 금고털이를 할 때는 독학으로 손가락에 굳은살이 생기고 인대가 늘어날 만큼 금고다이얼 돌리는 연습을 했다. 그 밖의 노력도 모두 말하려면 2박 3일이 걸릴 것이다.

소설 실미도는 동거녀와 헤어지면서 옷가방만 달랑 가지고 나와서 쓴 것이다. 찜질방에 갈 돈조차 떨어져서 공중화장실 변기에 앉아 밤새 모기에 물려가며 쓴 적도 있다. 그때 생라면을 잇몸이 헐도록 씹으며 수돗물로 허기진 배를 채웠지. 목마른 송아지 우물 들여다보듯 소용없는 짓 하지 말고 이쯤에서 포기해다오."

진상철의 눈에는 절망의 빛이 서렸고 불퉁한 목소리가 울먹거림으로 떨려나왔다. 부탁, 애원이 통하지 않자 솟구쳐 오르는 분노를 달랠 수가 없었다.

"저는 죽음을 놓고 흥정 하더라도 절대 포기할 수가 없습니다. 아까도 말씀 드렸듯 형님은 전혀 손해 볼 것이 없는 장사입니다. 범행자금도 제가 마련하고 필요한 공범도 구하겠습니다. 형님은 배후에서 계획을 세우고 명령만 내리시면 됩니다. 만약 일이 잘못되면 제가 모든 책임을 지고 자살하겠습니다. 그리고 형님은 머지않아 출소할 박명길 때문이라도 결국은 어둠의 세계를 벗어날 수 없을 것입니다. 상대가 죽이려고 달려드는데 가만히 당할 사람이 어디 있습니까. 제가 형님을 대신해서 박명길 그 놈도 죽여 드리겠습니다."

박명길의 이름을 듣자 잠시 말을 멈춘 백동호는 자신도 모르게 눈을 감으며 한숨을 쉬었다. 젊은 시절 한때의 치졸한 정의감으로 저질러진 일이었고, 그것이 오랜 세월 동안 끈질긴 악연이 이어지고 있었다. 백동호의 자전소설은 물론 영화 실미도의 원작소설에도 등장할 만큼 박명길은 지긋지긋한 상대였다.

그러나 당해서 못 당할 일은 없다. 백동호는 해피앤딩을 위해 최대한 노력하고 있으며 그에 상응하는 희생을 치룰 각오도 되어 있었다. 본의는 아니었다. 적어도 백동호의 입장에서는 정당방위였지만 자신으로 인해 박명길의 인생이 산산이 부셔져버렸기 때문이다.

교도소는 이 세상 어느 곳보다 돈이 필요한 곳이다. 다행히 박명길은 가끔씩 교도소에서 필요한 액수를 넘어서는 돈을 요구하는 편지를 보내오곤 했다. 백동호는 무리가 없는 한도 내에서 넉넉한 영치금을 송금해주었다. 그때마다 비교적 호의적인 답장이 왔다. 이제 모든 것을 잊어버리고 싶다고 했다. 더 이상의 증오로 자신의 남은 인생을 망치고 싶지 않다는 것이다.

박명길과 이혼한 아내는 홀로 아들을 데리고 미용실 종업원으로 어렵게 살고 있었다. 백동호는 그녀가 자립할 수 있도록 아담한 미용실을 차려주었다. 그것으로 박명길의 원한이 모두 풀릴 수는 없겠지만 그래도 최선을 다해보고 싶었다. 박명길을 생각하다가 눈을 뜬 백동호는 담배를 집어 들며 말했다.

"내 원수는 내가 알아서 해결할 것이니 네가 걱정할 일이 아니다. 도대체 무슨 말을 어떻게 해야 내 말을 수긍하겠니. 나는 지금 어느 철학자의 말을 매우 공감하며 산다. '원하는 것을 가진 사람은 행복하다. 하지만 더 큰 행복은 가지고 있지 않는 것을 원하지 않는 것이다.' 나는 아무 것도 더 원하는 것이 없이 살아간다. 그런 내가 무엇 때문에 범죄를 하겠니."

아무리 진지하게 거절을 해도 막무가내였다. 담벼락과 말을 하는 것 같았다. 그리고 그때부터 집요하다 못해 넌더리가 나도록 백동호 주변을 맴돌기 시작했다. 집. 가게. 심지어 자료조사를 하려고 국회도서관에 가도 하루 종일 주차장에서 대기하고 있다가 공손하게 인사했다. 백동호도 차츰 노골적인 박대를 했다.

죄악한 사람일수록 자신의 입장에서 이득이 되는 것은 옳고 정당하며, 그렇지 않은 것은 모조리 혐오스러운 악이다. 여기에는 합리적인 사고방식이나 논리 따위는 전혀 필요가 없다. 그냥 그렇게 생각하고 믿는 것이다.

대낮에 가정집을 침입해서 딸을 강간 살해하고 때마침 집에 돌아오던 어머니마저 살해해서 1990년 4월 17일에 사형을 당한 육근성은 집행을 당하는 순간까지 피해자를 맹렬하게 증오했다. 도망치거나 소리를 지르지 않으면 살려주겠다고 말한 뒤 강간했는데 잠깐 한눈을 파는 사이에 피해자가 소리치며 도망을 가려고 했다. '

"어리석은 그년(피해자)이 내 경고를 순순히 따랐다면 붙잡는 과정에서 저도 죽지 않았고 나도 사형수가 되지 않았을 거다. 그년을 죽이느라 시간이 지체되어서 어머니까지 죽이게 되었잖아."

적어도 육근성의 입장에서는 그것이 진실이다. 사이코패스에 여러 가지 인격장애가 있는 진상철은 오직 자신의 생각, 욕망, 입장만 존재한다. 자신의 요구사항이 다른 사람에 의하여 받아들여지지 않으면 공격받은 것으로 여기고 맹렬한 적대감을 품는다. 그 거절이 합리적이며 타당성이 있다는 것은 전혀 문제가 되지 않는다. '이렇게 대단한 존재인 내가 손가락까지 잘라 바치며 충성을 맹세했는데 감히 거절을 하다니.' 그런 마음이다.

산전수전 다 겪은 백동호의 입장에서 진상철의 어처구니없는 스토킹은 꼬부랑자지가 제 발등에 오줌 누고, 제가 싼 똥에 주저앉은 놈의 매화타령이어서 귀둥대둥 엉너리치는 건다짐으로 치부하고 무시하면 그만이었다. 하지만 워낙 흉악한 인간이기에 가족의 안전이 염려스러웠다. 그리고 기어이 염려했던 일이 시작되고 말았다. 어느 날 저녁이었다. 외출하는 백동호의 차량 앞을 가로막은 진상철이 마지막으로 할 말이 있으니 술 한 잔 하자고 했다.

그래서 데려간 카페는 궂은 날씨 때문인지 한산했다. 잠시 꺼끔해지는 비바람소리를 대신해서 자동차 지나가는 소리가 짬을 메우고 있었다. 마른안주와 국산양주를 시킨 진상철은 곧장 본론으로 들어갔다.

"이것은 정말 해서는 안 될 애기지만 형님께서 이렇게 끝까지 이렇게 나오시면 거절할 수 없는 조건까지 생각해두고 있습니다."

"……너는 지금 절대로 넘어서는 안 될 선을 넘었다. 지금부터 내 가족의 반경 100m 이내로 접근하면 악의를 가지고 납치하려는 것으로 간주하며 매우 신속하고 적절한 대응을 하겠다."

"지금 협박하시는 겁니까?"

"쩝! 제 흉은 높은 선반에 올려놓고 말은 바로하자며 팔을 걷어붙이는군. 이런 경우 거절할 수 없는 조건이란 마피아 영화에서나 쓰는 말이다. 당연히 나도 마피아식으로 응대를 해야지. 오래 살고 싶으면 상대를 보고 협박을 해라."

"씨발, 도마 위에 오른 고기가 칼 무서워하겠어. 나도 이제 까치독사 아니면 살무사야. 그리고 당신은 청주(교도소)에서 내게 빚을 진 것도 있잖아?"

백동호는 억지에 할 말을 잃었다. 진상철이 백동호에게 받으려는 빚은 1989년 가을에 발생했다. 그때 30대 중반이던 백동호는 청주교도소에 복역 중이었다. 한국은행 현금수송차량 탈취 시나리오를 수천 번 반복하며 분석했던 그 무렵, 운동시간에 낯모르는 죄수가 헐레벌떡 뛰어와 매우 반갑게 인사를 했다.

백동호는 어리둥절했지만 조금 얘기를 나누다보니 짚이는 것이 있었다. 낯모르는 그 죄수는 어릴 때 헤어진 일란성쌍둥이 황용주와 백동호를 착각한 것이다. 수소문을 해보았더니 황용주는 전주교도소에서 무기수로 복역 중이었다. 백동호는 온몸의 물기가 다 빠져 나가고 두 눈이 짓물러지도록 울었다. 왕후장상에 씨가 없듯 도둑이나 악인에게도 씨가 있을 리 없거늘 이 무슨 비극이란 말인가.

백동호는 이번 기회에 인생을 송두리째 바꾸기로 결심했다. 우리 쌍둥이형제도 정상적인 가정에서 성장했으면 최소한 보통사람은 되었을 것이라는 사실을 세상에 보여주고 자신에게도 증명하기로 한 것이다. 가당치않게도 서울대학교 심리학과를 목표로 뒤늦은 공부를 시작했다. 범죄심리학을 공부해서 범죄소설이나 추리소설을 쓰는 작가로 살기로 했다. 하루 20시간씩의 공부였다.

그런데 새로 부임한 보안과장이 사회에서 치루는 학력인정 검정고시에서 백동호만 탈락시켰다. 아직 형기가 많이 남았으며 범죄수법이 비상한 죄수라서 시험을 치루며 도주의 우려가 있다는 것이다.

하지만 전임 보안과장은 교도관을 흉기로 찔렀고, 추가징역을 선고받은 꼴통 무기수도 검정고시 시험을 흔쾌히 허락했다. 그때는 시험장 밖에서 교도관들이 권총을 차고 계호를 했다. 백동호는 이제 겨우 5년이 남았으며 검정고시 전국수석합격이 목표였다.

교도소에서 무한의 공권력을 상징하는 보안과장이 철갑으로 무장한 탱크라면 평범한 죄수 백동호는 삐약거리는 노란병아리였다. 주변사람 모두 단념하라고 위로했지만 이대로 좌절하거나 공부를 포기할 수 없었다. 머리털이 빠질 만큼 고민 끝에 마침내 보안과장과 진검승부, 정면돌파를 결심했다. 포크레인 앞에서 모종삽질처럼 도대체 상대가 되지 않는 싸움이었다. 동료들은 모두 미친 짓이다. 죽고 싶어 환장했냐며 말렸다.

하지만 명필은 붓을 탓하지 않고 싸움에 능한 사람은 상대를 가리지 않는다. 백동호는 소년죄수 때부터 이런 식의 싸움에 익숙하고 한 번도 진 적이 없는 전사(戰士)였다. 이번이 가장 큰 전투였지만 작전을 잘 짜고 죽음을 두려워하지 않는다면 이길 수 있다고 생각했다. 모든 직장인의 최대 약점은 근무경력에 오점이 남아서 앞으로 승진에 지장이 생기거나 최악의 경우에는 파면을 당하는 것이다.

백동호는 독거사동의 꼴통들과 운동권학생으로 들어온 청주대학교 학생회장 도희윤(현 피랍탈북인권연대 대표), 충북대학교 학생회장 백상기 등에게 상황을 간곡하게 설명하고 응원을 부탁했다. 그리고 청주교도소 모든 재소자들이 돌려 읽을 수 있도록 똑같은 내용의 유서를 여러 장 작성했다.

'……내가 어째서 공부를 해야 하는가. ……만약 내가 교도소 공권력의 거대한 바위에 부딪쳐 깨진 계란이 된다면 여러분만이라도 백동호가 새로운 인생, 소설가의 꿈을 이루기 위해서 싸우다가 장렬하되 속절없이 죽어간 사연을 기억해주기를 바란다.'는 절절한 사연의 글을 읽어보고 목이 메어 우는 죄수들도 적지 않았다.

백동호는 행형법 제6조에 의해서 법무부장관에게 청원서를 썼다. 며칠 동안 물 한 모금 넘기지 않는 단식, 교도소 당국에 격렬한 항의로 악명 높은 남영동 대공분실과 동급인 보안과 지하실로 끌려갔다. 손발이 꽁꽁 묶였으며 입에는 가죽으로 된 방성구(防聲具)가 채워져서 흠씬 두들겨 맞은 뒤 징벌방으로 내던져졌다.

도희윤을 비롯한 운동권 학생들은 백동호의 인권유린 문제로 집단항의를 하다가 경비교도대와 패싸움이 벌어져 여러 명이 다쳤다. 그 소식을 들은 충북지역 운동권 대학생 수백 명이 청주교도소 앞으로 몰려와서 장구와 징을 치며 백동호의 검정고시 응시를 허락할 것. 독거사동에서 벌어진 폭력사태를 교도소장이 공식적으로 사과할 것을 요구했다. 요구조건이 관철되지 않을 경우 전대협과 연계해서 법무부장관의 사퇴까지 거론하며 이 문제를 전국적으로 확대시키겠다고 경고했다.

청주교도소 일반죄수들도 자신의 일처럼 합심해서 열렬한 응원의 함성을 보냈다. 그 과정에서 일부 죄수들이 인권유린을 당하는 일이 벌어졌다. 사태는 걷잡을 수 없이 확대되어 청주교도소 개소 이후 최악의 폭동수준에 이르렀고, 마침내 백동호의 요구조건이 모두 충족되었다. 검정고시 시험응시 허락, 교도소장의 공식적인 사과, 교무과는 공부하는 사람 위주로 검정고시반을 확대개편하고 적극적인 후원을 약속했다.

진상철은 독거사동에서 백동호의 난동에 동조해 소란을 피우다가 보안과 지하실로 끌려가 약간의 협박성 고문을 당했고, 징벌방까지 들어갔다가 풀려났다. 당시 백동호는 청주교도소에서 상당한 위치의 거물급 죄수였다. 진상철은 20대 초반의 똘마니수준이었기에 감히 빚을 받으려는 언행을 할 수는 없었다. 여름 생색에는 부채요, 겨울 생색에는 달력이더라고 교도소 생색은 단연코 담배였다. 백동호는 자신 때문에 고생한 진상철에게 담배를 나눠주며 위로했다. 그리고 16년이 흐른 뒤 기어코 이렇게 황당한 일이 벌어진 것이다.

당진 석문국가산업단지 건설현장에서 서쪽으로 10여Km를 가면 바닷가 바로 앞에 해발 1백 미터가 되지 않은 석문산이 있다. 훗날에는 석문산 아래가 관광지로 개발되어 부근에 숙박시설이 여러 곳 생겼지만 당시만 해도 왜목마을 옆을 지나 비포장도로를 한참 달리면 달빛 아래서 묵언수행중인 소나무와 바위 외에는 적막한 황성옛터나 다름이 없었다.

진상철의 자동차는 비포장도로를 덜컹거리며 달렸다. 옆자리에는 심하게 두들겨 맞은 안문희가 손발이 묶인 채 좌석 밑에서 구겨지듯 웅크리고 있었다. 안문희는 자신이 살아날 길이 없음을 깨닫고 있었다. 범인의 얼굴도 보았고, 어떤 자동차에 태워진지도 안다. 더구나 이 사람의 포악성으로 보아 나를 살려둘 이유가 없다. 이렇게 죽을 줄 알았으면 평소 이런 사고에 대비해서 어머니에게 마지막 편지라도 남겨두는 것인데. 돌아가신 아버지도 생각났다. 하지만 그런 유서를 미리 작성해 두는 사람이 없겠지. 엄마! 못난 딸을 키우시느라 고생 많으셨어요. 나는 이렇게 죽는다고 해도 남겨진 엄마가 불쌍해서 어떻게 해. 저를 대학까지 보내는 동안 늘 돈에 쪼들리셨는데 효도도 못하고 정말 죄송해요.

아까 단골 횟집에서 나올 때 강아지가 앞을 가로 막으며 애교를 떨었는데 조금만 더 시간을 보내다가 출발했으면 범인을 만나지 않았을 수도 있었을까. 살고 싶다. 누군가 나를 구해주면 평생 그 사람의 노예가 되어서 살아도 좋다. 줄에 묶여 개집에서 살며 멍멍 짖으라면 짖겠다.

진상철은 비포장도로를 약간 벗어나서 으쓱한 수풀 해안가에 정차했다. 갈매기도 날지 않는 어둠의 바닷가에 비린내가 섞인 바람이 불어오고 있었다. 자동차에서 내린 진상철이 느긋하게 담배를 피워 물었다. 문득 교도소에 있을 때 인쇄공장에서 키우던 고양이 생각이 났다. 한번은 쥐를 잡은 것을 보았는데 동물의 왕국처럼 단번에 목을 무는 것이 아니었다. 두발로 공중에 던졌다가 받아서 발로 때리고, 다시 공중으로 던지는 짓을 반복하며 쥐가 완전히 혼미해질 때까지 가지고 놀다가 머리부터 야금야금 먹어치우기 시작했다. 진상철은 그 광경을 보며 잔인한 쾌감이 전신을 훑고 지나갔다.

차 안에 있는 여자가 이제 그 꼴이 될 것이다. 아마 나의 습격을 받기 1초 전까지만 하더라도 이런 상황이 될 줄은 꿈에도 몰랐겠지. 진상철은 여자를 그대로 둔 채 3밴 화물칸에서 휴대용 부탄가스렌지로 물을 끓여서 커피 두 잔을 탔다. 여자에게 줄 커피에는 적정량의 필로폰을 넣었다.

그리고 앞으로 와서 꽁꽁 묶인 채 좌석 밑에 구겨진 휴지처럼 웅크리고 있는 그녀를 일으켜 앉히며 다정하게 말했다.

"야! 커피 한잔해."

"제발 살려주세요."

"내가 널 언제 죽인다고 그랬어? 나는 단순히 강도만 하려고 했었는데 네가 겁도 없이 반항해서 일이 커졌잖아. 말을 잘 들으면 네 집까지 다시 태워다 줄게. 대신 지금부터 내가 원하는 것은 무엇이든 거역하면 안 되고 풀려난 뒤 경찰에 신고를 하지 않겠다고 약속해."

안문희는 상대의 말이 말짱 희망고문이며 절대로 믿으면 안 된다고 생각하면서도 워낙 절박한 상황이라서 굳게 약속을 했다. 정말 살려만 준다면 경찰에 신고하지 않겠다. 애인에게 버림받고 며칠 만에 강간살해 되다니 비참했다. 희망과 절망의 교차점에서 그녀는 진상철이 주는 커피를 거절하지 않고 다 마셨다.

잠시 뒤, 진상철이 그녀의 머리를 쓰다듬으며 다정하게 안았다. 잠시 뒤, 그녀를 잔인하게 죽일 것이란 사실을 알면서도 진심으로 그녀가 사랑스러웠으며 뭐든 잘해주고 싶었다.

진상철의 두동진 심리는 논리적으로 설명할 수가 없다. 그것은 레지스탕스가 극성을 부리는 폴란드의 어느 마을주민들을 본보기 삼아서 모조리 학살하기로 결정한 게슈타포 장교가 마을의 여자아이를 자신의 딸과 닮았다며 안아들고 즐거워하며 귀여워했다. 그리고 마을사람들을 몰아넣은 교회에 불을 지르기 직전에는 무표정한 얼굴로 그 아이도 안으로 던져 넣은 실화와 비슷한 것이었다.

이 여자는 이제 곧 필로폰에 맛이 갈 것이며 내가 강간범이라는 사실조차도 잊을 것이다. 여자가 필로폰에 취해서 흥분하면 애액이 침대보를 흥건하게 적실정도로 흘러나온다. 평소 오르가즘을 별로 못 느끼는 여자도 이때만은 다르다. 그리고 서로의 성기가 그 어떤 예술작품보다 아름답고 사랑스럽게 느껴지기 시작한다. 초콜릿을 먹으며 키스를 하면 더욱 기가 막히다.

쾌감의 구름위에 둥실둥실 떠있는 느낌, 무아지경에서 밤새껏 서로를 물고 빨고 핥아도 부족하고 지치지도 않는다. 비빔밥과 여자의 그곳은 질어야 하고 군고구마와 사내의 거시기는 뜨거워야 하는 것. 필로폰은 여자를 한껏 질퍽하게 하고 남자를 불처럼 뜨겁게 한다.

그리고 제대로 준비가 된 성기와 성기가 마찰하면 이제 것 경험해보지 못한 덩어리진 쾌감이 사륵사륵 퍼져 나간다. 그 순간만큼은 죽음도 두렵지 않다. 필로폰에서 깨어 날 때의 나른한 피로감과 앞으로 부작용 후유증 따위는 조금도 신경 쓰이지 않는다. 진상철은 꽁꽁 묶인 그녀를 조심스럽게 안아들었다. 그리고 3밴 화물칸으로 가서 인정사정없이 내던져 버렸다.

가학성향이 높은 인간은 상대가 고통스러워할수록 성적쾌감이 커진다. 포르노를 즐기는 사람 중에서도 SM을 주로 보는 매니아 층이 형성되어 있는데 현실 속에서 얻을 수없는 가학적 환상을 대리만족하는 것이다.

진상철은 여자를 강간살해 할 때 칼이나 망치 같은 치명적 둔기는 맨 나중에 사용했다. 강간폭력의 생생한 감촉을 손과 발로 느끼다가 지치고 시들해지면 그제서 흉기를 들어 마무리를 한다. 하지만 오늘은 누군가를 죽이고 싶다는 충동이 성욕을 앞지르고 있었다.

백동호는 어둠이 내린 서해안고속도로 송악톨게이트를 통과했다. 진상철이 지금 당진 왜목마을 방향에 정차를 하고 있어서 송악톨게이트가 최단거리였다. 이제 30분 남짓이면 도착이었다. 급할 것은 없으니 일단 밥부터 먹자고 생각하며 식당을 찾았다.

백동호는 중요한 일처리를 앞두고는 항상 배부터 채웠다. 금고털이 시절에는 범행장소 근처에서 기다리며 먹기 위해 김밥과 음료수를 가지고 다녔다. 마침 눈에 띄는 당진 향토 음식점에서 식사를 마치고 나오니 온몸에 기분 좋은 긴장감이 흘렀다. 이런 식의 긴장감은 젊은 시절 오랜 범죄생활에서 저절로 익혀진 것이었다.

정신적 스트레스가 심한 소설을 쓰다가 보면 가끔 선과 악의 기준과 판단을 떠나 차라리 금고털이 시절이 그리운 적도 있었다. 범행 하루 전 금고털이 도구에 정성스럽게 기름칠을 하고 지문을 닦아 낼 때 그는 불패의 검투사가 출전을 하는 심정으로 엔돌핀과 아드레날린이 솟구쳤다.

한번은 백화점을 털었는데 대한민국에 신용카드가 존재하지 않았던 시절이었다. 모든 매장에서 각기 작은 손가방에 현금을 담아 자물쇠를 채우고 경리과 대형금고에 넣어 둔다. 연휴 3일 동안의 매출이 모여 있었다.

금고를 20분 만에 해체했고, 수백 개의 현금 손가방 자물쇠를 여는 데 하나에 2,3초면 충분했다. 백화점 현금 손가방에는 매장에서 손님에게 잔돈을 바꿔주기 위한 천원 권 지폐가 적지 않았다. 등산배낭에 현금을 꽉 채우고도 많이 남아 여행용 가방 두 개에 가득 담아 들고 일어서니 몸 전체가 뻐근했고 발걸음도 무거웠다. 5천만 원(훗날 시가로 5억 원 이상)정도의 천원 권 지폐는 귀찮아서 버려버리고 고액권만 가지고 가고 싶을 정도였다. 물론 땀을 뻘뻘 흘리며 모두 가져왔다.

동물비교행동학의 창시자이며 노벨상 수상자인 콘라드 로렌츠는 공격이라는 저서에서『인간에게는 어떤 맹수보다도 잔혹한 공격성이 있다. 인류가 오늘에 이른 것은 그 공격성 덕분이다. 따라서 우리는 전쟁, 범죄, 폭력행위에 경악해서는 안 된다. 그것이 인간의 본질 중 하나이기 때문이다.』라고 했다.

백동호는 콘라드의 주장에 공감하지만 견해를 약간 달리 했다. 인간의 삶은 행복과 불행, 선과 악, 빛과 어둠이 함께 공존하며 적절한 균형과 조화를 이루는 인간생태계로 파악되어야 한다. 인간에게 행복의 천적인 전쟁, 범죄, 폭력이 사라지면 유토피아가 될 것인가. 절대로 그렇지 않다. 천적이 없으며 먹을 것까지 풍부한 나무늘보는 얼굴 옆에 총알이 박혀도 눈만 끔뻑거릴 뿐 반응이 없으며 이 나무에서 저 나무로 옮겨가는 것조차 몇 시간이나 걸린다. 오직 인생을 즐겼던 로마 귀족들은 맛있는 것을 배불리 먹고 손가락을 넣어 토한 뒤 또 먹었다. 그리고 남은 시간은 섹스에 열중하다가 멸망하고 말았다.

아프리카에서 아메리카로 열대어를 수송하는데 자연 그대로의 완벽한 환경을 만들어 주었지만 목적지에 도착하면 태반이 죽어버렸다. 선장이 고민 끝에 열대어의 천적인 뱀장어를 두어 마리 넣어주었더니 잡혀 먹은 극히 일부를 제외하고는 모두 팔팔하게 살아 있었다.

무릇 모든 동물의 생존에는 천적에 의한 긴장감이 반드시 필요하다. 인간도 예외가 아니다. 천적이 점점 줄어들고 있는 현대의 인간들은 부족한 긴장감을 채우기 위해서 인위적으로 만든 공포, 액션, 범죄영화를 관람하고 소설을 읽는다. 번지점프, 청룡열차, 컴퓨터게임조차 천적에 의한 긴장감이 부족해서 만들어진 것이다. 때문에 지하철에서 사람을 구한 의인의 미담보다 극악한 지존파가 검거되었다는 뉴스를 수천 배나 더 많이들 보며 치를 떠는 것이다.

인간 생태계에서 나는 어둠의 자식이다. 다만 먹이(돈)만 취하고 사람은 해치지 않기 위해 많은 공을 들였다. 백동호는 자신의 행동을 그런 식으로 정당화 합리화시켰다. 그리고 한때는 그것을 진실로 믿어 의심치 않았다. 백동호는 이런저런 생각을 하며 당진의 한적한 바닷가로 자동차를 몰았다. 그리고 희미한 달빛 저만큼에 진상철의 스타렉스 3밴이 보이자 조용히 차를 세웠다. 이 추운 겨울밤에 자동차 안에서 잠을 자려고 여기까지 온 것은 아니다.

지금 저안에는 납치된 여자가 있을 가능성이 높다. 가학성향이 높은 진상철은 정상적인 섹스로는 만족을 하지 못하고 납치된 여자는 살해될 확률이 높다. 목격자가 생겼으니 오늘은 놈을 죽일 수는 없다. 경찰에 넘기든 흠씬 두들겨 패던 그것은 나중의 일이고, 우선 여자부터 구해야 한다. 핸드폰을 꺼내 조수석에 놓아 둔 백동호는, 가벼운 운동화 위에 두꺼운 등산양말을 덧신었다. 오랜 범죄생활에서 그는 최대한 소리를 내지 않는 방법을 많이 연구했는데 운동화 위에 등산 양말 하나를 신는 것만으로도 발자국 소리가 놀라울 만치 줄어든다. 걸을 때도 뒤꿈치를 드는 까치발 걸음보다 의외로 발목을 옆으로 꺾어서 살며시 바닥에 댄 뒤, 한발 한발 내딛는 것이 훨씬 더 효과적이다. 등산양말을 신은 백동호는 방탄, 방검 겸용조끼를 착용했다. 그리고 이 순간을 위해 준비한 도구들이 안쪽에 걸려있는 묵직한 웃옷을 입었다.

온몸의 신경을 곤두세우며 호시우보(虎視牛步, 호랑이처럼 날카롭게 지켜보면서 소처럼 신중하게 걷는다)로 스타렉스에 접근한 백동호는 품속에서 망치를 꺼냈다. 스타렉스 3밴 화물칸은 유리창이 뒷문뿐인데 진상철이 커튼을 쳐 놓아서 안을 들여다 볼 수가 없다. 망치로 유리창을 깨버릴 작정이었다. 만능키로 화물칸 출입문을 열수도 있지만 벼락처럼 혼을 빼놓아야 다음 행동이 쉽다고 판단했다.

백동호는 도둑놈 훔친 소 몰고 가듯 사부작사부작 화물칸 뒤로 가서 가만히 귀를 기울였다. 안에서 절박한 여인의 목소리가 들려왔다.

"왜, 왜 이러세요. 살려준다고 했잖아요."

"다음부터는 나 같은 놈 말 믿지 마. 허기야 지금 죽으면 다음이란 없겠구나."

"경찰에 신고하지 않을게요. 제발요."

아무래도 살인이 벌어지기 직전의 급박한 상황 같았다. 백동호는 망치로 화물칸 유리창을 힘껏 후려쳤다. 그리고 요란한 소리와 함께 박살난 유리창 안의 커튼을 손으로 재빠르게 걷어치웠다.

캠핑용 랜턴이 켜져서 상당히 밝은 실내는 목불인견이었다. 발가벗겨진 여자가 누워 무릎을 꿇은 것처럼 다리를 굽혔는데 각기 다른 손을 뒤로해서 발목과 함께 묶여 있었다. 처음 납치를 시도했을 때 뜻밖의 공격을 당했던 진상철은 여자가 다시는 반항을 하지 못하게 묶어두되, 자유로운 강간을 위해 그렇게 묘한 자세를 만든 것이다. 강간을 하면서 가학적으로 후려친 것인지 여자의 뺨과 가슴이 벌겋게 부어 있었다.

이미 옷을 다 입은 상태로 여자 위에 올라 앉아 있던 진상철은 회칼을 위로 쳐든 채 잔인한 미소를 짓다가 화들짝 놀라며 뒤를 돌아보았다. 백동호는 방금 유리창을 깨버린 망치를 버리며 엄동설한 시냇물처럼 차갑게 말했다.

"진상철! 밖으로 나와라."

그리고 뒷바퀴에 예리한 송곳을 찔러 넣은 백동호는 화물칸 출입문과 뒷문을 모두 살펴볼 수 있는 위치로 재빠르게 물러났다. 진상철은 혼비백산 하면서도 숨을 죽이고 밖의 동정에 귀를 기울였다. 백동호는 만만치 않은 사내였다. 대비책도 없이 무작정 습격을 왔을 리가 절대로 없다. 신중하게 행동하자.

진상철이 깨진 유리창으로 조심스럽게 밖을 살폈다. 그리고 이지러진 달빛에 7, 8m쯤으로 물러나 버티고 서있는 백동호가 혼자라는 것을 확인했다. 근처에 사람들을 숨겨 두었더라도 어차피 화물칸 안에서 오래 버틸 수 없는 상황이다. 백동호는 거리가 떨어져 있으니 얼른 뛰어내려서 운전석에 올라타고 차문을 잠근 뒤 출발을 하면 어떨까. 다시 백동호의 목소리가 들렸다.

"진상철! 나는 혼자 왔고 타이어는 구멍을 냈다. 최루가스탄을 던져넣기 전에 쓸데없는 머리 굴리지 말고 어서 나와서 한판 붙자."

쩝! 타이어에 구멍을 냈다고? 그래. 이 새끼야. 한판 붙자. 하지만 서두를 필요는 없다. 진상철은 침착하게 한손에는 전기충격기, 다른 손에는 회칼을 잡은 채 출입문을 열었다. 달빛 외에도 불빛이 더 필요하다고 생각한 그는 비교적 밝은 캠핑용 랜턴 빛이 새어나오는 출입문을 닫지 않은 채 성큼 내려섰다. 그리고 정말 백동호 혼자라는 것이 다시 한 번 확인되자 안심한 듯 결코 호의가 담기지 않은 미소를 해들해들 거렸다.

"반갑습니다. 백동호씨!"

"칼을 버리고 무릎을 꿇어라."

"후후, 그렇게는 못하지. 용감한 것인지 미련한 것인지는 몰라도 당신이야말로 이제 곧 살려달라며 내게 무릎을 꿇어야 할 것 같은데. 이렇게 비극적인 결말을 보는 것이 안타깝지만 모두 당신이 자초한 일이다."

"멈춰라! 한 발짝만 더 움직이면 쏘겠다."

진상철은 '엇 뜨거워라!' 싶었다. 백동호는 달빛을 등지고 서있기 때문에 한손을 약간 등 뒤로 돌렸을 때는 잘 보이지 않았다. 그런데 별안간 두 손으로 치켜든 것을 자세히 보니 분명히 총이었다. 그러면 그렇지 저 교활한 새끼가 이 외진 곳까지 혼자 찾아왔을 때는 믿는 구석이 있기 때문이었다. 권총이나 엽총도 아니다. 상당히 위력적인 사제총으로 보였고, 소음기까지 달려 있었다.

저 자식은 금고털이로 쇠붙이나 기계를 다루는 손재주가 뛰어나며, 청주교도소에서 선반(旋盤. 회전하는 금속을 절삭공구로 깎아 원하는 모양으로 만드는 공작기계) 기능사 자격증도 취득했다. 머리까지 비상한 놈이니 총을 만드는 것은 쉬웠겠지. 내가 왜 권총을 구할 생각을 하지 못했을까. 아무튼 위험을 무릅쓰고 달려들기에는 거리가 너무 멀다. 놈은 그것까지 계산에 두고 저 자리에 서 있는 것이다.

"진상철! 임신 중이던 내 아내는 어젯밤 일로 유산을 했다. 그리고 철저하게 망가져서 병원에 입원해 있지. 내가 평소 뱃속의 태아와 얼마나 다정하고 많은 대화를 나누었는지 너 같은 놈은 상상도 하지 못할 것이다. 다시 한 번 말한다. 칼을 멀리 던지고 무릎을 꿇어라."

"………."

"세 번째이며 마지막 경고이다. 이것은 크기가 작지만 국제특허를 내도 괜찮을 만큼 잘 만들어진 자동소총이다. 소음기 성능도 최고이지. 10초 뒤에는 사살하겠다."

"………."

"설마 내가 협박만 하다가 돌아갈 작정으로 여기까지 찾아왔다고 생각하지는 않겠지? 자! 1초, 2초."

"나, 나를 여기서 죽이면 차안의 여자가 목격자가 된다."

"6초, 7초, 8초."

남의 목숨은 파리 목숨 취급하는 놈일수록 제 목숨은 천금처럼 얼고 떨지 않는 놈이 없다. 백동호의 냉혹한 카운트에 진상철은 얼바람을 맞아 횡기 낀 얼굴이 옥양목처럼 하얗게 질렸다. 항상 자살을 하겠다고 다짐했지만 지금은 그럴 상황이 아니었고 마음먹은 것처럼 자살이 쉬운 일도 아니었다. 무모하게 달려들지만 않는다면 목격자가 있으니 나를 죽이지는 않을 것이다. 일단 항복했다가 반격이나 도주의 기회를 잡자. 진상철은 힘없이 칼을 던지며 무릎을 꿇었다.

"얼굴이 무릎에 닿을 만큼 고개를 바짝 숙여라. 조금이라도 수상한 몸짓이나 고개를 드는 기미가 보이면 너는 즉시 벌집이 될 것이다."

백동호는 긴장을 늦추지 않고 매우 신중하게 우회해서 뒤로 다가갔다. 진상철은 발자국소리가 서푼서푼 가까워 올 때마다 피가 마르는 것 같았다. 내가 이렇게 겁이 많고 무능한 놈이었나. 믿기지가 않았다. 나를 묶으려고 하겠지. 아니면 수갑을 가져 왔을까. 아무튼 이판사판인데 일단 묶이고 나면 더욱 힘들어진다. 지금이 절호의 기회이다.

백동호가 뒤에서 옆으로 반걸음쯤 다가오고 있었다. 결투가 벌어지면 자신 있다. 돌연 번개처럼 몸을 날려 백동호의 다리를 잡아채면 넘어지면서 총이 허공을 향해 발사될 것이며 엎치락뒤치락 하다보면 내가 이길 가능성이 높다. 아니면 잽싸게 몸을 옆으로 구르면서 다리를 걸어 버릴 수도 있다. 조금만 더 다가와라. 진상철은 얼굴을 무릎에 묻은 상태에서 자신을 묶기 위해 백동호가 허리를 숙이는 순간을 기다리고 있었다.

그러나 백동호는 진상철이 자동소총을 방망이처럼 휘두를 사정거리에 들어오자 묶기 위해 허리를 숙이기 전 먼저 개머리판으로 등짝을 힘껏 내리찍었다. 진상철은 2만 볼트의 전기가 흐르는 듯 정신이 아찔했다. 다음 순간 강철 개머리판이 머리를 강타했다. 진상철은 반항할 여지도 없이 쭉 뻗어서 기절을 하고 말았다. 백동호는 이런 장면을 예상하고 머리를 강타해도 충격만 심하고 죽지는 않도록 미리 개머리판에 붕대를 감아두었던 것이다.

긴장을 늦추지 않고 한손으로 총을 겨눈 백동호는 진상철의 손을 등 뒤로 돌려 수갑을 채웠다. 발목에도 수갑을 채웠고 주머니를 뒤져 무기들을 압수했다. 진상철을 질질 끌어서 바로 옆 소나무에 앉힌 백동호는 미리 준비한 나일론 끈으로 단단하게 묶었다. 그리고 조금 정신을 차리는 진상철에게 유들유들하게 말했다.

"진상철! 가짜 총에 속아서 잡힌 기분이 어때?"

"하하, 나를 경찰에 넘기면 사제총이 문제 될 것 같으니까 연막을 치는가본데 그것이 진짜 총이라는데 눈알빼기 내기를 해도 좋다."

"경찰과 판사는 진실을 모른다. 오직 드러난 증거와 상황에 따라서 판단을 하되 가능한 정의로운 사람의 편에 서지. 설령 내게 진짜 총이 있었더라도 그들은 오직 가짜 총만이 증거물로 발견하게 될 것이다. 그리고 너는 이것이 가짜 총이라는 것을 눈치 채고 나와 매우 심한 격투 끝에 붙잡힌 것이다. 나도 어느 정도 상처를 만들 작정이다. 아무튼 지금은 네가 맞아야 할 시간이다."

백동호는 이를 갈며 인정사정없이 걷어차고 후려치기 시작했다. 뻥뻥 소리가 나는 살기를 담은 잔인한 폭력이었다. 태어나보지도 못하고 속절없이 죽어야 했던 태아와 평생 마음의 상처를 가지고 살아야 할 아내를 생각하면 당장 죽여 버리고 싶었다. 갈비뼈와 치아가 부러지고 여기저기가 찢긴 진상철은 숨을 쉬기 어려운지 끄엉 끄엉 낮은 신음을 냈다. 백동호는 그제서 차안에 묶여 있는 여자를 풀어줘야겠다는 생각이 들었다. 회칼을 주워 든 백동호가 고개를 옆으로 돌리는 매너로 화물칸 출입문 다가서며 말했다.

"저는 지금 고개를 돌리고 있으니 편하게 대답하세요. 괜찮으십니까?"

"……네."

"그럼 한 가지만 약속해 주세요. 절대로 아가씨를 해치지 않을 테니까 줄을 끊어드리면 소리치며 밖으로 뛰쳐나가지 마세요. 제가 병원, 경찰서, 집 원하는 곳에 안전하고 편안하게 모셔다 드리겠습니다. 알겠지요?"

"네. 정말 감사합니다."

백동호는 여자의 발가벗은 몸을 보지 않으려고 신경을 쓰며 회칼로 묶인 줄을 잘랐다. 안문희는 옷을 입은 채 진상철이 회칼로 갈가리 찢어 버려서 도저히 입을 수가 없는 상태였다. 백동호가 여전히 고개를 돌린 채 옷걸이에 걸려 있는 진상철의 바지와 웃옷을 골라 주었다. 그동안 바위 뒤에 숨어서 진상철의 스타렉스를 지켜보던 황용주는 가만히 발걸음을 돌렸다. 아무래도 마음이 놓이지 않아 매우 유능한 흥신소 직원(전직 경찰)에게 실시간으로 백동호의 핸드폰 위치추적을 부탁했고, 멀찍이 뒤를 따라 온 것이다. 지금 백동호를 만났다가는 곱지 않은 말이 길어질 것 같았다. 늦었지만 지금이라도 상을 당한 정환채 변호사의 고향 속초로 출발하기로 했다.

백동호는 옷을 다 입은 안문희의 상태를 살폈다. 타박상은 많았지만 의사가 아니면 안 되는 상처는 없었다. 다행히 잔혹한 살해를 당하기 직전에 구해진 것이다. 화물칸에는 구급약상자가 있어서 대충 치료했다. 아직 필로폰에 취해 있는 상태의 안문희는 아픔도 거의 느끼지 못하고 있었으며 한사코 병원이나 경찰서에 가기를 거부했다. 가더라도 조금 있다가 마음을 안정시킨 뒤 가고 싶다고 했다. 그리고 감사하다는 말을 되풀이 하더니 이렇게 말했다.

"저, 선생님이 누군지 알아요. 아까 그 사람이 백동호씨라고 불렀을 때 설마 했는데 얼굴을 보니 맞네요. 영화가 나오기 전에 원작소설은 먼저 읽었어요. M백동호C '이제는 말할 수 있다.' 실미도편에 출연하신 모습도 보았거든요."

"흠, 이런 일로 만나니 부끄럽습니다."

"그런 말씀하지 마세요. 선생님은 제가 평생 잊지 못할 생명의 은인이에요. 누군가 저를 구해주시면 그 사람의 노예가 되어도 좋다고 생각했는데 선생님이어서 너무 기뻐요. 저는 안문희입니다."

조금 전 그녀는 공포의 극대화였고, 지금은 살아났다는 기쁨의 환희에 열중해 있었다. 앞에서도 언급했듯 필로폰은 어떤 일을 시작하면 좀처럼 그만두지를 못한다. 지금 안문희는 과장된 감정으로 백동호와 대화에 사로잡혀 있었다. 병원이나 경찰에 가면 사제총 이야기가 나올 것이다. 백동호는 만약을 위해서 비슷한 모양의 장난감 총을 준비는 했지만 언론에 이런 일이 밝혀지는 것이 싫었다.

"일단 집에 모셔다 드리겠습니다. 신고하지 말라는 말은 못하겠습니다. 저놈은 묶어 놓은 상태로 둘 테니 경찰에게 아가씨가 겪은 사실 그대로 말하세요. 하지만 이것은 실제 총이 아니라. 그저 위협하기 위해 만든 장난감 총입니다."

"집에는 무서워서 혼자 못 들어가겠어요."

그래서 지금 나보고 어쩌란 말인가. 난처했다. 안문희는 자꾸 무슨 말을 계속하려고 했다. 범인을 어떻게 아느냐, 조금 전에 들어 보았더니 사모님도 피해를 당하신 것 같은데 무슨 일이냐 이런 것을 물어 볼만도 한데 오직 자신의 얘기만을 장황하게 늘어놓았다. 필로폰의 영향 때문이었다. 방금 죽음에서 살아난 사람에게 차마 박절하게 대할 수가 없어서 대화가 약간 길어지고 있었다.

그 시간 기절에서 깨어난 진상철은 묶인 오른손을 간신히 움직여 왼팔에 붙여놓은 파스를 떼어냈다. '행동은 대범하게 그러나 조심은 아무리 강조해도 지나치지 않다.' 백동호가 자전소설에서 금고털이를 할 때 나오는 말이다.

강력범죄자는 언제 어떤 일이 생기고 무슨 일을 당할지 모른다. 때문에 파스 안에 종이처럼 얇은 양날 면도날과 만능키 하나쯤은 숨겨 다니는 것이 좋다고 했다. 진상철은 만약을 위해 파스 안에 넣어둔 면도날로 묶인 줄을 끊고 만능키로 수갑을 풀기 시작했다.

"잠깐만요!"

백동호는 낌새가 이상해서 얼른 밖을 내다보았다. 나무에 묶여 있던 진상철이 어느새 저만큼 도망을 치고 있었다. 몹시 절룩거리는 모습이 뒤따라 잡을 수 있을 것 같았다. 총을 집어든 백동호가 쫓아가려고 일어서는데 안문희가 필사적으로 끌어안으며 비명처럼 소리쳤다.

"선생님! 가지 마세요. 저 너무 무서워요."

백동호는 멈칫했다. 차마 그 소리를 듣고서도 필사적으로 매달리는 여자를 거칠게 떼어내고 쫓아갈 수가 없었다. 필로폰에 한껏 취해 있는 여자를 이렇게 외진 장소에 혼자 남겨두는 것은 술에 만취한 여자를 남겨두는 것보다 열배쯤 위험한 일이기도 했다. 강간을 당하고 살해당하기 직전까지 갔던 극도의 공포와 충격이 극대화 되어서 정처 없이 해변을 걷다가 바다에 뛰어들 수도 있고, 바위 절벽에서 뛰어 내릴 가능성도 없지 않았다.

그런데 문제는 안문희가 필로폰 때문에 성적으로 몸이 달아 있는 상태라는 것이다. 백동호를 끌어안고 안문희의 손길에 점점 힘이 들어갔고, 입김이 뜨거워지고 있었다. 하지만 백동호는 지금 자신으로 인해 아내가 병원에 누워있으며 제정신이 아닌 여자를 상대로 무엇을 어찌할 수가 있겠는가. 안문희가 상처 받지 않도록 조심하며 힘 있게 떼어냈다. 그리고 잠시 찬바람을 쐬게 한 뒤, 경찰서 앞에 내려주기로 했다.

서울에 올라 온 백동호는 일단 집에 들려 샤워를 하고 옷을 갈아입은 뒤, 아내가 입원해 있는 병원에 갈 생각이었다. 아내는 지금 친정어머니와 간병인이 옆에 있으며 전화를 받는 목소리가 평소와 크게 다르지 않아서 시간적 여유가 있었다. 그런데 연립주택에 도착, 집을 향해 올라가며 무심코 바라본 계단 옆의 우편함에 편지가 비쭉 나와 있는 것이 보였다. 돈을 요구하는 편지 같았다.

2부.

황용주

❖

속초 수협수산물직판장에서 영금정(靈琴亭)으로 통하는 겨울거리에는 땅거미가 조금씩 내려앉고 있었다. 해거름 녘이어서 아직도 희미한 낮 기운이 남아 있지만 성급한 가로등이 일제히 불을 밝혔다. 영금정 아래 거대한 바위를 파도가 질타하며 하얗게 부서져 기절 하는데, 인근의 횟집들도 간판과 실내등이 다투어 켜지기 시작하고 있었다.

정환채 변호사가 화들짝 놀랄 만큼 거액의 부의금을 내고 상갓집에서 나온 황용주는 횟집 2층에서 식사를 했다. 문상객은 많았지만 대부분 모르는 사람이었기에 오래 있을 수가 없었고, 밥이나 먹고 서울에 가기 위해서 횟집에 들린 것이다. 황용주는 식사를 하며 정환채 변호사에게 받아온 서류봉투의 낡은 편지들을 꺼냈다. 그리고 더러운 늪지대의 물방개 같았던 그 옛날의 슬픔, 고통, 고뇌가 담겨 있는 편지들을 한 장씩 살펴보았다. 그리고 청소년 시절 제일 처음에 보냈던 찾아내 읽으며 아련한 옛 생각에 잠겨 들었다.

아직 겨울이 다 가지 않은 1972년 이른 봄, 황용주는 서울소년원 가위탁(假委託)에 수용되어 있었다. 전과가 없는 사람은 소년교도소와 소년원의 차이점을 잘 모를 것이다. 소년교도소는 범죄를 저지른 미성년자가 징역을 사는 곳이다. 그리고 소년원은 비교적 정상참작의 여지가 있는 비행청소년에게 사법적 형벌을 면제하는 대신 훈육을 목적으로 하는 특수교육기관이다. 행정적으로 그렇게 분류되어 운영하고 있지만 실제는 두 곳 모두 철창에 갇힌 징역살이다.

비행청소년이 가정법원 소년부 판사의 심판(재판) 때까지 임시로 수용되어 있는 곳이 소년원 가위탁이다. 판사의 심판은 1-5호(훗날에는 1-10호)까지 보호처분으로 구분되어 있다. 1호 보호처분은 부모에게 돌려보내는 것이다. 가장 가혹한 5호 처분을 받으면 기결수에 해당하는 소년원으로 송치되어 1년 남짓 교육(징역살이)을 받아야 한다. 문제는 황용주처럼 부모가 없는 고아는 거의 모두 5호 처분을 받는 것이 통상적인 관례라는 것이다.

당시 가위탁 심판은 검사와 변호사 없이 진행되었으며, 판사와 대화도 2-3분에 불과했다. 서류심사로 모든 것이 결정되는 것이다. 하지만 황용주는 지난 몇 년 동안 그토록 찾아 헤매던 일란성쌍둥이 백동호가 영등포구 신길동에서 살고 있다는 소식을 듣게 된 상황이었다. 하루빨리 사회로 복귀해서 만나고 싶어 애가 탔다. 그렇다고 없는 부모를 만들어서 제1호 보호처분을 받을 수는 없었다.

고민이 많은 황용주는 콩나물시루 칼잠으로 밤늦게까지 뒤척이다가 소변을 보러 가위탁의 긴 복도를 지나 공동변소에 들어가곤 했다. 나오지도 않는 소변을 찔끔거리며 철창 밖을 바라보면 뒷산에 솔바람이 소소 지나가며 잠 씻은 밤이 이즈막하게 깊어가고, 휘파람새의 울음소리에 휩싸인 달빛이 흐르고 있었다. 그리고 아직은 싹을 충분히 틔우지 못해 앙상한 가지들이 홰친 홰친 흔들리며 고민하지 말고 차라리 탈출을 하라며 충동질을 했다.

날이 밝으면 황용주는 꽃샘추위로 눈이 내린 운동장에 맵짠 바람이 팔팔 눈갈기를 날리며 달려가는 모습을 우두커니 바라보며 생각에 잠겼다. 하지만 아무래도 탈출은 무모한 짓이었다. 황용주는 두고두고 고민하다가 탈출 대신 뭐라도 시도해야한다는 결론을 내렸다. 서울가정법원 소년부 판사에게 장문의 편지를 보내기로 했다. 진심이 담긴 자신의 파란만장한 경험담을 판사가 읽으면 보호자가 없어도 출소를 할 가능성이 충분히 있다고 판단한 것이다.

『존경하는 정환채 판사님께! 저는 지금 이 편지를 판사님께 올리지 않으면 안 되는 절박한 상황이라서 용기를 냈습니다. 글을 쓰기 전 생각을 정리하며 감정이 북받칠 때마다 많은 눈물을 흘렸습니다. 세상 사람들은 대부분 저를 부랑아동수용소를 전전하다가 소년원까지 들어온 쓰레기인생으로 생각할 것입니다. 하지만 저는 누가 뭐래도 앞날에 대한 꿈을 잃지 않고 있으며, 거리에 침조차 함부로 뱉지 않았던 바른생활 청소년입니다.

부랑아동 수용소에 있을 때조차 저는 옳지 못한 것은 남의 일이라도 분노했고, 바로 잡으려고 해서 '태평양'(넓은 오지랖), '콧기름'(고자질쟁이), '서똥'(서서 똥을 쌀만큼 꼿꼿한 인간) 등의 별명이 붙었을 정도입니다. 저는 1955년 대전시 자양동에서 일란성쌍둥이의 형으로 출생했습니다. 중학교 국어선생님이었던 어머니는 출산 직후 돌아가셨고, 아버지마저 저희가 5살 때 뜻밖의 사고로 유언 한마디 없이 운명을 달리하셨습니다. 쌍둥이동생은 다음 해에 아이가 없는 백씨 집에 양자로 들어갔으며, 저는 그동안 유모처럼 돌봐주시던 옆집 과부 할머니에게 계속 맡겨져서 지극한 사랑을 받으며 성장했습니다.

저는 5살 때 구구단을 반나절 만에 모두 외웠으며, 7살에는 천자문과 명심보감을 막힘없이 읽고 쓰고 해석해서 신동으로 소문이 났습니다. 국민학교(초등학교) 5학년 때 전국 아마추어 국수전(바둑대회) 충청남도 대표선발전에 참가해서 수많은 어른과 대학생들을 물리치고 2위까지 올라 화제가 된 적도 있었습니다. 장래희망은 외교관이었습니다. 제가 순탄하게 성장했다면 목표를 이룰 수 있었을 것입니다.

하지만 13살의 가을, 그동안 키워주시던 할머니께서 연로하시어 친자식이 있는 충남 서산으로 가시고 저는 고아원으로 보내졌습니다. 이별을 앞둔 밤, 창밖에는 스산한 가을비가 추적추적 내리고 있었습니다. 독실한 기독교 신자이며 교회 권사이던 할머니께서는 저의 손을 붙잡고 눈물을 흘리며 이렇게 말씀하셨지요.

"……두고 온 어린 자식의 울음소리는 하늘나라에서도 들린다는데 핏덩이에 불과한 쌍둥이를 남겨두고 숨을 거둬야 했던 네 어미의 심정이 오죽했겠니? 찢어지는 그 마음을 생각해서라도 부디 착하게 살아야 한다. 교회도 잊지 말고 다니고 언제든 백씨 집안에 양자로 들어간 네 동생을 꼭 찾아서 서로 도우며 살아라. 중앙시장에서 포목점을 하는 강만석을 찾아가면 소식을 알 수 있을 거다.………"

세상의 전부였던 할머니가 그렇게 떠나가신 뒤, 이 넓은 세상에 홀로 덩그러니 남겨진 저는 외로움이 뼈에 사무쳤습니다. 어릴 때 헤어진 쌍둥이동생도 새삼 못 견디게 그리웠습니다. 수소문을 해보니 동생은 이미 양부모 집에서 가출, 무작정 상경해 동대문시장 은성빌딩 앞에서 구두닦이로 살아가고 있다는 것을 알아냈습니다. 그 소문이 사실이라면 하루면 찾을 수 있을 것 같았지요.

저는 고아원 원장님에게 상황을 말씀드리고 이틀의 말미를 얻었습니다. 그리고 할머니가 서산으로 떠나시며 저를 위해 동네 쌀집 주인부부에게 맡겨 둔 5천2백 원 중에서 2천2백 원을 찾았습니다. 당시 서울행 완행열차요금은 120원이었습니다. 동생을 찾으면 옷이라도 한번 사 입힐 작정이었습니다. 그런데 저는 서울역에 도착한지 불과 20분 만에 영문도 모르고 시청공무원과 경찰의 부랑아동 합동단속반에 붙잡혔습니다.

저는 동생을 찾으러 서울에 온 사연을 설명하며 거리를 배회하는 부랑아동이 아님을 항변했지만 그들은 아예 들으려고 하지 않았습니다. 오히려 말이 많다며 뺨을 때리고 구둣발로 걷어찼습니다. 일단 붙잡힌 부랑아동은 보호자가 있어도 집에 연락을 해주지 않으며 형식적인 서류 작성을 합니다. 웬만한 가정에는 전화가 없었던 탓도 있지만 그보다 검거실적이 줄어들기 때문이었습니다.

그렇게 강제로 수용된 응암동 서울시립아동보호소는 악몽이 잠보다 더 길고, 상상조차 할 수 없도록 잔혹한 몽둥이가 사랑의 매로 둔갑하는 마법의 세계였습니다. 어린 소년들은 병들어 죽고, 영양실조로 죽고, 도망치려다가 붙잡히거나 기강을 세우려는 통장과 실장(동료소년들을 통솔하는 간부)에게 맞아죽기도 했습니다.

인간은 모든 문제를 자신에게 유리한 쪽으로 해석하고 그것이 아무리 비논리적이며 불합리해도 진실로 믿어버리는 탁월한 재주가 있는 것 같습니다. 배추벌레는 배추를 먹기 위해서 태어났습니다. 하지만 배추벌레의 권리와 입장을 존중해주는 인간은 아예 인간은 존재하지 않습니다. 경찰과 시청공무원 합동단속반에게는 거리를 배회하는 부랑아동이 복지국가 대한민국을 갉아 먹은 인간 배추벌레였습니다. 처자식을 거느린 가장으로서 객관적 판단에 따른 양심선언이 불가능하기에 자신의 추악한 행동을 사회정의, 국가봉사로 합리화시키는 것이지요.

쇠창살 창문과 운동장 가장자리에는 살벌한 철조망울타리가 둘러싸인 시립아동보호소는 부랑아동 2천명을 강제수용하고 있었습니다. 서울시에서 발표한 아동보호소의 존재이유는 불쌍한 고아, 기아의 구제와 보호입니다. 그러나 숨겨진 본래의 목적은 희망찬 복지국가 서울거리에 부스럼딱지처럼 남루한 아이들이 거리를 배회하는 풍경을 국민들 눈에서 사라지게 하는 것입니다. 명동과 소공동 등 번화가에서 단속된 아이들만 따로 추려내서 어른이 될 때까지 다시는 서울로 돌아오지 못하도록'지옥의 섬'이라고 불리는 인천 앞바다의 선감도, 목포 앞바다의 고하도로 유배를 보내는 것이 그 증거입니다.

아무튼 저는 아동보호소 축구선수가 되었습니다. 축구는 보호자 없이 굶주리며 떠돌던 아이들의 사회에 대한 반항, 밑바닥 인생의 유일한 탈출구였습니다. 우리는 전승에 가까운 기적을 일으켰고, 각종 전국대회를 모조리 석권했습니다. 신문은 인간승리의 표본이라고 자주 보도했으며 아동보호소 축구부를 주인공으로 김수용 감독님의 '맨발의 영광'(1968년 개봉)이라는 영화가 제작될 정도였습니다.

제가 아동보호소 생활을 하면서 가장 참을 수 없었던 것은 나약한 소년들이 밤마다 공공연하게 성추행을 당하는 것이었습니다. 하루는 공동변소에 갔다가 울고 있는 소년을 목격했습니다. 잦은 성추행에 항문이 헐고 찢어져 있었습니다. 영양실조로 누런 황달기가 있는 소년의 팬티는 붉은 피로 흥건하게 젖어 있었습니다. 저는 순간 분노로 살이 떨렸습니다.

보복을 염려하며 완강하게 거부하는 소년을 설득해서 관리 선생님에게 데려갔습니다. 하지만 내부고발 효과는 없었습니다. 오히려 저는 '콧기름'(고자질쟁이), 오지랖이 '태평양'으로 낙인찍혀서 힘센 청소년들에게 왕따를 당했으며, 방어차원에서 툭하면 싸움을 해야 했습니다. 몰매를 맞아서 기절을 한 적도 여러 번입니다.

하지만 저를 믿고 고발에 동행했던 가여운 소년에게 너무나 미안하고, 이다지도 나쁜 놈들에게는 지고 싶지 않다는 자존심 때문에 악착같이 굴복하지 않고 버텼습니다.

이래저래 말썽이 많았던 저는 결국 인천 앞바다의 선감도(선감원)로 보내졌습니다. 아동보호소의 힘들었던 생활은 선감도에 비하면 그야말로 조족지혈이었습니다. 완벽하게 폐쇄된 그곳에는 인간의 잔혹성에 대한 감독이나 인권유린의 제동장치가 전혀 존재하지 않았습니다. 선감도에서 무한권력을 가진 직원이나 힘센 소년들은 악마보다 가학적인 동물이었습니다.

저는 선감도의 잔혹한 행정에 대한 반항심도 있었지만 앞으로 6년 동안이나 갇혀 살 수는 없었습니다. 동생을 찾아야 했으니까요. 7명을 규합했고, 깊은 밤에 집단탈출을 모의했습니다. 바닷물이 빠지면 불과 2백m를 헤엄쳐서 큰섬 대부도까지 갈수가 있고, 그곳에서 육지로 갈수 있는 방법은 많았습니다. 인근의 어부들도 불쌍하기 그지없는 선감원생들을 곧잘 인천까지 태워다 주곤 했지요. 그런데 우리는 친구의 밀고로 모두 붙잡히고 말았습니다.

선감원은 법적으로 단순히 고아, 부랑아동의 보호시설이며 당연히 출입이 자유로워야합니다. 탈출이 죄가 될 리 없습니다. 하지만 주동자로 지목된 저는 며칠 동안 온몸이 너덜너덜 해지도록 두들겨 맞았습니다. 세상에서 가장 신선한 것은 폭력에 의한 고통입니다. 아무리 두들겨 맞고 또 다시 맞아서 맞은 자리에 굳은살이 생기도록 단련이 되어도 고통의 강도와 크기는 항상 신선도를 유지합니다. 저는 탈출을 모의한 주동자라서 특히 심하게 많이 맞았습니다. 피를 많이 흘린 저는 죽은 줄 알고 다음날 날이 밝으면 뒷산에 묻어버리기 위해 지하실로 옮겨졌다가 기적으로 살아났습니다.

저는 누군가 이 끔찍한 선감도의 비극을 끝내야 한다는 생각을 떨쳐버릴 수가 없었습니다. 겁도 없이 청와대에 선감도 원생들을 생지옥의 아비규환에서 구출해달라는 진정서를 썼습니다. 그리고 안면이 있는 선감도 주민에게 몰래 그것을 부쳐달라고 간청했다가 발각되고 말았습니다. 저는 이번에도 초죽음이 되도록 두들겨 맞은 뒤 선감도보다 훨씬 열악한 목포 앞바다의 고하도로 쫓겨 갔습니다.

굴엿목(물살이 거센 바다) 2Km를 맨몸으로 헤엄쳐야 하는 고하도의 탈출은 곧 죽음을 의미합니다. 11명의 소년들이 엉성한 뗏목을 만들어 탈출하다가 8명이 죽고 3명이 거센 파도에 밀려 다시 돌아 왔는데 그 중 1명은 저체온증, 1명은 맞아 죽은 유명한 사건도 있었습니다.

그럼에도 불구하고 어린 소년들이 끊임없이 바다에 뛰어 든 이유는 억울하다는 감정이 때문입니다. 나(고아)도 인간이다. 어째서 아무런 죄도 짓지 않았는데 외딴 섬에 가두어 놓고 노예처럼 강제노역을 시키며 걸핏하면 목숨이 간당간당하도록 두들겨 패는 것이냐. 나도 자유롭게 살아갈 권리가 있다는 항변이었습니다.

탈출에 실패한 소년들은 파도에 떠밀려 되돌아옵니다. 뒤늦게 해변에서 발견되는 시체는 바닷물에 퉁퉁 불어서 흠실흠실 물크러져버린 뱃속에 낙지가 들어 있는 경우도 있었습니다. 뱃속으로 손을 넣어 꺼낼 때 팔뚝에 쩍쩍 달라붙던 낙지발의 징그러운 감촉을 저는 영원히 잊을 수가 없습니다. 장례식은커녕 뒷산에 관도 봉분도 없이 묻으면 끝이었지요.

공자는 '백성이 죽음을 두려워하지 않는 것은 그만치 살기가 힘들기 때문이다.'고 했습니다. 선감도, 고하도가 얼마나 끔찍한 생지옥이었으면 어린 소년들이 죽음의 탈출행렬을 그치지 않았겠습니까. 그렇게 속절없이 죽어간 수많은 어린 영혼들은 사실상 밑바닥 인생의 인권에는 관심이 없는 공무원, 정치가들에게 살해당한 것입니다.

아동보호소에서 성추행을 고발했던 탓에 여러 가지 별명이 꼬리표처럼 따라다녔고, 청와대에 진정서까지 보내려고 시도했던 저는 고하도에서도 왕따를 당해 툭하면 두들겨 맞았습니다. 그곳에서도 또 다시 탈출을 모의하다가 적발되었습니다. 그리고 저는 여지 것 살아 있은 것이 불가사의할 정도의 모진 매를 견디어 냈습니다.

다행히 새로 부임하신 고하도 감화원장님의 바둑선생이 된 뒤부터 명목상 진열되어 있던 도서관의 사서를 하며 편하게 지냈습니다. 목포시청, 문화단체, 학교 등에서 기증한 책들을 원 없이 읽으며 3년6개월을 보냈습니다.

매우 속독(速讀)에다가 활자중독증까지 있는 저는 그때 거의 2천 권의 책들을 모조리 읽었고, 원장실에 배달되어 온 2개 신문까지 샅샅이 보았습니다. 그런대로 살만한 위치의 원생간부가 되었고, 강제노역 대신 바둑을 두고 책을 읽을 수가 있었기에 더 이상 목숨을 걸고 탈출하지 않기로 했습니다. 제가 살아있어야 쌍둥이동생도 만날 수가 있기 때문이기도 했습니다.

그런데 어느 날 서울아동보호소에서 이송을 온 신입이 저에게 반가운 인사를 했습니다. 얼굴, 말투, 팔자걸음까지 똑같은 일란성쌍둥이 동생과 저를 착각한 것입니다. 신입에 의하면 동생은 동대문에서 잠깐 지내다가 수원 남문 근처의 양아치 노릇을 거쳐 지금은 다시 서울 용산역 사창가 똘마니로 살고 있었습니다. 동생 친구들의 이름과 주로 잠을 자는 여인숙까지 들을 수가 있었습니다. 저는 밤마다 쌍둥이동생을 생각하며 잠을 설쳤습니다.

그때 17세(만16세)였던 저는 규정대로 하자면 2년 후, 자유를 얻을 수 있었지만 신분장에 요시찰 도장이 찍혀 있어서 만22세까지 고하도를 벗어날 수 없는 상황이었습니다. 저는 죽음의 단독탈출을 결심했습니다. 직원들이 사용하는 고무장갑과 고무장화로 손과 발에 착용하는 물갈퀴를 정교하게 만들었으며, 고하도 원장실 난로에 사용하는 석유통을 숨겨 두었다가 그것을 타고 차가운 밤바다에 뛰어들었습니다.

그러나 탈출에는 가까스로 성공했지만 고하도원생들이 주로 도착하는 지점 몇 군데를 돌아다니며 살피던 고하도 선생님과 경찰에게 발각되었습니다. 저는 이대로 붙잡혀 가서 죽을 수는 없다. 살아야만 한다는 공포가 뿜어내는 발악적 생명력으로 그들을 뿌리치고 도주에 성공했습니다. 그리고 온몸을 휩싸고 도는 두려움에 오슬오슬 몸을 떨며 사람들 눈에 띄지 않는 시골길로만 1백3십리를 걸었습니다. 옷은 엉망으로 찢어진 거지였지요. 시골에서 밭일을 하는 농부들에게 밥을 얻어먹은 뒤, 나주에서 몰래 도둑기차를 탔습니다. 그때의 무임승차가 제가 태어나서 저지른 유일한 나쁜 짓입니다.

마침내 서대전역에서 내린 저는 예전에 할머니와 살던 동네의 쌀집에 도착하자 그제서 긴장이 풀렸는지 기절을 하고 말았습니다. 쌀집 주인부부는 제가 그동안 겪었던 고생을 들으며 하염없이 울며 안아주시더군요. 그리고 저를 양자로 삼아 키우겠으니 이제 동생 찾는 것을 그만두라고 했습니다. 하지만 그동안의 고생이 억울해서라도 포기할 수가 없었습니다. 어렸을 때 제가 마침 집을 비우고 있어서 대신 백씨 집에 양자로 들어가 그토록 끔찍한 아동학대를 받았고, 가출 후 객지에서 좀도둑질로 살아가는 동생을 그대로 두고는 아무 것도 할 수가 없었습니다.

저는 쌀집에 맡겨두었던 남은 돈 3천 원을 들고 서울행 기차를 탔습니다. 옷차림도 깔끔하고 제법 어른 티가 나기 시작해서 부랑아동으로 단속될 리도 없었지요.

그러나 나중에 알게 된 사실인데 동생은 용산역에서 못되게 구는 선배의 허벅지를 칼로 찌르고 어디론가 도망을 친 뒤였습니다. 제가 이번에 들어 온 폭력사건은 저를 쌍둥이 동생으로 착각한 용산역 잔챙이 불량배가 걸어온 싸움에 정당방위 차원에서 발생한 일입니다. 불량배들은 용산경찰서 형사와 안면이 있는 포주의 도움으로 풀려나고 저는 가해자가 된 것입니다.

그런데 얼마 전 이곳에서 동생을 아는 원생을 또 만났습니다. 메뚜기가 뛰어 봤자 풀밭이더라고, 가위탁에는 끼리끼리 어울리는 불량청소년들이 서울의 모든 지역에서 꾸역꾸역 모여들고 있으니 누군가는 동생은 발견하기 마련이었던 것입니다. 동생은 지금 영등포 신길동에서 친구들과 각종 배달차 수금가방 들치기를 하고 다닌다고 했습니다. 동거하는 연상의 애인도 있었습니다. 저는 이번에야말로 동생을 찾을 수 있을 것 같은 희망에 가슴이 타는 나날을 보내고 있습니다.

존경하는 정환채 판사님! 저는 13살의 나이에 어릴 때 헤어진 쌍둥이 동생을 하루면 찾을 수 있을 것이라고 생각하며 서울에 올라왔습니다. 하지만 아무런 잘못도 없이 교도소보다 수십 배 열악하며 생지옥 같은 부랑아동 강제수용소를 3곳이나 옮겨 다니며 4년을 보냈습니다. 이번 사건으로 교도소에서 1심 재판을 거쳐 소년부로 송치되기까지 어느새 5개월 째 접어들고 있습니다.

그 세월동안 저는 빵만 있으면 이 세상에서 인간이 견디지 못할 시련은 없으며, 아무리 극심한 고통도 반드시 지나가게 되어 있다는 것을 경험으로 체득했습니다. 하지만 누가 뭐래도 세상은 살아볼만한 곳이기에 낳아주신 부모님을 원망한 적은 한 번도 없으며, 좌절하지도 않았습니다. 언젠가는 저도 성공을 해서 단란한 가족과 함께 제법 그럴듯하게 살아가겠지요. 자신 있습니다. 다만 부모님이 일찍 돌아가신 것은 저의 불행한 운명이었지 잘못은 아닙니다.

그동안 가정법원 소년부 판사님들께서는 단순히 유흥비를 마련하기 위해 범행을 한 비행청소년들에게는 대부분 관용을 베풀어 부모님 품으로 돌아가게 하셨습니다. 그런데 저는 단순히 보호자가 없다는 이유로 정상참작의 기회조차 박탈당하고 무조건 소년원생활을 계속해야 합니다. 이것은 몹시 불합리하고 부당한 관행이라고 생각합니다. 적어도 저의 입장에서는 억울합니다.

정환채 판사님께서 저의 죄질이 소년원 생활을 계속해야 할 만큼 나쁘다고 판단하시면 어쩔 수가 없습니다. 그렇지 않으면 저에게도 부모가 있는 비행청소년들과 동등한 기회를 주십시오. 저에게 관용을 베풀어 이번에야말로 쌍둥이동생을 만날 수 있게 해주십시오. 바르게 살라는 할머니의 마지막 당부와 관용을 베풀어주시는 판사님의 은혜를 생각해서라도 절대 나쁜 길로 빠지지 않고 쌍둥이 동생을 찾아서 대전으로 내려가겠습니다. 그리고 먼 훗날 제가 성공한 사람이 되면 판사님께서 어디에서 무엇을 하고 계시던 꼭 찾아뵙고 감사의 인사를 드리겠습니다.

1972년 3월 23일, 서울소년원 가위탁에서 정환채 판사님의 현명하신 심판을 간절한 마음으로 기다리는 고아청소년 황용주 올림』

열흘 뒤 황용주는 가정법원 소년부로 심판을 받으러 나갔다. 훤칠한 키에 눈도 코도 큼직하고 윤곽이 뚜렷한 호남형의 정환채 판사가 따뜻한 미소로 황용주를 바라보았다. 순간 좋은 분위기에 안도의 한숨이 절로 나왔다. 이윽고 정환채 판사가 다정하게 말했다.

"편지 잘 읽었네. 아주 명석하고 글 솜씨가 좋더군."

"감사합니다."

"쌍둥이동생을 찾으면 내게 전화해주게. 결과가 궁금하네."

정환채 판사는 3호(단기 보호관찰) 보호처분을 선고했다. 자유를 얻은 황용주가 가위탁을 나서는데 선생님(교도관)이 부르더니 정환채 판사가 주는 것이라며 봉투를 내밀었다.

봉투에는 '황용주군! 희망을 잃지 말게. 자네는 분명히 성공한 사람이 될 것일세. 큰 도움이 되어주지 못해 미안하네. 동생을 찾을 때까지 밥이라도 거르지 말게.'라는 격려의 글과 명함, 거금(?) 6천원이 들어있었다. 귀신은 경문에 막히고 사람은 인정에 막히는 것. 울컥 목젖이 아파왔다. 황용주는 찬란한 햇빛아래 노란개나리가 흐드러지게 피어 있는 불광동 서울소년원 주차장에 무너지듯 주저앉았다. 작년에 모인 눈물이 금년에 떨어지듯 지난 5년 동안의 서러움이 한꺼번에 북받쳐 한참을 흐득흐득 흐느꼈다.

황용주는 발바닥에 물집이 생길 정도로 신길동을 돌아다니며 동생을 찾는 한편 시간이 걸릴 것을 대비해서 일자리도 알아보았지만 모두 쉽지 않았다. 분명히 동생을 보았다는 사람을 만났는데 1개월 전쯤부터 없어졌다는 것이다. 백동호는 주거지를 자주 바꿔가며 떠돌았고, 바람밥 먹고 구름 똥 싸는 객지생활이었다. 절도죄로 교도소에는 들어갔지만 황용주가 들랑거렸던 부랑아동강제수용소에는 한 번도 잡혀간 적이 없었다. 먼 훗날 알게 된 사실인데 백동호는 그때 친구들과 절도죄로 검거되어서 서울구치소에 수용되어 있었다.

그런 사실을 까마득히 모르는 황용주는 며칠 뒤, 정환채 판사가 준 돈으로 구두닦이 통과 도구를 마련했다. 좋은 자리는 모두 엄청난 권리금이 있어서 골목골목을 누비며 '구두 닦으세요.'를 외쳤고 동생을 수소문하며 다녔다. 단골을 확보했으며, 수입도 그럭저럭 괜찮아졌지만 리어카 노점장사로 업종을 바꾸기로 작정했다. 이왕 이렇게 된 것 동생을 찾기 전에는 대전으로 돌아갈 수가 없었다.

하지만 재수 없는 놈은 비행기를 타도 독사에게 물려 죽더라고 황용주가 그동안 겪은 엄청난 시련과 고통은 예고편에 불과했다. 미국의 로이 설리번(1912~1983)은 벼락을 7번이나 맞아 세상에서 가장 재수 없는 사람으로 기네스북에 올라 있지만 황용주도 그에 못지않은 어두운 운명의 벼락이 계속되었다. 훗날 생각해보면 황용주의 운명에 결정적으로 어두운 사건이 발생한 날은 공교롭게도 비가 내리곤 했다. 1972년 5월 8일은 봄비치고는 상당히 많은 비가 하루 종일 내렸다. 마침 어버이날이었고, 비오는 날은 공치는 날이었다.

황용주는 무허가 여인숙 숙박비를 아끼기 위해 불이 나 버려진 폐가에서 그동안 밀린 잠을 자다가 첫사랑 평택 소녀를 꿈에서 만났다. 사실 첫사랑이라고 말할 인연 같은 것은 없었다. 평택 소녀는 황용주라는 사람이 세상에 있는지조차 모르기 때문이었다.

꿈속의 황용주는 고향집 마루에 앉아서 곤때 묻은 부채로 활랑활랑

바람을 일으키고 있었다. 희푸른 하늘신폭은 끝이 없는데 휑뎅그렁한 마당에는 뜨거운 태양 빛이 자글자글 끓었다. 멀리 심줄처럼 솟은 논두렁길을 지나 소나무 그늘에서는 동네 할아버지가 담배를 피우고 있었다.

그런데 그때 느닷없이 평택 소녀가 나타나 눈앞을 달려갔다. 소녀는 피 묻은 옷이 찢기고 머리가 헝클어져 있었다. 뒤에는 칼을 든 괴한이 뒤따라가고 있었다. 황용주는 직감적으로 괴한이 고하도 출신 원생이라는 것을 알아차렸다. 소녀를 구해야겠다는 일념에 억적박적 추격해서 뒷덜미를 잡았다. 괴한은 황소숨을 씩씩거리며 칼을 휘둘렀다. 마치 무성영화처럼 세상이 고요한데 황용주는 피를 흘리면서도 격투를 멈추지 않았다. 그런데 누군가의 발자국 소리가 들려왔다.

"어이! 일어나. 여기에서 뭐해?"

동네사람이 순찰을 돌던 방범대원에게 폐가에 수상한 사람이 있다고 알려주었던 것이다. 황용주는 좀도둑으로 오인되어 신길동파출소로 연행 되었다. 파출소 안에는 소장만 의자에 앉아 있을 뿐 모두 순찰을 나갔는지 썰렁했다. 하지만 잠시 후 그곳에서 황용주의 인생에 중대한 의미를 갖는 충격적인 사건을 목격하게 된다. 그날의 경험은 신길동 파출소와 멀지 않은 호프집에서 발생했다.

이미 밤 10시를 넘기고 있었다. 신길동파출소와 가까운 호프집 창밖에는 하염없이 비가 내리고 축축한 실내에는 조명마저 흐릿해서 한껏 우울한 분위기를 연출하고 있었다. 구석진 테이블에는 중년사내가 꽤 오랜 시간동안 소주잔을 기울였다. 조금 떨어진 테이블에는 불량청년 2명과 여자 1명이 왁자지껄 웃고 떠들 뿐 손님은 더 이상 들어오지 않았다. 주인여자는 곧 문을 닫으려고 슬슬 준비를 하고 있었다.

중년사내는 시원한 대머리였다. 옆머리를 무리하게 끌어다가 대머리를 가렸는데 비에 젖어 찰싹 달라붙은 채 그대로 말라버린 모습은 추레하기 이를 데 없었다. 무슨 괴로운 일이 있는 것 같았다. 술잔을 내려놓은 중년사내가 망부석처럼 굳은 자세로 혼잣말처럼 중얼거렸다.

"이 자식들아. 조용히 좀 해라."

흥에 겨워 술을 마시던 불량청년들이 힐끔 쳐다보았다. 중년사내는 눈물을 흘리고 있었다. 한 청년이 째려보는 눈길을 거두지 않았다. 옆에 있던 여자가 시비 붙지 말라는 듯 슬쩍 옷깃을 잡아당겼다. 다시 왁자지껄 하는데 중년사내가 이번에는 고함을 치는 수준으로 말했다.

"정말 조용히 못 하겠어?"

"어이, 대머리 아저씨. 많이 취하신 것 같은데 그렇게 시끄러우면 네가 나가시면 되잖아요."

"이 새끼들. 천둥 번개 맞고 싶지 않으면 까불지 마라."

"천둥 번개 같은 소리 하고 자빠졌네."

술 취한 청년 하나가 중년사내에게 건들건들 다가서더니 뺨을 후려갈겼다. 그러자 벌떡 일어선 중년사내가 소주병으로 청년의 머리를 내리쳤다. 순식간에 벌어진 일이었다. 청년의 머리에서 피가 주르르 흘러내렸다. 청년들은 순간 완전히 이성을 잃었고 중년사내를 마구 두들겨 패기 시작했다. 중년사내는 똑같은 말을 반복하고 있었다.

“너희들, 모두 병신을 만들어 버리겠어. 모두 병신을 만들어 버리겠어.”

하지만 그대로 두면 중년사내가 병신이 될 것이 분명해 보였다. 일행인 여자가 뜯어 말리는데 주인 여자가 신고를 했는지 경찰 2명이 들어왔다. 경찰은 먼저 주인여자에게 자초지종을 들었다.

청년들은 여자를 놔두고 자기끼리만 도망을 갈 수가 없었는지 경찰의 요구에 순순히 주민등록증을 내밀었다. 경찰은 중년사내에게도 신분증을 요구했다. 그런데 중년사내는 워낙 취해서인지 허짓허짓 몸을 가누지 못하며 계속 중얼댔다.

“이 새끼들 꼭 잡고 있어.”

“어이! 아저씨, 알겠으니까 신분증부터 제시하세요.”

중년사내가 주머니를 뒤적거렸지만 아무 것도 꺼내지 못하고 있었다.

“어, 내 지갑이 없네. 지갑이 없어.”

“뭐하시는 분입니까?”

“나? 너희들 조상님이다. 그러니까 이 새끼들 꼭 잡고 있어.”

“이 양반이 술을 입이 아니라 똥구멍으로 마셨군. 빨리 신분증이나 제시해요.”

중년사내가 순경의 뺨의 철썩 때리며 살똥스럽게 말했다.

“이 새끼야. 지금 지갑을 찾고 있는데 없잖아.”

형편없이 추레한 술주정뱅이에게 모욕을 당하고 따귀까지 맞은 경찰이 가만히 있을 리가 없었다. 구둣발로 중치를 냅다 걷어찼다. 쓰러진 중년사내는 불에 구운 오징어처럼 몸을 뒤틀었다. 그리고 잠시 뒤, 청년들과 함께 연행된 중년사내는 파출소에서도 계속 안하무인이었다.

"나. 남산에 있다. 경비전화로 5국을 호출해."

힘의 논리로 국가운영이 되던 시절이었다. 남산(중앙정보부)은 헌법 위에 군림하던 천하무적의 국가기관이었다. 입법, 사법, 행정의 권한은 그야말로 빈껍데기뿐이었다. 때문에 술 취한 사람이 파출소에서 호기를 부릴 때 자신이 남산에 있다고 뻥을 치는 경우가 종종 있었다.

"미친놈, 술값이 없어 무전취식을 하는 주제에 경비전화?"

"이 새끼들. 정말 벼락을 맞아야 알겠어?"

분에 못이긴 중년사내가 뒤로 찬 수갑 때문에 어쩌지를 못하자 순경의 얼굴에 가래침을 '카악. 퉤!' 뱉었다. 부아가 치민 경찰들이 중년사내를 경찰봉으로 마구 두들겨 팼다. 몸의 이곳저곳에서 뻥뻥 소리가 날 정도로 모진 매질이었다. 그때 호프집 주인여자가 지갑을 하나 들고 파출소에 들어오면서 말했다.

"저 아저씨 것 같은데 소파 밑에 떨어져 있었어요. 술값을 못 받았는데요."

그동안 이 광경을 물끄러미 구경만하고 있던 파출소장이 지갑을 받아 들었다. 그리고 도대체 술값이나 있는지 심드렁한 표정으로 지갑을 펼쳐보다가 얼굴이 흑싸리 껍데기로 까맣게 변하며 무릎을 꿇었다. 이마에 식은땀이 송글송글 맺혔고 턱이 덜덜 떨리고 있었다.

"아이고! 어르신. 정말 죽을죄를 졌습니다."

파출소에는 숨 막히는 정적이 흘렀다. 순경들의 얼굴에도 공포가 서렸다. 벽시계의 초침마저 움직임을 딱 멈추고 이 광경을 지켜보고 있었다. 중년사내는 정말 중앙정보부 간부요원이었던 것이다. 파출소장은 허겁지겁 무릎걸음으로 수갑부터 끌러 주었다. 힘겹게 몸을 일으킨 중년사내가 부앗가심으로 파출소장의 뺨을 세차게 후려갈겼다. 분노를 가득담은 불꽃 싸다구였지만 아파할 겨를도 없었다. 당황망조로 계속 머리방아를 쿵쿵 찧었다.

"모, 몰라 뵈었습니다. 요, 용서해주십시오."

중년사내는 어느 정도 술이 깨었는지 절룩거리며 경비전화 수화기를 들었다.

"어! 그래. 박과장이다. 지금 인원이 몇 명이나 남아 있어? ……그러면 서너 명 더 차출해서 완전무장하고 즉시 신길동 파출소로 출동해."

잠시 뒤 군용지프 2대가 파출소 앞에 정차를 했고 군복과 사복을 입은 사람들이 우르르 뛰어 내렸다. M1 소총과 진압봉으로 무장한 요원들은 사태를 한 눈에 파악했다. 경찰들은 고압선을 붙잡고 턱걸이, 사흘 굶은 새벽호랑이 아가리에 얼굴을 집어넣은 것이다.

파출소는 순식간에 아비규환의 생지옥으로 변했다. 소총개머리판과 진압봉이 제 세상을 만난 듯 춤을 추었다. 처음 시비가 붙었던 청년 2명과 파출소 직원들은 칼탕친 짐승처럼 처참하게 변해가고 있었다. 저항은 해 볼만 할 때나 가능한 한 것이다. 속수무책으로 짓이기고 자근자근

다져버리는 폭력 앞에서 살려달라고 빌지 않을 인간은 없다.

중앙정보부에 의해 호되게 당한 사람들은 반드시 각서를 쓰게 되어 있다. 만약 비밀유지의 의무를 위반하면 어떤 처벌도 달게 받겠다는 각서였다. 언론도 이런 일은 보도할 수가 없다.

중년사내는 20여 일 전 뺑소니사고로 사망한 딸의 사고현장을 다시 한 번 찾아왔다가 돌아가는 길이 너무 괴롭고 울적해서 운전병을 그냥 보냈다. 그리고 자신은 근처의 술집에서 술을 마시다가 이런 일을 당한 것이다.

다음 날 아침, 황용주는 신길동파출소에서 악명 높은 영등포경찰서 330수사대로 인계되었다. 거기까지 갈 이유가 전혀 없었지만 책임건수에 쫓긴 330수사대는 각 파출소에는 황용주처럼 만만한 쓰레기 인생들이 걸려들면 절대로 풀어주지 말라고 지시를 해두었던 것이다. 그 무렵은 대부분 가난했으며 절도범과 치기배가 국민을 불안에 떨게 할만치 극성을 부렸다. 도둑 때문에 못살겠다는 원성이 커지고, 사회적 문제로 대두되었다. 정부는 국가적 차원의 비상조치로 '절도범일제소탕령'을 내렸다. 그리고 서울시경국장의 명령으로 경찰서마다 베테랑형사로 구성된 330수사대가 창설되었다. 오랜 세월동안 정의로운 수사관으로 묘사된 그들은 공권력의 칼을 마구잡이로 휘둘러서 수많은 희생자를 만들어 낸 무법자였다.

『330수사대 절도범과잉단속 부작용. ……책임건수에 쫓긴 김모 경사는 15.16세 이모군 등 5명의 나이를 모두 21.22세로 조작까지 해서……. -1972년 3월 30일 경향신문-』

『영등포경찰서 330수사대 형사들이 고문으로 살인범조작. ……용의자 김군의 가족들 앞에서도 뭇매질. 이를 지켜보던 어머니가 한때 혼절하기까지. ……목격자(근처의 상인)가 살인범은 다른 사람이라고 진술하자 '장사 다해먹고 싶으냐.'며 협박 –동아일보 1974년 11월 14일–』

330수사대는 할당된 책임건수를 채워야지만 살아남을 수가 있었다. 그들은 개씨바리에 걸린 사람처럼 눈구석에 시뻘건 가래톳을 세우고 다니며 전과자나 힘없는 서민을 상대로 온갖 잔혹한 짓을 저질렀다. '전과자는 사람도 아니냐.'고 외치며 검찰청 20층에서 뛰어내린 피의자. 원한 맺힌 저주를 교도소 감방 변소에 새겨놓고 목을 매어 자살한 죄수도 있었다.

330수사대 창설 20일 동안 하도 살벌하게 설쳐대서 서울의 각종 절도사건은 전월보다 훨씬 적게 발생했는데도 무려 2천3백여 명을 더 많이 검거했다. 책임건수를 올리기 위해 해묵은 미제사건을 무고한 사람들에게 마구잡이로 뒤집어씌운 것이다. 황용주는 그런 상황에서 영등포경찰서로 2층으로 끌려갔다. 신길동 파출소의 보고서를 읽은 형사의 표정이 순간 험악하게 변하더니 구둣발로 마구 황용주를 걷어차면서 으르딱딱거렸다.

"너. 이 새끼. 도둑놈이지?"

"아닙니다."

"그럼 9천원이나 되는 돈이 어디에서 났어?"

"서울소년원에서 나올 때 가정법원 정환채 판사님이 주신 6천원을 밑천으로 구두닦이 해서 모은 것입니다. 노점상을 하려고 중고 리어카

계약금까지 주었고요. 확인해보십시오."

"이 새끼! 말로 해서는 통하지가 않겠네."

황용주는 다짜고짜 칠성판고문을 받기 시작했다. 칠성판은 원래 북두칠성을 나타내는 일곱 개의 구멍을 뚫고 검은 옷 칠을 한 널과 같은 나무판이다. 조선시대에는 죽음을 다루는 신이 북두칠성에 있다하여 영혼이 그곳을 곧바로 찾아갈 수 있도록 시체보다 먼저 관속에 넣은 풍습이 있었다. '칠성판을 졌다.'는 속담은 곧 죽음을 의미한다.

고문에 사용하는 칠성판은 등받이가 없는 긴 의자나 테이블 탁자 같은 것이다. 그 위에 발가벗긴 사람을 눕힌 뒤 손, 발, 가슴을 단단하게 결박한다. 이때 머리는 뒤로 젖히게 어깨부터 눕힌다. 이런 상황이 되면 고문을 받는 사람은 해부대에서 오장육부를 드러낸 실험실의 동물이 되어버린다.

칠성판 위의 황용주 얼굴에 젖은 수건이 씌워졌다. 고춧가루를 듬뿍 탄 주전자 물을 코로 들이부어 숨이 콱 막히는 순간 이 죽음의 고통을 얼마쯤 견디어야 하는 것일까. 그런 생각이 머리를 스쳤다. 이어서 수천 개의 얼음송곳이 온몸의 신경을 후벼 파는 것 같았으며, 바리작바리작 탁난치며 토악질이 나왔다. 아무리 진실을 말해도 소용없었다. 배가 불룩해질 때까지 고춧가루 물을 코로 들이마시던 황용주는 날카로운 칼로 산멱통이 잘려 나간 돼지가 갸릉갸릉 숨이 꺼져가는 상태가 되었다. 그리고 썩은 생선처럼 눈빛이 흐릿하게 풀리더니 정신을 잃었다.

그 무렵 정보기관의 악행은 훗날 세상에 널리 알려진다. 하지만 그보다 훨씬 광범위하고 빈번하게 저질러진 밑바닥 인생들에 대한 경찰의 고문은 거의 대부분 은사죽음으로 묻혀버렸다.

죄지은 놈 볼기를 치라고 했더니 힘없고 가난한 놈만 붙잡아다 놓고 치더라고, 교도소에 들어온 힘없는 죄수는 어떤 형태로든 인권유린을 경험했다. 형편없는 잡범은 욕설과 따귀 몇 대로 그치고, 범행을 부인하는 강력범은 예외 없이 고문을 받았다. 범행을 순순히 시인해도 고문을 받는다. 여죄를 추궁하는 것이다. 살아온 날의 모든 죄를 똥물과 함께 게워내야 했다. 특히 330수사대는 없는 죄도 뒤집어 씌웠다.

'심증은 있되 물증이 없다' '열 명의 범죄자를 놓쳐도 한 명의 억울한 사람을 만들지 말라'는 화려하고 그럴듯한 말은 인권이 향상된 훗날에도 중상류층 피고에게만 해당되는 것이었다.

고문을 멈춘 강형사는 담배를 피워 물었다. 댕돌같이 곧은목성질의 온갖 흉악범 꼴통들도 이쯤 되면 항복을 하는 것이 정상이다. 세상에 이렇게 깨도가 느리고 진지리꼽재기 같은 놈이 다 있다니. 어린놈의 몸에서 뿜어져 나오는 징살맞은 기세도 마뜩치 않다. 하지만 벌려놓은 씨름판이고 벗겨놓은 계집이다. 갈 데까지 가는 수밖에 도리가 없다. 강형사는 기절한 황용주의 얼굴에 찬물이 끼얹고 나서 고양이 죽음에 눈자위를 적시지도 않는 쥐 눈물 동정심을 보였다.

"황용주라고 했지? 내가 그동안 여러 놈 묶어서 조져보았지만 오늘처럼 마음이 안 좋기는 처음이다. 네 또래의 아들이 있거든. 안타까워서 하는 말인데 어떻게 설명을 해야 알아들을래. 칠성판 고문을 오래 받으면 폐에 물이차서 시름시름 앓다가 죽는다. 엑스레이를 찍어도 나오지 않는 병이지. 왜 이렇게 상황판단을 하지 못하니. 큰 사건은 씌우지 않을 테니 그냥 우리가 묻는 대로 모두 시인해라. 억울하다면 재판에서 밝히면 되잖아."

"저는 살아오면서 한 번도 도둑질을 한 적이 없습니다. 무엇을 시인하고 무슨 상황파악이 해야 합니까?"

강형사는 자신의 호의를 받아들이지 않는 어리석은 황용주에게 울컥 분노가 치밀었다. 범죄심리학에 의하면 사기꾼이 누군가를 이용해서 금전의 이익을 위해 친절하게 대하다가 실제로 상대에게 깊은 정을 느끼거나 진심으로 측은한 마음이 드는 경우가 있다. 하지만 그래서 사기범죄를 포기하는 것은 영화나 소설에서나 나오는 이야기이다. 막상 목적을 이룰 수가 있게 되면 사기꾼은 가차 없이 실행한다.

살인자들까지 그렇다. 연쇄살인마 강호순이 피해자 중의 한 여자가 예쁘고 말도 잘 통해서 정이 갔으며 죽이기 아까웠다고 했다. 피해자는 상대가 살인마인줄 몰랐으니 살려주면 애인이 될 수도 있는 상황이었다. 그런데 왜 죽였냐고 경찰이 묻자 강호순은 이렇게 대답했다.'죽이려고 생각했으면 죽여야죠.'

고문을 하는 사람들도 마찬가지이다. 사실 이토록 잔인한 강형사도 집에 가면 미안한 것이 많은 다정한 아버지이며 남편이었다. 그는 아들 또래의 황용주가 측은했지만 자신의 본래 목적을 잊지 않는 사기꾼과 마찬가지였다.

다시 칠성판 고문이 계속되었다. 그래도 황용주가 항복을 하지 않자 두들겨 패고, 전기고문으로 사타구니를 지졌다. 불알을 통해서 온몸의 혈관이 마디마디 끊어지는 고통이 엄습했다. 이런 식의 전기고문을 조금만 더 받으면 성불구자가 된다며 협박했다. 남자의 거세공포가 얼마나 큰 것인지 여자들은 절대로 이해하지 못할 것이다. 웃음이 나올 일이지만 황용주는 그렇게 죽음이 오락가락하는 절박한 상황에서도 만약 자신이 성불구자가 되어 살아남는다면 쌍둥이 동생 백동호의 자식 중 한 명을 양자로 삼아 대를 잇겠다고 생각했다. 동호야! 지금 어디에 있니. 같은 서울 하늘아래 있으면서 왜 이렇게 만나기가 힘든 것이냐.

330수사대는 다른 경찰서와 치열한 경쟁에서 이기는 것은 물론 승진을 하기 위해 불물을 가리지 않는 소방대원, 눈에 뵈는 것이 없는 시각장애인이었다. 황용주는 이때의 기억이 너무나 강렬해서 인권이 눈부시게 향상된 훗날에도 포도왕(捕盜王) 경찰의 뉴스를 접하면 도대체 저 인간을 얼마나 많은 고문과 인권유린을 자행했을까 하는 생각이 들었다.

어쨌거나 황용주는 워낙 항복을 늦게 해서 다른 사람들보다 심한 고문을 받았다. 그리고 결국 미친개가 씹어놓은 걸레처럼 너덜너덜 되어서야 비몽사몽간에 330수사대가 시키는 대로 진술서에 지장을 찍었다. 그들은 황용주가 절대 빠져 나올 수가 없도록 목격자나 피해자의 진술서까지 허위로 조작했다.

시대적 상황 탓인지 재판에서 힘없는 죄수들은 경찰의 고문이 인정

되지 않았으며, 거의 대부분 유죄가 선고되었다. 유전무죄 무전유죄라는 말처럼 330수사대는 고문을 시작할 때부터 변호사를 선임해서 문제를 일으킬 능력도 없는 못난 인생을 고르는 것이다. 황용주는 절도 6건, 강도 2건을 뒤집어쓰고 '단기 3년~장기 5년'의 소년수 징역을 선고받았으며, 곧바로 무죄를 주장하며 항소했다.

당시 영등포구치소는 수용공간이 부족해서 징역형을 선고받고 항소한 죄수들은 바로 앞에 자리한 영등포교도소로 이송을 보냈다. 황용주는 그곳에서 동료 죄수들의 항소이유서와 편지대필가로 활동했다. 과거 부랑아동 강제수용소 시절의 별명은 모두 사라지고, 만물박사라는 새로운 별명이 붙었다. 지식의 깊이는 없지만 적지 않은 책을 읽었으며 법무부자식들은 대부분 문교부와 인연이 없기에 황용주가 유독 돋보였다.

그리고 황용주는 영등포교도소에서 평생 잊지 못할 또 한명의 은인이며 12년 연상의 거물급 동료죄수 오교웅을 만나게 된다. 동자승으로 어린 시절을 보낸 그는 황용주와 고향이 같은 대전이었다. 게다가 둘 다 지옥의 섬 고하도 출신이라는 공통점도 있었다.

세상 사람들은 처음 만나서 대화를 나누다가 혈연, 지연, 학연의 공통점을 찾아내면 급속히 절친해진다. 그 무렵 교도소에서 족보를 따지다보면 서울시립아동보호소, 인천 선감도, 목포 고하도 등이 자주 거론되었다. 그 중에서도 목포 고하도는 밑바닥 인생의 최고 엘리트 코스였다. '낯선 친구 만나면 우리들 문둥이끼리 반갑다.'는 한하운의 시처럼 다다까이는 그들끼리 진한 동류의식을 느낀다.

오교웅은 어릴 때 가족이 모두 죽은 것으로 기억하며 성장했다. 그런데 알고 보니 어머니는 돌아가셨지만 사정에 의해 한국에서 살지 못하고 이민을 간 아버지는 미국 유명정치가들과도 교류가 있는 재력가였다. 한국의 외삼촌은 정보기관에 근무하며 혹시 살아 있을지 모르는 오교웅을 찾고 있었다고 한다. 대단한 배경의 가족을 찾은 뒤, 오교웅은 평범한 죄수에서 교도소장이 순시를 돌때 사적인 대화를 나눌 정도로 신분이 급상승되었다. 그리고 떡과 과일이 트럭으로 들어와 모든 죄수들에게 나눠줄 정도로 큰 잔치가 벌어졌다. 오교웅은 먼 훗날까지 영등포교도소의 전설로 남게 된다.

어느 교도소에나 전설처럼 전해져 내려오는 얘기가 있다. 유서 깊은 서울구치소(서대문구치소)는 수많은 전설이 있으며, 서울 경기의 흉악범들이 모두 모이는 안양교도소에도 여러 개의 전설이 있다. 영등포교도소에는 오교웅 이야기 말고도 2개의 유명한 전설이 더 있었다. 그 중의 하나는 사랑이야기이다. 전국 교도소에는 대개 죄수들끼리 동성애에 대한 전설이 있기 마련이지만 그중에서 가장 애절하고 아름다운 전설이다.

바다에서 군락생활을 하는 흰동가리는 암컷이 죽으면 수컷 무리 중에서 한 마리가 암컷으로 변한다. 상황에 따라서 종족번식을 위한 성전환을 하는 것이다. 곤충도 식물도 성전환을 하는 경우가 종종 있다. 조안 러프가든은 이러한 현상을 '사회적선택'이라고 정의하며 진화론에 의한 '성선택'을 강하게 비판했다.

사회에서는 동성애 성향이 전혀 없던 사람도 징역을 살다보면 여자처럼 예쁘게 생긴 동료에게 유혹을 느끼며 연정을 품게 된다. 여자역할을 하는 죄수도 자연스레 생겨난다. 비록 수태를 시킬 수는 없지만 '사회적선택'에 의해 종족번식의 욕망이 구체적인 형태로 나타나는 것이다. 이러한 현상을 경멸하는 죄수들도 있지만 사실은 대부분 투사(投射)이다.

20대 초반의 장기수(長期囚)들. 절박하게 고독한 영혼과 영혼의 만남. 그들의 우정은 점차 사랑으로 변해갔다. 보고 있어도 보고 싶은, 모든 것을 다 주어도 모자란 사랑이었다. 그들은 주위 동료에게 질투와 시기를 받았으며 누군가의 밀고로 문제가 생겼다. 보안과에서는 동성애를 금지하는 규칙에 따라 각기 다른 교도소로 이송을 보내기로 결정한 것이다. 일단 두 사람 떼어 전방(轉房)시켰다.

살아생이별은 생초목에 불이 붙는 것. 취침시간이 되면 서로를 그리워하며 목 놓아 부르는 소리에는 창자가 녹아내리듯 절절한 슬픔이 담겨 있었다. 죄수들은 인간이 내는 목소리가 그렇게 절망적이며 처절할 수 있다는 것을 매일 밤마다 경험해야 했다. 너무 심란해서 잠을 이루지 못하는 사람들도 많았다.

결국 여자역의 죄수는 다른 교도소로 이송되기 전날 밤『이승에서 못 이룬 사랑 저승에서 이루자』는 유서를 남기고 자살했다. 남자역의 죄수도 다음 날 뒤따라 자살했다(1971년 9월 7일 동아일보 참조).

어쨌거나 훗날에는 무기수가 징역 20년 이상을 살아야지만 가석방이

가능한 것으로 법이 개정되었다. 하지만 당시에는 법적으로 10년 징역을 채우면 가석방을 할 수가 있었다. 모범수의 경우는 대개 평균 17-18년 정도만 살면 출소했다. 영등포교도소의 살아있는 전설 오교웅은 2년 뒤, 10년을 채우고 광복절특사로 출소할 예정이었다.

그 무렵 오교웅은 가족과 헤어져 고아로 살았던 세월을 수기형식으로 써서 미국의 아버지에게 보내고 있었다. 황용주가 아래층 독거사동의 오교웅 감방으로 불려가 구술한 내용에 감성적인 살을 붙여서 대필해 주었다. 둘이서 보내는 시간과 사적인 대화가 많을 수밖에 없었다. 오교웅의 외삼촌이 중앙정보부 간부요원이라는 말도 나왔다.

"와우, 정말요? 저도 중앙정보부 과장을 본 적이 있는데 어마어마하더라고요."

"하하하, 그래? 언제 보았는데?"

황용주는 신길동 파출소에서 목격한 충격적인 사건을 신이 나서 말했다. 그리고 중앙정보부 간부가 대머리였으며 옆머리를 무리하게 끌어다 감춘 후줄근한 모습을 잊을 수가 없다고 했다.

"대머리? 그 사람이 어떻게 생겼는데?"

"중간키에 상당히 말랐고요. 목에 흉터가 약간 보였습니다."

믿을 수가 없었던 오교웅은 전율하듯 잠시 말이 없었다. 아무래도 자신의 외삼촌이 분명했다. 이 아이가 하필 나의 외삼촌을 만날 확률은 번개를 맞는 것보다 더 희박하다. 말문이 막힐 정도로 기막힌 우연, 이런 것을 인연이라고 하는 것이 아닐까. 그렇지 않아도 같은 고향에 고하도 동창이라는 인연 외에도 황용주의 성실함, 좋은 환경에서 자랐으면 큰

재목이 될 것 같은 명석함, 그리고 지지리 재수가 없는 인생, 고문후유증 때문에 건강마저 좋지 않은 모습 등이 측은하고 몹시 마음이 쓰였다. 어떤 운명이나 인연이 이 아이를 내게 보낸 것은 아닐까.

"흠! 정보부 과장이라는 사람에 대해서 네가 받은 느낌을 말해봐라."

"…………."

"왜 말이 없냐. 그냥 솔직하게 말해주면 된다."

"혹시 제가 파출소에서 본 그 분이 형님의 외삼촌입니까?"

"확인을 해보아야겠지만 아마도 그런 것 같다."

"제가 그동안 형님의 과거를 대필하며 느낀 것인데 이렇게 파란만장한 인생을 사는 것은 누군가 고의적인 의도가 개입되어 있는 것 같았습니다. 그리고 형님은 외삼촌에게 무언가 석연치 않은 것이 있다고 생각하시고 있나 봅니다. 스스로 그렇게 느낀 것이 아니라 아마 얼마 전 면회를 오셨던 아버지에게 무슨 얘기를 들으신 것이 아닐까 싶습니다."

"너 답지 않게 필요 없는 말을 하는구나."

"외삼촌이란 분에 대해서 내키지 않는 험담을 하기 전 변명입니다. 그 분은 대단히 인색하며 교만하고 잔인했습니다."

"왜 그렇게 느꼈냐?"

"술집 집기가 부서진 것은 그분의 책임도 있는데 여주인이 배상을 요구하자 인상을 쓰며 청년들에게 모두 떠맡기더군요. 그렇게 높은 지위에 있는 사람이 되게 쪼잔하고 인색하게 보였습니다. 그리고 청년과 경찰들을 어느 정도 혼내주는 것은 이해가 되지만 그렇게까지 잔인할 필요는 없었습니다."

그날 밤 오교웅은 잠을 이루지 못하고 외삼촌에 대해서 생각했다. 보름 전, 미국에서 아버지가 왔다. 교도소장실에서 오붓하게 면회를 했는데 외삼촌이 잠깐 자리를 비운 사이에 아버지는 작게 접은 편지를 슬쩍 건네주었다. 깨알처럼 적힌 4장의 편지에는 너도 이제 서른 살이 되었으니 가족의 지난 일에 대해서 사실대로 모든 것을 알고 있어야 한다며 충격적인 사연과 함께 마무리에는 외삼촌을 너무 믿지 말라는 말이 쓰여 있었던 것이다. 편지는 다 읽은 뒤, 찢어버리라고 했다.

다음날 평소처럼 황용주가 편지대필을 위해 내려오자 오교웅이 진지한 어조로 의형제를 맺자고 했다.

"……나는 잃어버린 가족을 찾았지만 외아들이고, 미국에 살고 계시는 아버지는 아직도 서먹하다. 여전히 외롭다는 것이지. 너도 아직 찾지 못한 쌍둥이 동생 외에는 일가친척이 없잖아."

황용주도 오교웅이 남다르게 정이 가는 사람이었다. 공동묘지에는 밤마다 귀신들이 모여서 서로 자신의 사연부터 들어보라며 싸운다고 한다. 그만치 저마다의 사연은 만리장성이고 삼국지 열권이다.

오교웅은 동자승으로 성장했으며 고하도에서 탈출하다가 악랄하기로 소문난 직원(별명 찬바람)과 격투 끝에 살해했다. 그 후 도피생활 하다가 체포된 사건 등 여러 가지 기구한 사연이 형제를 삼을만했다. 그들은 유리조각으로 새끼손가락을 베어 피를 낸 뒤, 물에 타서 나눠 마시는 형제의식까지 엄숙하게 거행했다.

"용주야! 내가 살아가면서 너 같은 아우가 생길 줄 몰랐다. 아직 털어놓지 못한 사연들이 있지만 차차 얘기하자. 이제 쌍둥이 동생을 찾는 것은 물론이고, 검정고시를 봐서 대학도 가거라. 무엇보다 먼저 무죄판결을 받아야지."

작은 나무는 큰 나무 덕을 보지 못해도 작은 사람은 큰 사람 덕을 본다. 그 무렵은 특히 황용주 외에도 교도소에서 거물급 죄수와 인연이 되어 단숨에 인생역전, 팔자를 고친 사람들이 종종 있었다.

윤필용 수도경비사령관은 박정희 대통령의 총애를 한 몸에 받으며 상관인 육군참모총장이 오히려 세배를 다닐 정도로 위세가 하늘을 찔렀다. 그러다가 하루아침에 구속, 안양교도소에서 징역을 살게 되는 사건이 있었다. 그때 전국구꼴통 서열 2위이며 관용부 반장을 하고 있었던 박종귀가 담배와 술은 물론 수발을 드는 죄수까지 붙여주며 각별히 신경을 썼다.

훗날 전두환 정권 때 한국도로공사총재가 된 의리의 사나이 윤필용은 안양교도소에서 신세를 졌던 박종귀를 불러서 상당한 이권이 걸린 전국 고속도로휴게소의 여러 가지 납품권한을 주었다. 박종귀는 어두운 과거를 청산하고 안전한 사업가로서 잘 살았으면 얼마나 좋은가. 하지만 그는 결국 도박으로 사업권을 모두 날렸으며 병들고 늙은 죄수가 되어 다시 교도소에 들어왔다.

민간인으로 박정희 대통령과 인연이 각별했던 고려원양 이학수 사장은 서울구치소에서 자신을 수발들던 생계형 절도범 오창영(가명)에게 먹고 살 걱정이 없게 배려해 주었다. 오창영은 가난했던 시절을 잊지 않았고, 땅을 조금씩 사들여 훗날 엄청난 부동산 부자로 성공했다.

황용주 역시 한 순간에 인생역전의 길이 열린 것이다. 오교웅은 황용주의 항소심 변호사부터 선임했다. 변호사는 사건피해자들이 경찰조서와는 다르게 황용주를 범인으로 지목한 사실이 없다는 증언을 확보했다.

하지만 토인비의 말처럼 운명을 막을 갑옷은 없다. 오교웅을 만남으로서 불행 끝 행복 시작인줄 알았던 황용주의 영등포교도소 징역살이는 천재지변 대홍수로 인해 또 다른 위기를 맞게 된다.

그것은 장대비, 집중호우 같은 일상적 단어로는 설명이 안 되는 재앙이었다. 하늘바다 곳곳에 거대한 구멍이 뚫린 것처럼 엄청난 폭포수가 땅을 덮었고, 북악스카이웨이가 무너져 산사태로 다세대주택들을 매몰시켰다. 경기도 양평은 전봇대와 가로수마저 삼키더니 망망대해로 변해서 사람이 살았던 흔적을 말끔하게 지워버렸다. 서울에서만 확인된 사망자가 200명이 넘었으며, 경기도와 중부지방까지 곳곳의 엄청난 인명피해는 정확히 파악조차 되지 않았던 사상 최악의 대홍수였다.

1972년 8월 19일 새벽, 영등포교도소 소년죄수 감방의 황용주는 '칠성판 고문'을 당하며 처절하게 몸부림치는 악몽에서 소스라쳐 깨어났다. 그런데 분명히 악몽에서 벗어났다는 의식이 들었으면서도 가위에 눌린 것처럼 손가락조차 까딱할 수 없는 상태가 얼마동안 지속되었다.

귓속이 빗물에 잠겨버리고 있다고 착각을 할 만큼 거센 빗소리가 쉴새 없이 귓바퀴를 훑아대고 있었다. 빗소리는 점점 심해졌고 굉연한 천둥번개와 함께 작살비가 사정없이 내려 꽂혀서 거대한 파도가 바위를 때리는 것 같았다.

황용주는 그야말로 혼신의 힘을 다해 눈을 떴다. 고하도에서 원장의 바둑선생이 되어 사회 도시락으로 수강료(?)를 대신할 정도로 편한 생활을 했고, 운동까지 열심히 해서 74Kg 근육질의 건장했던 몸이 고문 후유증으로 51Kg이 되어버린 황용주는 식은땀 흥건한 상반신을 힘겹게 일으켰다. 감방 벽에 몸을 기대자 선뜩한 기운이 파충류처럼 등을 타고 내려왔으며, 단칼에 무를 자르듯 꿈과 현실이 명료하게 구분되었다.

다시 잠이 올 것 같지 않은 황용주는 머리맡의 신약성경을 펼쳐들었다. 어릴 때 키워주신 할머니의 영향으로 유년주일학교를 열심히 다녔지만 본격적으로 신약성경을 읽기 시작한 것은 안톤 체홉의 '내기'라는 단편의 영향 때문이었다.

『어느 사교 모임에서 부자 은행가와 젊은 변호사는 사형과 무기징역 중 어느 것이 더 인간적인가. 서로 목에 핏대를 세우며 자신의 주장을 굽히지 않았다. 급기야 여러 증인을 세운 젊은 변호사가 사설감옥에서 15년을 버티면 은행가에게 엄청난 돈을 받기로 했다. 수감자(젊은 변호사)가 너무 열심히 공부했기 때문에 은행가는 주문한 책들을 사다 줄 시간이 모자랄 정도였다. 그런데 온갖 전문서적을 단숨에 독파하며 세상의 모든 지식을 흡수하던 변호사가 어느 날부터 얇고 쉬운 신약성경 한 권을 읽는데 무려 1년이나 소비하는 것을 은행가는 이해를 할 수가 없었으며 이상하게 생각한다.』

황용주는 안톤 체홉의 단편처럼 신약성경이 과연 그토록 심오한 책인지 확인해 싶었다. 읽을수록 한 구절, 한 구절이 수많은 곁가지 생각을 불러일으켰다. 훗날 알게 된 사실인데 우연의 일치겠지만 쌍둥이동생 백동호도 비슷한 시기에 신약성경을 집중적으로 읽었으며, 본격적으로 신학을 공부하기 시작했다.

옆자리의 박종식이 부스럭거리며 일어나더니 변소로 향했다. 사람들이 모두 잠들어 있으니 조심스럽게 가면 좋으련만 그는 항상 마루바닥이 쿵쿵 울리도록 걸었다. 박종식은 단순무식 용감무쌍하며 코드만 꼽으면 열을 받는다고 해서 별명이 전기난로였다. 소변을 보고 온 박종식이 자리에 앉으며 말했다.

"우와! 이렇게 무지하게 왕창 내리는 비는 머리털 나고 처음 보았다. 그런데 서뚱(황용주의 별명). 너는 왜 이 시간까지 이스라엘 삼국지(성경)를 읽어. 정말 스도(예수 그리스도)형님을 믿으려고 작정했구나?"

"………."

황용주는 아무런 말없이 성경을 덮으며 눈을 감았다. 가벼운 질문이었지만 사정없이 묵살되자 삘쭘해진 박종식은 더 이상 입을 열지 않고 담요 속으로 들어갔다. 동물적 전투력이 충만한 박종식은 아무리 사소한 것이라도 누군가에게 무시를 당하면 절대 참지 않는다. 그런데 황용주에게는 꼬리를 내리며 져주었다.

잠시 후 얼마나 엄청난 일들이 연속으로 벌어지며 대한민국 교도소 역사상 가장 처절하고 피비린내 흥건한 광란의 집단살인극이 발생, 자신들도 휘말리게 된다는 것을 까마득히 모르는 박종식은 이런저런 생각을 하다가 잠이 들었다.

황용주도 이제 그만 자려고 눕는데 갑자기 어찔하더니 명치를 쥐어뜯는 것 같은 고통과 함께 다리를 펼 수가 없었다. 허리가 구부러져 비틀리고 이마에는 땀벌창이 송골송골 배어나왔다. 고문 후유증 때문에 평소 아픈 곳이 많았지만 이렇게까지 참을 수 없도록 심한 통증은 처음이었다.

하필 오늘따라 1사 상층 야간근무자는 악명이 떠르르한 교도관 김흥섭이었다. 그리고 그것은 응급환자 황용주에게 불행 중 더욱 큰 불행이었다.

똑같은 환경에서 근무하는 교도관이지만 인정 많고 자상해서 '아버지' '고향선배'라는 별명도 있으며, 어두운 골목에서 만나면 제대로 뜨거운 맛을 보여주고 싶은 '만고역적' '까치독사'도 있다. 사각턱과 두꺼운 입술의 교도관 김흥섭(30대 후반)은 별명이 만고역적이었다. 동네마다 후레자식 하나씩은 다 있고 교도소마다 악질간수 하나씩은 다 있다지만 그는 해도 해도 너무한 인간이었다.

모든 폭력은 절대불변의 법칙, 결코 인정할 수 없는 불편한 진실이 있다. 힘없는 정의는 무능하고 정의 없는 힘은 포악하다. 그런데 무능함을 제압한 포악한 힘은 자신을 정의로 굳게 믿어 의심치 않는다. 자신이 매우 정의롭다고 자부하는 김흥섭이 죄수들에게 그토록 잔인하게 구는 것은 나름대로 드팀없는 철학과 소신이 있기 때문이다. 출소한 전과자가 교도소 방향을 바라보고 오줌도 싸지 않을 만큼 왕배야덕배야 아부

재기로 징역을 살아야만 다시는 안 들어온다는 것이다.

그동안 김홍섭의 지나친 폭력이 문제 되지 않았던 것은 인권의 암흑시대, 힘없는 죄수가 교도관을 고소할 엄두를 내지 못했기 때문이었다. 사촌형(법무부 교정국 과장)의 후광도 작용했다. 정승보다 정승집 하인이 더 위세를 떠는 것. 김홍섭은 교도소장급의 사촌형을 대단한 배경으로 여기는 들때밑 떠세가 있는 인간이다.

김홍섭은 지금 복도 끝에서 소형라디오 이어폰으로 대홍수 긴급재난방송을 듣고 있었다. 수시로 복도를 오가며 잠이 든 죄수들을 감시해야 하는 근무수칙에는 엄격하게 금지되어 있는 행위지만 대부분의 교도관이 이렇게 몰래 라디오를 듣거나 책을 읽으며 지루한 밤을 보낸다.

라디오에서는 팔당댐 건설을 지시한 박정희 대통령을 찬양하고 있었다. 한강이 범람해서 용산역, 삼각지, 남영동을 차례로 휩쓸고 남대문까지 발목을 적셨다는 1925년 7월의 대홍수가 3일 동안 고작 324mm였다. 그런데 어젯밤부터 내린 비가 불과 몇 시간 만에 400mm에 다가서고 있었다. 한강의 대규모 치수공사도 도움이 되었지만 완공식을 앞두고 있는 팔당댐이 없었으면 서울 시내에 얼마나 더 큰 비극이 벌어졌을지 모르는 일이었다.

이어서 곳곳의 붕괴소식이 중계되었다. 김홍섭은 해마다 장마가 지면 전전긍긍하는 마포 망원동에서 아내, 초등학생 딸과 살고 있었다. 지금 그곳은 인명구조를 위해 소형선박이 다닌다고 했다. 단숨에 달려가 가족의 안부를 확인하고 싶었지만 교도소 사동(舍棟) 야간근무 교도관들은 사실상 복도에 갇힌 죄수였다. 저녁점호가 끝나면 감방키가 회수되어 기상 때까지 보안과사무실에 보관되며 현관 철문이 밖에서 잠겨버리는 것이다. 가정집에 전화가 흔치 않았으며 설령 있다고 해도 사동에는 보안과 직통 인터폰뿐이었다.

김흥섭은 이번 대홍수만 무사히 넘기면 산속에 텐트를 치고 살더라도 망원동을 벗어나리라고 굳게 결심했으나 그것은 차후의 일이었다. 그저 애타는 가슴이 자글자글 들끓어 졸아붙고 있었다.

울고 싶은 놈 뺨을 때리고, 부아 돋은 날 의붓딸이 그릇 깨더라고, 가뜩이나 심사가 이렇게 글컹글컹한데 누군가 김흥섭에게 걸리면 그야말로 곡소리가 날 것이 분명했다.

박종식은 옆자리의 신음소리에 화들짝 놀라며 눈을 떴다. 식은땀을 흘리며 끙끙대는 황용주가 한눈에도 예사롭게 보이지 않았다.

"담당님! 16방입니다. 긴급환자가 있습니다."

김흥섭은 라디오 이어폰을 한쪽 귀에만 끼고 있었기에 박종식의 외침소리를 들었지만 움직이지 않았다. 애새끼 경기 들어 숨넘어가고 있는데 저녁끼니 걱정하듯, 대홍수로 가족의 생사조차 확인할 수 없는 상황에서 하찮은 죄수 따위를 돌볼 마음의 여유가 없었다.

김흥섭은 자신을 부르는 소리가 목구지로 대여섯 번이나 반복되자 마지못한 발걸음을 옮겼다. 대부분의 교도관은 야간에 긴급환자가 발생하면 상태를 빠르게 판단해서 보안과에 인터폰을 친다. 그런데 김흥섭은 감방 앞에 도착해서도 환자에게 우두커니 시선을 주고 있을 뿐이었다. 그의 시선은 나치가 유태인을, 남경학살의 일본군이 중국인을 대할 때처럼 우월한 자의 경멸이 담긴 것이었다. 그런 종류의 경멸감은 상대를 자신과 대등한 인간으로 생각지 않는 것에서 비롯되며 아무런 죄의식 없이 어떤 잔인한 짓도 가능하게 한다. 닭과 염소를 도살하여 먹는 인간이 아무런 가책을 느끼지 않는 것과 마찬가지이다.

이놈(죄수)들은 잘해주어도 고마움을 모르며, 조금만 틈을 주면 기어오른다. 출소하면 또 얼마나 많은 죄를 저지를까. 모조리 바다에 수장시켜야 할 버러지 같은 놈들…….

감방 소년수들은 김흥섭이 환자를 대하는 무성의한 태도에 너나없이 불뚝심지가 솟았다. 그러나 상대는 '만고역적'이며, 참을 인(忍)자는 칼날(刀)아래 목을 내맡긴 사람의 마음(心)이다. 똥인지 된장인지도 구분을 못하는 아둔패기가 아니라면 어마지두, 감히 누가 이 순간에 호박잎에 청개구리 뛰어 오르듯 맨망을 떨어 감벼락을 맞겠는가. 소년수들은 고까움에 들썽거림을 누르며 3.1운동 때 이불속 만세, 마음 속 주먹쑥떡, 할개눈이 고작이었다. 아무도 입을 떼지 못하는 침묵이 흘렀다.

하지만 박종식의 대살지고 갈걍갈걍한 얼굴에는 감때사나운 결의에 차기 시작했다. 그리고 기어이 눈동자에 화룽화룽 불꽃을 피우며 일어섰다.

"담당님! 보고만 계시지 말고 빨리 조치를 취해주십시오."

"이 자식아! 내가 의사냐. 나보고 어쩌라고?"

“인터폰을 쳐서 일단 의무과라도 가야지요. 제가 아동보호소 병원에서 잔심부름을 해봐서 조금은 아는데 이 환자는 허리를 펴지 못하고 다리를 오그리고 있는 것이 급성맹장염일지도 모릅니다.”

아금받게 엇서며 살기담성한 박종식의 말버슴새가 도를 넘어섰고, 김흥섭은 무엄하다는 눈빛에 험진 이맛살을 좁혔다. 그러나 마음 한편에는 이제 곧 벌어질 폭력의 잔치를 예감하고 가학적 쾌감이 가슴을 떨리게 했다. 그것은 연쇄살인범의 강렬한 살인충동과 일맥상통하는 희열이었다. 김흥섭은 이런 상황이 되면 마술적 사고방식으로 자신의 행동에 대한 합리화를 만들어 낸다.

일주일에 두 번, 낮에만 들리는 의사가 이 시간에 의무과에서 긴급환자를 기다리고 있을 리 없다. 물 본 기러기, 약 본 전중이(죄수의 옛날말)라는 말처럼 교도소에는 건강염려증 환자와 꾀병이 지나치게 많다. 통제를 엄격하게 하지 않으면 감당이 안 된다. 보안과 당직자들도 야간 긴급환자를 싫어한다.

의무과 간병(돌팔이의사 출신)이라도 부르는 것이 옳지만 김흥섭은 복도 중간 직원책상에서 소화제를 가져왔다. 그리고 감방 창틀 위에 성의 없이 올려놓으며 퉁명스럽게 말했다.

“지금 대홍수로 서울 시내가 마비상태다. 이거 먹고 아침까지 기다려.”

“정말 너무하십니다. 환자가 담당님 가족이라고 생각해보세요.”

“이 개자식아! 내 가족이 왜 이런데 들어와. 아가리를 확 찢어버리려야 정신 들겠어?”

"왜 욕을 하십니까? 그리고 사람 일은 아무도 모르는 겁니다."

김흥섭은 박종식을 보안과 지하실로 끌고 가서 작살을 내기 위해 은연중 감정적 대립을 키우고 있었다. 그런데 자신의 가족이 인간쓰레기(죄수)들과 동급으로 비교되자 울컥했다. 돼지가 목청 때문에 백정 신명을 돋우더라고 김흥섭은 지악스럽게 깝쳐대는 박종식의 멱살을 한손으로 힘껏 잡아당기며 황밤주먹으로 눈두덩을 세차게 후려쳤다. 번개가 번쩍할 정도의 충격이었다.

"아악, 왜 때려요?"

"억울해? 이 자식아 억울하면 죄를 짓지 마."

"죄수는 사람도 아닙니까?"

"이 새끼가 한마디도 지지 않네."

이번에는 무작스러운 주먹이 연속으로 쏟아졌고 얼굴에서 피가 튀기 시작했다. 무술교도관으로 특채된 김흥섭의 주먹에 박종식은 정신이 어찔어찔 했다.

김흥섭이 폭력은 잔인한 성격 때문이지만 추가요인도 있었다. 쥐꼬리월급, 24시간 교대, 비번까지 걸리면 12시간을 더해서 36시간을 연속으로 근무하고 12시간 뒤 다시 출근한다. 거리에 실업자가 넘쳐나지만 매년 이직률 20%가 넘는 최악의 직장. 육모방망이도 잘만 놀리면 요술방망이라지만 경찰과 달리 교도관의 육모방망이는 쓸모가 없었다.

오죽하면 젊은 죄수들끼리 주고받는 가장 지독한 악담이'너. 나중에 아들 낳으면 평생 말단교도관이나 시켜라'는 말이겠는가. 그럼에도 불구하고 목구멍이 포도청이라서 사표를 낼 수도 없었다. 김흥섭은 지금 제 얼굴 못난 년이 거울 깨고, 모진 시어머니에게 당한 며느리 부엌에서 강아지 걷어차듯, 마음대로 되지 않는 세상의 신세한탄을 애꿎은 죄수에게 풀고 있었다.

황용주는 급성맹장염이 아니라 급성위경련이었다. 잠시 뒤, 고통이 약간 가라앉자 피투성이로 변한 박종식을 도저히 그냥 두고 볼 수가 없었다. 간신히 몸을 일으킨 황용주는 자신이 끼어들면 또 다른 폭력이 파생될 것을 예감했지만 번연히 알면서도 새 바지에 똥을 싸듯 김흥섭의 멱살 잡은 손을 풀려고 애쓰며 사정했다.

"담당님. 죄송합니다. 저는 이제 의무과 가지 않아도 됩니다. 제발 이제 그만 하세요."

"이 자식. 감히 어디다가 손을 대. 이거 안 놔?"

시비가 옮겨 붙고 있었다. 김흥섭은 멱살 잡은 손을 황용주로 옮기며 얼굴을 후려쳤다. 연속된 주먹질에 황용주의 얼굴도 금방 피투성이가 되었다. 그 와중에도 그들은 힘을 합쳐 김흥섭의 팔을 비틀어 꺾으며 간신히 뒤로 물러섰다. 황용주가 엉망으로 찢어진 입에서 핏덩어리를 뱉어내니 부러진 앞니가 2개나 섞여 나왔다. 코뼈마저 부러진 것 같았다. 황용주 못지않게 상처를 입은 박종식이 치를 떨며 몽그린 마음을 터트렸다.

"개새끼야! 우리가 뭘 잘못했는데 때려?"

"허! 너. 지금 개새끼라고 그랬냐. 이리 안와."

분노의 에스컬레이터가 된 김흥섭은 팔삭팔삭 뛰며 게목을 질러댔다. 하지만 이미 사정거리에서 벗어난 그들이 쫓아가서 벼락을 맞듯 순순히 말을 들을 리 없었다. 복도의 시끄러운 소리에 잠 깨어난 다른 감방 죄수들이 철창사이로 띵체를 내밀었다. 띵체란 엄지손톱만큼 작은 거울조각에 치과의사들이 쓰는 것처럼 손잡이를 만든 것이다. 자동차 백미러처럼 복도 전체를 살펴 볼 수가 있다.

죄수들은 대부분 눈치가 비린내 맡은 고양이 콧구멍이다. 말다툼하는 사람들의 목소리만 듣고서도 굳이 띵체를 내밀어 확인할 필요조차 없었다. 소년수 감방의 황용주가 갑자기 아파서 신음하며 뒹굴고 있었다. 그러자 박종식이 빨리 조치를 취해달라고 항의하다가 폭력사태가 발생한 것이다.

평소에는 감히 만고역적 김흥섭에게 대놓고 욕을 하는 죄수가 있을 리 없다. 그러나 지금은 어느 감방에서 누가 소리치는지 알 수 없는 익명성이 보장되어 있었다. 띵체로 복도를 살피다가 김흥섭이 둘레거리며 다가오면 진둥한둥 누워서 자는 체를 하면 되는 것이다. 현장목격이 아닌 이상 닭 잡아먹고 오리발, 개 잡아먹고 고양이 발 내미는데 이골이 난 사람들이었다. 띵체로 복도를 살펴보던 누군가 치솟는 불길에 휘발유를 끼얹듯 헌걸차게 소리쳤다.

"야. 만고역적! 미운 년이 밤새 좆 쥐고 잔다더니, 꼭두새벽부터 막걸리 마신 돼지 목청으로 잠을 깨우고 지랄이냐. 그리고 너는 왜 걸핏하면 사람을 때려. 소년수들이 잘못한 것도 없잖아?"

한 마리 개가 짖으면 온 동네 개가 따라 짖는다. 그렇지 않아도 입이 딸막딸막하던 죄수들의 거친 야유가 봇물 터지듯 했다. 평소에도 흐드러진 욕설잔치 속에 살던 그들이 이런 상황에서 국어순화운동에 동참할 리 없었다.

"저 새끼는 죄수 때리는데 재미 들려서 집에 가서도 심심하면 마누라 두들겨 팰 거다."

"아니다. 제 구실 못하는 좆이 뒷동산에서 보름달 보며 벌떡 서더라고 집에 가면 말 한마디 못하는 공처가다. 쥐꼬리월급을 가져다주면서 무슨 면목으로 마누라를 때려."

"철창만 없다면 능지처참할 만고역적이다."

"야구방망이는 공만 치라고 있는 것은 아니지. 정말 철창이 인삼녹용이다."

우렁찬 야유가 터져 나올 때마다 누군가 흙 묻기 전에 냉큼 받아서 대꾸를 하고, 다시 또 누군가 이어가는 릴레이식 소란은 쉽사리 진정이 되지 않았다. 김홍섭은 교도관생활 10년에 온갖 흉악범을 상대하며 산전수전 다 겪었지만 지금 상황이 도대체 이해되지 않았다. 죄수들은 자신의 밥그릇에 수저를 집어넣는 일이 아니면 남의 고통에는 참견하지 않는다. 그런데 애송이 소년수들 일에 사동전체가 합세해서 미친놈들처럼 흥분하고 있었다.

지난 수십 년 동안 아동보호소를 거쳐 간 인원이 수만 명에 달했다. 교도소에는 그곳 출신들이 적지 않으며, 선배로서 나이어린 후배들이 아무 잘못 없이 인권유린을 당하자 의분이 솟구친 것이다. 게다가 당시 교도소 죄수들은 중학교만 졸업해도 고학력자로 인정하는 분위기였다. 제법 글재주가 있는 황용주는 자신도 비록 누명을 쓰고 들어왔지만 항소심 미결수들의 사건핵심을 예리하게 파악해서 소송서류를 작성해주었다. 전과3범 쯤 되면 삽으로 떠낸 자식이 되어 부모도 외면을 한다. 그런데 황용주가 편지대필을 하면 우리 아들 속 차렸다며 영치금을 보내주고 면회도 왔다. 이래저래 황용주와 같은 편, 마음의 빚을 진 죄수가 많았던 것이다.

김흥섭은 죄수들의 울골질 종애곯림에 분기탱천했지만 일일이 대꾸를 하고 흥분하면 사복개천 쇠지랑탕 같은 죄수들의 들컥질을 도저히 감당할 수가 없다. 뒤집어지게 요개부득한 이 소동을 잠재우는 방법은 이제 한 가지 뿐이었다. 교도소에서는 긴급환자가 발생한 것보다 죄수들이 교도관에게 야유와 폭언을 하는 것이 훨씬 더 중요한 사태이다. 김흥섭은 살 떨리는 분노의 걸음으로 복도 중간의 보안과 직통 인터폰수화기를 들었다.

황용주와 박종식이 공포의 보안과 지하실로 끌려가는 것은 이제 시간문제였다. 부자는 교도소에서도 인권유린을 당하지 않는다. 심지어 살인을 해도 빠져 나간다. 알리바이(현장부재증명)라는 용어가 법정에서 처음 사용된 것은 그리스 로마시대에 유죄증거가 너무나 뚜렷해서 사형선고를 피할 수 없었던 부자의 재판에서였다.

권력의 배경이 든든한 죄수는 오히려 교도관을 하인 부리듯 한다. 목숨쯤은 가볍게 내놓고 징역을 사는 막장인생, 여차하면 사제 칼로 교도관에게 상해를 입히거나 살해할 수도 있는 전국구 꼴통들도 교도소에서 특별대우를 받는다.

하지만 돈 없고 배경 없는 일반죄수들이 보안과 지하실로 끌려가면 꽈배기(호송 때 죄수들을 묶는 포승줄을 여러 겹으로 꽈서 만든 굵은 채찍)질부터 시작된다. 꽈배기가 허공에서 바람을 가르면 맞은 자리가 붉은 뱀이 휘감긴 것처럼 불쑥 돋아 오른다. 채찍의 날카로움과 몽둥이의 육중함이 절묘하게 뒤섞인 꽈배기는 맞아 본 사람만이 그 처절한 고통을 안다. 일제강점기부터 사용해오던 통닭구이, 날개꺾기, 비녀꼽기, 대포수정 등 여러 가지 고문 방법도 있다. 그렇게 가혹행위를 당한 죄수는 무언가 꼬투리가 잡혀 징벌 2개월에 처해진다. 징벌규칙에 따라 운동은 물론 가족과 면회, 편지가 금지되는데 그동안 상처가 모두 아물고 가혹행위의 증거가 사라지는 것이다.

황용주는 아직도 고문후유증에 시달리고 있는데 또 다시 보안과 지하실에 끌려가서 가혹행위를 당하면 평생 불구자가 되거나 죽을지도 모르는 상황이었다. 맞는 매보다 겨누는 매가 더욱 못 견딜 지경이다. 이제 감방은 창밖의 빗소리 말고는 고양이가 방귀를 뀌어도 바스락할 만큼 고요하고 침통한 분위기였다. 황용주가 잘기둥잘기둥 입술을 감물며 생각하는 동안 아득한 현기증이 왔다. 마치 간질환자가 발작직전의 망아(忘我) 상태에 이르러 먼 하늘을 날아가고 있는 느낌이었다.

포승, 수갑, 진압봉을 든 관구부장(교정직 8급 공무원)이 교대근무자를 데리고 복도에 나타났다. 거친 야유가 왁실덕실 왜자기던 복도는 가을바람이 낙엽 거둬가듯, 소나기에 매미소리 그치듯 조용한 상태였다.

살벌한 표정의 교도관들이 송곳눈으로 감방을 찍어보며 복도를 지나쳤다. 죄수들은 동티를 입을까 재리재리한 얼굴로 자는 척하고 있었다. 교도관들은 16호 감방 앞에 멈추어 섰으며, '덜커덩!' 자물쇠 풀리는 소리와 함께 문이 열렸다. 김흥섭이 닭 잃은 놈 족제비 벼르듯 칼날을 세운 목소리로 손가락질을 하며 말했다.

"너! 그리고 너! 이리 나와."

모든 것을 각오한 박종식은 파르르 떨리는 눈, 비웃음을 입술에 담은 채 움직이지 않았다. 꼭 무슨 짓을 저지를 것 같았다. 먼저 황용주가 서리 맞은 병아리처럼 힘없이 나갔다. 원래 이런 경우는 반항하지 못하도록 수갑을 채우고 포승줄로 묶은 뒤, 보안과 지하실까지 조용히 끌고 간다. 그리고 비로소 매타작이 시작된다.

그런데 김흥섭은 아까부터 참았던 울화통 분통이 한꺼번에 터진 상태였다. 황용주가 먼저 사정거리에 들어오자 복도로 끌어내 마구 걷어차기 시작했다. 무지막지한 구타가 계속 이어졌다. 야유를 하던 다른 감방 죄수들에게 본보기를 보여주는 의미도 있었다. 다른 교도관들은 김흥섭의 지나친 행동이 마뜩치 않았지만 잔 잡은 팔이 안으로 굽는다. 계속 조김을 당하던 황용주가 까무룩 혼절을 하는데 갑자기 감방 안의 박종식이 벌떡 일어났다. 차라리 자신이 두들겨 맞는 것이 낫지 차마 두고 볼 수가 없었던 것이다.

"으아아~."

박종식은 상처 입은 짐승처럼 울음소리를 내며 튀어나와 김흥섭에게 달려들더니 업어치기로 넘겨버렸다. 넉장거리로 나자빠진 가슴에 덜컥 올라앉은 박종식이 주먹을 치켜들었다. 하지만 차마 내려치지 못하고 부르르 떨었다.

그때 옆에 있던 교도관의 진압봉이 박종식 뒤통수를 세차게 후려쳤다. 눈앞이 까맣게 되며 허공에 별이 번쩍번쩍 했다. 쓰러지는 몸 위로 발길질이 난무했다. 하지만 박종식은 아락바락 악담을 퍼붓고 있었다. 김홍섭은 이를 악물었다.

"싸가지 없는 새끼. 감히 누구에게 살모사 대가리를 쳐들며 협박을 해. 그래 한번 끝까지 가보자."

"네 좆 꼴리는 대로 해봐. 하지만 내가 살아서 출소하면 너를 절대로 가만두지 않을 거다."

김홍섭은 이제 죄수들이 보는데서 항복을 받아내지 않고 물렁하게 그만둘 수는 없었다. 그런데 사동이 술렁대기 시작했다. 누군가 법자식기로 철창을 요란하게 드르륵 긁으며 소리쳤다.

"개새끼들아. 그만해라. 아직 어린애들인데 무얼 잘못했다고 그렇게 때리냐?"

"여러분! 우리 이 광경을 똑똑히 보았다가 나중에 법정에서 증언합시다."

그래도 김홍섭은 매질을 멈추지 않았다. 별 볼일 없는 죄수들의 소란은 기동타격대를 출동시켜 단숨에 진압시킬 수 있다. 지금은 진압이 문제가 아니라 우선 반분이라도 풀리게 때릴 때였다. 그런데 전혀 예상하지 못한 문제가 생겼다. 하층 근무교도관이 줄레줄레 다가오고 있었던 것이다.

"황용주가 누구입니까? 지금 아래층에서 오교웅씨가 문을 걷어차면서 난리가 아닙니다. 점잖은 사람인데 그렇게 흥분하는 것은 처음 보았습니다. 보고를 받은 당직계장님이 즉시 구타를 멈추랍니다. 지금 이리로 오시고 있을 겁니다."

황용주의 상층 16호 감방에서는 오교웅의 하층 1호 감방까지 끝에서 끝이라서 거센 빗소리 때문에 통방을 할 수가 없다. 게다가 오교웅이 아무리 거물급 죄수라도 이 새벽시간에 무엇을 어찌할 수가 있겠는가. 때문에 연락을 시도하지 않았다. 그런데 상층 1호 감방 아동보호소 출신이 바로 아래층의 오교웅을 불러서 상황을 알려준 것이다.

숯불 얼굴에 날핏대를 세우고 있던 김흥섭은 순식간에 눈썹만 뽑아도 똥 나올 것 같은 표정이 되었다. 모든 직장인들의 치명적인 약점은 근무경력에 오점이 생겨서 파면이나 추후 승진을 할 수 없게 되는 것이다. 때로는 인격말살, 온갖 수모를 견뎌야 하고 심하면 구타까지 비굴하게 참을 수밖에 없는 직장인. 그것이 사랑하는 가족의 생계를 책임져야 하는 아버지들의 비애이다. 횃대 밑에 더벅머리가 셋이면 날고 기는 재주를 가진 놈도 어쩔 도리가 없다는 속담은 그래서 생겼다.

그동안 슈퍼 갑의 위치에서 거칠 것 없이 죄수들을 잔혹하게 대했던 김흥섭은 이제 반대로 뱀 눈빛에 쏘인 개구리 신세, 속수무책의 을이 되었다. 헌 바지 주머니에 암행어사 마패가 들었더라고 사람을 건드려도 한참 잘못 건드린 교도관들은 만신창이가 되어버린 황용주와 박종식을 일단 세면장 옆 관구실로 데려가 대기했다.

잠시 후 오교웅이 당직계장, 보안주임, 구급상자를 든 의무과 간병과 함께 1사동 상층 관구실에 두둥하고 나타났다. 의무과 간병이 황용주의 상처 난 입을 치료하는 동안 보안주임이 김흥섭을 층계참으로 데리고 가더니 심각한 목소리로 두세두세 속삭였다.

"……… 그래서 이번 일이 잘못되면 자네가 파면, 구속되는 것은 물론 오늘 당직자와 교도소장님까지 모두 징계를 받게 될 것이네. 무슨 일이 있어도 자네가 책임지고 사태를 마무리하게."

김흥섭은 오교웅의 비밀스러운 소문을 어렴풋이 알고는 있었지만 모두 사실임을 확인하자 지레 얼먹어 창백한 얼굴이 되었다. 비로소 후회의 회초리가 가슴을 후려쳤지만 이미 엎질러진 물, 깨진 유리창이었다.

황용주와 박종식의 상처를 살펴본 오교웅은 교도관들이 따라오려는 것을 물리치고 혼자 16호 감방으로 향했다. 그리고 여지 것 있었던 일을 상세히 듣고 관구실로 돌아왔다. 김흥섭은 사시나무가 되어 있었고 오교웅이 분노의 목소리로 말했다.

"용주야! 이 형이 할 수 있는 모든 힘을 다해 네가 원하는 대로 해줄게. 이 인간들을 어떻게 할까?"

"………."

그때 어리둥절함을 넘어 도무지 현실감이 들지 않는 일이 벌어졌다. 김흥섭이 털썩 무릎을 꿇은 것이다.

"황용주씨! 정말 미안합니다. 제가 대홍수로 가족들 걱정 때문에 속이 상해서 엉뚱한 분풀이를 한 것 같습니다. 용서해주십시오. 분이 풀리실 때까지 저를 때려도 상관없습니다."

"…………."

천하의 만고역적 김흥섭이 사람취급도 하지 않던 죄수, 그것도 아들 같은 사람에게 무릎 꿇고 존댓말을 하고 있었다. 한순간에 이다지도 비굴해질 수가 있다니 전율할만한 일이었다. 직접 목격하지 않고 누군가에게 이 사실을 전해 들었다면 절대로 믿지 않았을 것이다. 전율은 열병이라도 걸린 듯 심해지며 오싹한 소름마저 돋았다.

황용주가 묵묵히 침묵하자 김흥섭은 식은땀이 다람다람 맺힌 얼굴로 파리가 앞발로 빌 듯 했고, 머리방아를 찧으며 흐느꼈다. 황용주는 처음의 당황스러움이 슬몃슬몃 가셔지며 마음 한편으로 잘코사니 통쾌한 기분도 들었다. 그때 치료를 마친 박종식이 갑자기 김흥섭의 눈덩이를 후려쳤고, 넘어진 몸에 발길질을 계속하며 말했다.

"개자식아! 겨우 이거였냐? 힘 있는 사람들에게는 씹팔아 비단팬티 사듯 촐랑개 충성을 다 바치고 한겨울 문풍지처럼 벌벌 떨면서 우리 같은 놈들에게는 저승사자처럼 잔인하게 구는 너 같은 놈들은 혼이 나야 돼."

황용주와 교도관들이 간신히 떼어 말렸다. 김흥섭은 몸을 일으키지도 못하고 신음했다. 황용주가 김흥섭을 부축한 뒤 관구실에 단둘이 남아 조용하게 말했다.

"그동안 담당님에게 얼마나 많은 재소자들이 가혹행위를 당했습니까. 이번 일을 거울삼아 앞으로는 어떤 경우에도 재소자들에게 폭력을 쓰지 않겠다고 약속하면 없던 일로 하겠습니다."

"그럼요. 감사합니다. 개과천선하겠습니다."

비는 놈에게는 져야 한다던가. 황용주는 오교웅에게 잘 얘기해서 좋게 마무리를 짓도록 작정이었다.

한바탕 소란이 그쳤지만 하늘은 여전히 어마무지한 물벼락이 쏟아내고 있었다. 감방 죄수들은 기상시간이 멀었기에 한숨 더 자려고 담요 속에 몸을 뉘었다. 보안과 당직자들은 사무실로 돌아가 대홍수의 라디오 중계를 계속 들었다. 모두 비극적인 소식이었지만 웃지 못 할 일도 있었다. 천호동에서 태백서커스단의 사자가 물에 잠긴 울타리를 넘어 탈출했다. 사자는 배가 고팠는지 지대가 높은 골목에서 개를 한 마리 잡아먹은 뒤 어디론가 사라졌다고 한다.

하지만 지금 당직근무자들이 한가롭게 라디오나 듣고 있을 때가 아니었다. 취사장 부근으로 모여든 빗물이 심각한 문제를 일으키고 있었다. 아침 국거리며 옥용찬(獄用餐) 등이 담긴 통이 빗물에 넘어지면서 내용물이 쏟아진 것이다. 하수구가 꽉 막혀버렸다. 다른 하수구에서도 물이 빠지는 것이 아니라 오히려 콸콸 솟구쳐 오르는 역류현상을 보이기 시작했다. 더 높은 지대(영등포구치소) 방면에서 흘러온 물이 하수구를 통하여 솟구친 것이다. 사방이 벽돌담으로 둘러싸인 영등포교도소는 급격하게 물이 불어나고 있었다.

독거사동 자이언트(신해철. 37살)는 소변을 마려워 변소에 들어갔다가 무심코 보안등이 밝은 철창 밖을 바라보았다. 자이언트의 워낙 키가 커서 변소철창 아래가 내려다보였다. 그런데 취사장 방향에서 물너울이 파도처럼 밀려오고 있었다. 평지보다 30Cm 정도 높게 위치한 각 감방의 푸세식 변소 맨홀뚜껑을 이미 점령하고 누런 똥 덩어리가 둥둥 떠올라 있었다.

"교도소가 물에 잠기고 있다. 모두 나와서 창밖을 봐라."

큰소리로 외친 자이언트는 복도의 교도관에게 이 사실을 알렸다. 교도관이 무어라 대꾸를 하기도 전 독거사동 죄수들이 여기저기서 고함을 질러대기 시작했다. 아직 여명이 오지 않아 깜깜한 교도소 밤하늘에 거친 욕설과 발악적인 외침이 소래기탄으로 울려 퍼졌다.

"담당! 뭐하는 거야. 저거 안보여. 이러다가 똥물에 빠져죽겠다."

"아무리 죄를 짓고 왔다지만 모두 익사시킬 작정이냐. 문 열어라. 빨리 문 열어."

"담당. 귓구멍에 좆 박았냐. 빨리 조치를 취해라."

"문 열어라. 개새끼들아!"

독거사동 꼴통들이 불난 들판에 황소 날뛰듯 걷잡을 수 없이 흥분하여 감방 문을 부수기 시작했다. 다른 사동도 너나 할 것 감방 문을 걷어찼다. 그러나 워낙 튼튼하게 만들어진 것이라서 쉽사리 부서지지 않았다. 똥물은 점점 차올라서 어느새 감방 안까지 점령하고 있었다. 워낙 순식간에 벌어진 일이었고 하필 조금 전까지 사용했던 인터폰은 폭우와 낙뢰로 인해 불통이었다. 뒤늦게 사태를 알아차린 보안과 당직자들이 감방 열쇠뭉치를 들고 달려 나갔다.

독거사동에서 가장 먼저 감방 문을 부수고 뛰쳐나온 자이언트는 무릎까지 차오른 똥물을 첨벙첨벙 지나서 이층으로 올라갔다.

하층의 절박한 비명과는 다르게 상층 재소자들은 아직 강 건너 불처럼 여유가 있었다. 좁은 감방에서 벅신대며 스트레스가 쌓여있는데 마음껏 소리칠 기회가 생긴 것이다. 가만히 있을 까닭이 없었다. 너나없이 뒤 창문에 대고 당분이 섞인 아부재기를 목청껏 질러댔다.

"하나님! 앞으로 착하게 살겠습니다. 비 좀 그만 내려주세요."

"어머니! 저는 이렇게 홍수로 죽을지도 모릅니다. 죄송합니다. 다음 생에도 아들로 다시 태어난다면 정말 효도할게요."

"희숙아! 똥물에 빠져죽기 전에 너를 한번 안아보고 싶구나. 사랑한다."

"나는 애인도 없다. 노량진 예쁜이를 오래전부터 짝사랑 하고 있었다는 것을 이 자리에서 고백한다."

"나도 예쁜이를 사랑한다."

"모두 꿈 깨라. 노량진 예쁜이는 내꺼다."

황용주와 박종식이 수용되어 있는 감방에는 뭇 사내들의 애간장을 녹일 정도로 아름다운 미소년(조은수. 19세. 별명 노량진 예쁜이)이 있었다. 이제 막 면허를 따서 외삼촌의 소형삼륜차로 연탄배달을 하다가 어린소년을 치어 죽게 했다.

조은수는 피부가 우유 빛깔이었으며, 초강초강한 얼굴형에 오뚝한 코, 속눈썹이 길고 우수에 젖은 눈이 너무 아름다워서 미인대회에 나가도 손색이 없을 정도였다. 본인이 의도한 것은 아니었지만 섬연한 몸매에 걷는 태깔마저 명매기걸음으로 간드러졌다. 풍경이 있으면 맑은 소리가 울려나고, 궁노루가 있으면 향냄새가 풍기는 것. 밤마다 조은수가 마음속에 감춰서 상사병이 든 죄수까지 있었다.

조은수가 운동, 세면 등의 용무로 복도에 나타나면 죄수들이 열광했으며 성적희롱이 담긴 농담을 던지거나 노골적인 성추행을 서슴지 않았다. 동물의 왕국 수컷들만의 세계에서 이 정도는 얼마든지 그러려니 넘길 수가 있다. 하지만 일상생활의 모든 촉각이 성욕으로만 집합되어 있는 상습성범죄자들이 문제였다. 그중 하나가 사제송곳으로 조은수를 위협해 사동 계단아래 창고로 납치, 강간을 시도한 일까지 있었다.

조은수의 강간미수 사건 이후 감방동료들이 자발적으로 경호대를 만들어 찝쩍대는 성인죄수에게 단호히 대처하고 있었다. 특히 박종식이 적극적이었다. 박종식은 감방분위기 때문에 드러내놓고 표시하지는 않았지만 조은수를 깊이 사랑하고 있었다. 그런데 대홍수의 혼란한 분위기 속에서 누군가 사랑을 고백하자 저마다 농담을 가장한 진담을 외치며 쟁탈전을 벌이고 있는 것이다.

영등포교도소 1사 상층 죄수들은 이제 엄청난 빗줄기 구경을 멈추고 앞 창문으로 우르르 몰려갔다. 사회에서는 인기연예인이 구경거리지만 교도소에서는 연쇄살인범, 전국구꼴통, 여자처럼 아름다운 죄수가 구경거리였다.

죄수들은 하층 독거사동에서 올라온 '전국구 꼴통 서열1위' 자이언트를 보려고 창문가에 섰다. 이층 복도에 선 자이언트는 도토리를 굽어보는 왕밤처럼 그윽한 눈으로 감방을 훑어보았다. 복도를 꽉 채운 덩치와 살벌한 눈빛에 덴겁한 잔챙이 죄수들은 고개를 돌리며 딴청을 피웠다. 장비(張飛)하고는 싸움 안하면 그만이더라고 일반죄수들이 자이언트에게 당당하지 못할 것도 없었다. 하지만 동물적 기싸움은 스쳐가는 시선에도 확연히 드러났다.

2m10Cm, 140Kg의 자이언트는 전쟁고아로 큰아버지의 대장간에서 함마로 왜뚜리를 두들기며 성장하다가 17살에 상경했다. 웅글웅글한 목소리, 우람한 근육질의 그가 조금만 인간답게 살았으면 격투기선수나 주먹패로 이름을 날렸을 것이다. 하지만 무학자에다가 모든 문제를 폭력으로 해결하려는 단세포적 사고방식, 뇌가 사타구니에 달린 성도착자였다.

교도소 문화와 풍속도 시대에 따라 달라진다. 청송보호감호소가 생기지 않았던 1960-70년대 교도소는 조직폭력배가 거의 힘을 쓰지 못했으며, 대신 시체더미 속에서 살아남은 전쟁고아 출신의 회사원(소매치기), 밤티(야간주거침입절도), 강짜(강도) 등 직업범죄꾼들이 완전히 장악하고 있었다. 도리짓고땡 통박은 귀신이지만 한글은 모르는 무학자, 무호적자도 많았다. 그리고 대책 없는 꼴통들의 화려한 전성시대였다.

그 시절 전국구 꼴통의 무용담이 전설처럼 죄수의 입에서 입으로 전해지고 있었다. 직원이발소에 쳐들어가 작두(면도칼)로 자신의 배를 갈랐는데 내장이 쏟아져 나왔다. 교도관이 부축을 하려하자 거절했다. 그리고 꾸역꾸역 밀려나오는 창자를 스스로 집어넣으며 의무과까지 혼자 걸어간 윤무부. 담당교도관의 책상 위에 자신의 성기를 올려놓고 대못을 박아버린 김삿갓. 교도관 머리를 삽날로 후려친 박종귀, 엄청난 덩치와 괴력을 지닌 자이언트 등은 그 이름만으로도 산천초목을 떨게 하고 동료죄수들이 경의를 표하는 전국구 꼴통들이었다. 특히 자이언트는 꼴통들 사이에서조차 아무도 건드릴 사람이 없을 정도로 포악했다.

자이언트가 전국교도소 꼴통 서열1위로 단숨에 등극한 것은 11년 전 서울구치소(서대문구치소) 밥강도 사건 때문이었다. 당시 죄수들은 벽돌처럼 찍어 내는 가다(틀) 밥을 먹었다. 일을 하지 않는 미결수는 호빵 한 개 크기의 5등식이다. 자이언트에게는 쌍태(雙胎) 낳은 호랑이의 허기진 뱃구럭에 생쥐 한 마리였다. 그저 볼가심거리로 한입에 넣고 몇 번 씹을 것도 없이 삼키면 끝이었다. 너무 배가 고파서 헛것이 보일 정도가 된 자이언트는 운동시간에 무조건 취사장으로 뛰었고, 교도관들이 호루라기를 불며 추격했다. 교도관 4명과 취사장 죄수 30명이 한꺼번에 달려들었지만 닥치는 대로 주먹을 휘둘렀고 걸리는 대로 내동댕이쳤다. 취사장은 순식간에 유혈이 낭자한 전쟁터가 되어버렸다. 식칼을 집어든 자이언트는 황소숨을 씩씩거리며 대형 밥솥 앞에 섰다.

“어느 놈이고 가까이 오면 죽여 버리겠어. 1시간 뒤에 자수할 테니까 기다려.”

때마침 돼지고기가 나오는 날이었다. 자이언트는 식칼을 한손에 든 채 돼지고기를 듬뿍 넣은 꽃국물에 5등식 27인 분을 먹어치운 뒤 자수했다. 보안과 지하실로 끌려간 자이언트는 난동이유를 묻는 보안과장에게 ‘끄억!’ 트림을 하며 말했다.

“사흘 굶은 개는 몽둥이도 보이지 않는다고 했습니다. 굶어 죽으나 맞아죽으나 어차피 마찬가지라는 심정이었습니다. 아무리 교도소의 급식이 일괄적으로 정해져 있다고 하더라도 40Kg 말라깽이도 5등식 한 개, 140Kg이 넘는 저도 5등식 한개는 너무 불공평합니다.”

자이언트에게는 그 후 비공식적으로 머슴밥, 감투밥으로 불리는 1등 식이 지급되었다. 하지만 교도관과 죄수들이 도합 26주 진단이 나올 정도의 심한 폭행과 인질난동으로 추가징역 5년을 선고 받았다. 밥 한 끼 배불리 먹기 위해 너무나 큰 대가를 치룬 것이다. 34대 1의 격투를 승리한 자이언트의 활극은 전국교도소 죄수들 사이에서 두고두고 화제가 되었다. 자이언트는 출소한지 불과 3개월 만에 강간살인, 특수공무집행방해로 또 다시 들어와서 무기징역을 선고 받았다.

대홍수의 와중에 가장 먼저 감방문을 부수고 상층으로 올라온 자이언트는 어깨를 한번 으쓱 추기며 폼을 잡더니 세면장으로 들어가며 말했다.

"담당님! 좀 씻겠습니다."

자이언트는 방금 전 죽음의 위기상황을 벗어났다는 것을 까마득히 잊어버렸다. 빨리 씻고 노량진 예쁜이가 있는 16호 감방에 들어가겠다는 생각에 가슴이 벌렁벌렁 거렸다. 동물적 본능에 충실한 그의 삐뚤어진 성욕은 섹스 한번을 위해 암컷에게 잡혀 먹히는 사마귀나 거미와 같았다. 자신이 파멸된다고 해도 기어이 해치워야만 하는 욕망이었다.

아래층 모든 감방 문을 열리기 시작할 때는 똥물이 허벅지까지 차오르고 있었다. 죄수들은 물에 젖지 않은 소지품을 머리 위로 치켜들고 이층으로 올라갔다. 성동구치소가 아직 존재하지 않았고, 서울구치소(서대문구치소)가 경기도 의왕시로 옮겨 대규모로 신축을 하기 한참 전이었다. 서울지역 죄수들의 수용공간은 턱없이 부족했다. 영등포구치소는 밀려드는 미결수를 감당하지 못해서 고등법원에 항소한 죄수를 바로 앞에 자리한 영등포교도소에 임시로 이송시켜 수용하고 있는 실정이었다. 감방마다 4평 남짓한 공간에 최소 16명에서 많게는 18명까지 빼곡하게 들어차 있는 콩나물시루였다. 그런 상황에서 아래층의 재소자들까지 올라와 들뭇들뭇하니 그 비좁음이란 숨이 컥컥 막힐 정도였다. 진동하는 똥냄새 땀냄새를 감당 못해서 구역질을 하는 사람들도 많았다.

하지만 1사동은 다른 곳에 비해 할랑했다. 아래층이 교도소 규칙을 어긴 징벌(懲罰)자, 법무부 요시찰(꼴통), 특별대우를 하는 거물급 죄수들을 수용하는 독방이기 때문에 수용인원이 적었다. 위층의 감방에 2-3명씩만 더 들어가면 되었다.

1사동 하층은 감방 문을 열어주는 교도관이 2명이었다. 1방부터 열어주기 시작한 교도관, 그리고 보안과 사무실에서 직접 또 한명의 교도관은 오교웅의 감방부터 열어주었다. 독거사동 죄수들은 이층으로 올라오자마자 세면장에 우르르 몰려 들어갔다. 그리고 하마터면 똥물에 빠져 죽을 뻔 했던 상황을 벗어난 안도감에 콩케팔케 왁자지껄한 목욕이 시작되었다. 그 경황에도 옷을 빠는 사람까지 있었다. 잠시 뒤 교도관이 세면장을 나오기 시작한 사람들에게 무조건 감방 하나에 3명씩 들어가라고 소리쳤다.

자이언트가 앞창문을 막아서자 16호 감방 분위기는 싸늘해졌다. 들개 앞에 엄청난 덩치의 호랑이가 등장한 것이다. 더구나 자이언트는 일반죄수들과는 절대로 함께 둘 수 없는 미친 호랑이였다.

자이언트가 16호 감방에 들어오려는 이유는 불 보듯 뻔했다. 가시방석의 조은수는 세운 무릎에 얼굴을 꿍겨박은 채 곱송그렸다. 자이언트는 감방에 들어오자마자 거침없이 감방장 자리의 황용주를 발로 툭툭 건드리며 말했다.

"꼬마야! 비켜."

황용주는 원래 오교웅이 들어오면 그 자리에 모시려고 했지만 어쩔 수없이 불편한 몸을 일으켜 비켜주었다. 뒤이어 오교웅이 들어오자 황용주는 맞은편에 함께 자리하고 앉았다. 자이언트는 피곤하다는 듯 이불위로 벌렁 누웠고 예정된 순서가 진행되었다.

"노량진 예쁜이. 이리와 다리 좀 주물러라."

"…………….."

조은수는 가슴이 달룽하고 호흡이 가빠졌다. 자신을 지적해서 다리를 주무르라는 것은 살수청을 들라는 명령이나 다름없었다. 잠시 뒤 다른 사람들이 보든지 말든지 이불속으로 끌어들여 바지를 벗겨 내릴 것이 분명했다.

술은 공술이 있어도 오입질은 공짜가 없는 것. 죄수가 미소년을 품기 위해서는 많은 공을 들이고 환심을 사야만 한다. 하지만 자이언트는 그런 상식과 논리가 통하지 않는 프레데터(포악한 육식동물)였다. 굶주린 호랑이가 노루를 잡아먹는데 무슨 절차와 이유 따위가 필요한가. 자이언트가 우렁우렁한 목소리에 신경질을 담았다.

"이리 오라는 소리 안 들려?"

"…………….."

자이언트가 일어서더니 옹송그려 있던 조은수의 뒷덜미를 하담싹 잡아채며 손바닥으로 뒤통수를 후려갈겼다. '퍽'소리와 함께 조은수는 정신이 어뜩해졌다.

"피곤하니까 다리 좀 주무라는 것뿐인데 왜 말을 안 들어. 이 자식아."

다시 한 번 조은수의 뒤통수에서 '퍽'소리가 났다. 자이언트는 혼절한 조은수를 번쩍 들어서 이불 속으로 밀어 넣었다. 그리고 더듬적거림도 없이 댓바람으로 바지를 벗겨 내렸다. 정신이 해딱해딱 하는 조은수가 빠져 나오려고 안간힘을 쓰는 이불 속의 자닝한 꿈틀거림은 차마 못 볼 광경이었다. 조은수의 발버둥에 화가 치민 자이언트가 주먹으로 배를 질러 박았다. '헉!' 숨이 막히는 비명과 함께 조은수의 반항이 잠잠해졌다.

자이언트는 성급하게 조은수의 옷을 마저 벗겨 내렸다. 그리고 벌떡거리는 성기를 항문에 막 집어넣으려고 시도했다. 감방 사람 모두가 분노하고 있었지만 달려들어 보았자 고목에 깔딱낫이고, 포크레인 앞에서 모종삽질이었다.

하지만 사랑의 힘은 위대하다. 그동안 조은수에게 방패막이가 되어주었던 박종식이 '으아아!' 소리를 지르며 일어섰고 자이언트의 등 뒤에서 목을 졸랐다. 그 틈에 조은수가 이불 속에서 비실비실 기어 나왔다. 아랫도리를 벗은 채였지만 숨넘어가게 생긴 년이 고쟁이 단속할 여유가 있겠는가. 황용주가 얼른 다가가서 부축하며 아랫도리를 가려주었다.

뜨겁게 달아올랐던 성욕이 한순간에 사라진 자이언트가 뒤에서 목을 조르고 있는 박종식을 엎어치기로 넘기더니 거대한 발로 사정없이 걷어차고 머리를 쿵쿵 내리 찍었다. 흔글흔글 정신을 잃어가는 박종식은 아무래도 그대로 두면 죽을 것 같았다.

조은수가 달려들어 박종식을 끌어안으며 소리쳤다.

"잘못했어요. 그만하세요. 잘못했어요. 시키는 대로 다 할게요."

분노조절장애가 있는 자이언트는 조은수마저 걷어차서 나뒹굴게 했다. 오교웅과 황용주가 동시에 일어났다. 두 사람은 힘을 다해서 자이언트를 말렸다.

"자이언트씨. 그만하시오. 이러다가 사람 죽겠습니다."

"너는 뭐야. 이 새끼야."

발길질 한 번에 오교웅은 배를 움켜쥐며 쓰러졌다. 자이언트는 독거사동에 있을 때 오교웅에게 어렵게 대했다. 그의 배경을 알기 때문이었다. 하지만 배고픈 호랑이가 원님을 가리지 않듯 지금은 눈에 뵈는 것이 없었다. 황용주가 쓰러진 오교웅을 끌어 앉으며 소리쳤다.

"씨발놈, 정말 너무하네. 왜 말리는 사람을 때려?"

"이것들이 오늘 뒈지고 싶어서 환장을 했나보네."

자이언트는 주먹으로 황용주의 얼굴을 내리쳤고 피가 튀며 감방 벽에 뿌려졌다. 자이언트의 주먹이 몇 번 더 내려 꼽히자 황용주는 해까닥 정신을 잃어가는 것 같았다. 그때 감방의 누군가 자이언트 뒤에서 손바닥으로 눈을 세차게 문질렀다.

"으아악!"

자이언트가 비명을 지르며 떼어내려고 했지만 손바닥은 악착같이 눈을 후벼 파듯 문질렀다. 손바닥에는 안티프라민 연고 두통이 듬뿍 발라져 있었던 것이다. 이어서 대나무젓가락을 움켜 쥔 박종식이 자이언트의 허벅지를 힘껏 찔러 박았다.

"으허엉!"

자이언트가 표호하며 박종식의 멱살을 잡더니 벽에 머리를 쿵쿵 찧었고 붉은 피가 벽을 타고 흘러내렸다. 황용주가 다급하게 소리쳤다.

"야! 모두 이 새끼 죽여라."

황용주는 고함을 지르며 자이언트의 등에 올라타서 목을 휘어 감았다가 벽으로 날아갔다. 이번에는 신해철이 무릎으로 아직 눈을 못 뜨는 자이언트의 사타구니를 올려쳤다. '어이쿠!' 자이언트가 사타구니를 잡으며 앞으로 넘어졌다. 감방의 소년죄수 십여 명이 우르르 달려들어 눈감 땡감으로 마구 짓밟기 시작했다.

"으허엉!"

아직 눈을 뜨지 못하는 자이언트가 우렁찬 호랑이 울음소리로 몸을 일으켰다. 이어서 허우적거리며 닥치는 대로 소년죄수들을 동댕이질 했고 주먹을 휘둘렀다. 달려드는 족족 자이언트의 주먹 한방에 나가떨어졌다. 하지만 소년죄수들도 나름대로 골목 하나씩을 지키던 당찬 가락이 있었다. 얕은 물에 송사리 흩어지듯 나가 떨어졌다가도 풍산개가 호랑이를 몰 듯 악착같이 달려들었다.

감방은 피범벅으로 질척거리기 시작했다. 자이언트는 말 그대로 거인이었고 괴물이었다. 회복불능의 상태로 나자빠진 소년수가 하나 둘 늘어나고 있었다. 이대로라면 자이언트의 승리가 확실했다. 교도관 김홍섭은 어디선가 '우당탕 쿵쿵' 싸우는 소리가 계속 들려오자 소란을 피우는 감방을 찾아서 발걸음을 옮겼다.

"이 새끼들. 뭐하는 짓이야. 그만두지 못해."

싸움을 제지 했지만 소용없었다. 피차 목숨을 내놓고 하는 승부를 벌이고 있는 터였다. 교도관 혼자 감당할 수 있는 상황이 아니었다. 영등포교도소는 이제 뗏목을 타고 다녀야 할 만큼 물에 잠겨서 기동타격대가 출동할 수도 없는 상태였다. 극도로 흥분한 죄수들이 복도로 나오면 문제가 걷잡을 수 없이 확대될 가능성이 있었다. 신해철이 자이언트 가랑이 사이에 들어가서 불알을 잡아챘다.

하지만 곧 나가떨어졌고, 멱살을 잡힌 오교웅이 계속 주먹질을 당하고 있었다. 피가 마르듯 다급해진 황용주가 홀땅(이불, 식기, 징역보따리 등을 정리해 놓은 붙박이 장)에서 법자식기 뭉치를 감아들었다.

훗날에는 죄수들의 식기가 모두 플라스틱으로 바뀌었지만 당시만 해도 작은 못을 박을 때 망치 대용으로 쓸 만큼 두껍고 튼튼한 양은그릇이었다. 밑바닥에 법무부 마크가 찍혀 있어서 법자식기로 불렸다. 환경정리를 위해서 나일론 양말을 풀어 만든 그물망에 법자식기를 담아 걸어두곤 했다. 한 개의 그물망에는 30개 정도 법자식기가 담겨서 제법 무거웠다.

황용주는 법자식기 뭉치를 쥐불놀이 깡통처럼 원을 그리며 네댓 번 돌리다가 자이언트의 뒤통수를 힘껏 후려쳤다. 원심력으로 탄력을 받은 쇠뭉치가 주는 타격은 대단했다. '뻥!' 소리와 함께 피가 튀며 자이언트가 벼락을 맞은 고목처럼 힘없이 무너져 내렸다. 골리앗을 쓰러뜨린 다윗이었다.

황용주는 쓰러진 자이언트의 배를 걷어차며 오교웅을 구해 냈다. 누군가 바닥에 내팽겨진 법자식기 뭉치를 들더니 자이언트의 머리를 집중적으로 후려쳤다. '뻥뻥' 소리와 함께 그물망이 터져서 법자식기가 날아다니는데 악에 받힌 사람들이 너도 나도 달려들어서 자이언트를 짓이기 시작했다.

"으아악, 으악."

완전히 걸리버 여행기의 소인국에서 벌어지는 활극이었다. 처절한 비명을 지르던 자이언트가 뒤스럭거림을 멈췄지만 사람들은 공격을 멈추지 않았다. 누군가 뾰쭉한 대나무 젓가락으로 자이언트의 등과 목을 수십 번 홀랑이질 했다.

"그만, 그만해."

황용주의 외침소리에 겨우 정신들을 차렸다. 자이언트는 칼탕친 짐승, 개가 뜯다만 걸레처럼 처참한 모습으로 죽어 있었다. 광란의 집단살인극이 끝나고 난 뒤 피투성이가 아닌 사람은 아무도 없었지만 통쾌한 기분이 하늘을 찔렀다. 사람들이 승리감에 도취해 있는 동안 황용주가 다친 사람들을 점검했다.

박종식과 조은수는 얼굴에 덩이진 피가 버슬버슬 엉겨서 숨을 멈춘 상태였다. 두 사람을 비스듬히 누워서 서로의 손을 맞잡고 있었다. 자이언트 목의 대동맥에 손을 대보았다. 죽은 것이 확실했다. 호랑이도 쏘아 놓고 나면 불쌍한 것. 마음이 좋지 않았다. 하지만 고양이 죽음에 쥐 눈물이 눈자위까지 적실 리는 없었다.

황용주는 비로소 물수건으로 피를 흘리고 있는 얼굴을 닦아주었다. 오교웅이 힘없이 웃으며 말했다.

"용주야! 고맙다. 네가 나를 살렸구나."

"그런 말씀 마세요. 그런데 자이언트가 죽었으니 어떻게 하지요"

"걱정마라. 정당방위다. 일단 시체들부터 치우자."

오교웅은 복도에 대고 담당교도관을 소리쳐 불렀다. 일부러 오지 않고 있었던 김홍섭이 오교웅의 목소리에 마지못해 다가왔다. 감방 앞에서자 피비린내가 몰칵 달려들었다. 자이언트는 부릅뜬 눈을 감지도 못한 채 천정을 보고 있었다. 죽은 사람이 더 있는 것 같았다. 감방죄수들은 모두 피로 범벅이 되어 악귀와 같은 모습이었다. 김흥섭이 개 핥은 죽사발처럼 하얗게 질린 얼굴로 더듬거리며 말했다.

"자이언트가 죽었어요?"

"그렇소. 시체가 세구나 됩니다. 감방에 둘 수는 없으니 복도에 내놓읍시다."

"일단 보고를 해야 하니까 우, 우선 그대로 둬요."

거대한 시체를 방 가운데 두고 소년죄수들이 우두커니 앉아있는 상황이 되고 말았다. 도대체 이 상황의 다음 행동을 어떻게 할 것인지 엄두가 나지 않았다.

"담당님도 보다시피 방안에 저렇게 큰 덩치의 시체를 놓고서는 청소는커녕 아무것도 못하겠소. 일단 세면장 옆의 관구실에 갔다 둡시다."

"그것은 곤란합니다. 살인사건인데 보안과의 지시에 따라 처리해야지요."

"지금 비상사태라 보안과에 연락을 할 수도 없을 것 아니요. 이것은 살인사건이 아니며 싸움이 벌어져서 서로 폭행치사가 된 것은 어린애들도 알만한 일이오. 그리고 우리는 싸움을 말렸을 뿐이오. 문제가 되면 내가 직접 소장님에게 해명을 할 테니 빨리 조치를 취해주시오."

김흥섭이 감방 문을 열까말까 망설이고 있는데 관구부장이 이층에 올라와 '기상점호'라고 소리쳤다. 교도소는 아무리 천재지변이 있어도 인원파악은 확실하게 해두어야 한다. 관구부장은 지금 커다란 플라스틱 통을 뗏목삼아 각 사동에 인원점호를 다니고 있는 중이었다.

기상점호를 마친 관구부장은 오교웅에게 전후 사정을 들은 뒤 시체를 꺼내라고 했다. 자이언트의 무거운 시체는 여러 사람이 달려들어 세면장 옆으로 밀긋밀긋 옮겼다. 3구의 시체를 치운 사람들은 비로소 흐트러진 물건들을 정리하고 웅덩이처럼 피가 고여 있는 감방청소를 시작했다.

영등포교도소의 적막한 밤하늘에 사형수의 신발처럼 쓸쓸한 취침나팔 소리가 울려 퍼지고 있었다. 그 어떤 성직자보다 훨씬 더 많은 죄수들을 음악으로 교화시킨 나팔수 '쟈니 박'은 밤무대 악사출신이다. 술취한 진상손님과 싸우다가 우발적 살인으로 징역 7년을 선고받았다. 교도소에 들어온 얼마 뒤 홀어머니가 돌아가신 그는 인생의 회한을 트럼펫에 담았다. 그리고 취침나팔 뒤, 그날의 기분에 따라서 보너스로 애절한 음악을 더 들려주곤 했다.

고향의 봄, 밤하늘에 트럼펫, 메기의 추억, 울밑에 선 봉선화, 황성옛터 같은 노래들이다. 트럼펫소리가 애잔한 여운을 남기며 사라지면 죄수들은 대부분 착한마음이 되어 저마다 고향생각 부모님생각에 잠겨들곤 했다. 잘못 살아온 자신의 인생에 대해 깊은 한숨을 쉬거나 눈물을 흘리는 사람도 종종 있었다.

황용주와 오교웅은 독거사동 1방에 나란히 누워 쟈니 박의 트럼펫 소리를 듣고 있었다. 대홍수로 잠겼던 물이 다 빠진 영등포교도소는 말 그대로 엉망진창이었다. 독거사동은 혼자 청소하기 힘들어서 상층의 죄수들이 한명씩 특별지원을 나와 있었다.

그들은 하루 종일 똥물이 남긴 지독한 냄새를 지우기 위해 땀을 뻘뻘 흘리며 청소했다. 바닥과 벽에 여러 번 비누칠을 해서 물청소를 반복한 뒤, 탈취와 방향제를 대신해서 치약을 듬뿍 발라 또 여러 번 닦아냈다. 치약이 품귀현상을 빚어 정상가격의 5배로 거래 되다가 서무과 구매계에서 긴급공수를 해서 겨우 해결되었다. 좁은 감방은 치약냄새로 진동을 하고 있었다.

밤은 깊어가고 있었으며 황용주와 오교웅은 잠을 청하기 위해 눈썹씨름을 시작했다. 그러나 쉽게 잠이 들지 못하고 있었다. 내일 아침부터는 정상적인 식사를 하게 된다지만 이틀 동안 비상식량 건빵으로 바특한 식사를 한 탓에 속이 좋지 않았으며 생각까지 많았다.

황용주는 동생 백동호 생각에 이어서 첫사랑 평택 소녀가 어른거렸다. 보고 싶은 사람은 이상하게도 꿈에서조차 나타나지 않는다. 딱 한번 본 얼굴이라서 세월이 흐름에 따라 이제는 모습마저 아령칙했지만 다시 만나면 단번에 알아볼 것 같았다.

한편 오교웅은 아버지가 면회를 왔을 때 건네 준 편지에 대해서 궁금증을 키워가고 있었다. 어머니를 죽게 하고 가족을 뿔뿔이 흩어지게 하고 죽음에 이르게 한 비밀은 역시 돈이었다. 단순한 재산 싸움이 아니라 고다마 요시오라는 일본인이 한국에 숨겨두고 떠났던 황금에 얽힌 사연 때문이라고 했다. 잠이 오지 않는 오교웅은 2천 권의 책을 읽었고, 만물박사라는 별명이 붙은 황용주에게 에멜무지로 말을 걸었다.

"용주야! 자니?"

"잠이 오지 않습니다."

"혹시 너 고다마 요시오란 일본 사람에 대해서 아는 것이 있니?"

"일본 극우주의자 말입니까?"

"아마 그런 것 같다."

"조금 알고 있습니다."

"오호! 그래? 그러면 아는 대로 말해봐."

"고다마 요시오를 이해하시려면 일본 우익의 역사부터 간략하게 짚고 넘어가야합니다. 일본은 도쿠가와 이에야스가 천하통일을 하자 봉건 영주들의 전쟁을 위해 존재하던 수많은 사무라이들이 갈 곳을 잃었습니다. 그렇게 사무라이, 낭인, 폭력배들의 엄청난 전쟁 에너지가 분출할 곳을 찾지 못해 전국이 용암처럼 끓어 넘치며 폭동도 자주 일어날 무렵, 후쿠오카의 몰락한 사무라이의 가문에서 도야마 미쓰루가 태어납니다. 아마 1855년생일 겁니다.

20대 중반의 도야마는 몰락한 사무라이와 불량패들을 규합해 현양사를 창설했습니다. 일본은 피와 칼의 문화이며 폭력에 익숙한 그들의 세력은 전국으로 확대되었습니다. 일본은 총리대신보다 막강해진 도야마의 영향으로 극우국수주의자와 정치야쿠자가 구분이 안 되기 시작했으며, 야쿠자는 애국자라는 이상한 등식이 성립되었지요.

그리고 도야마가 총애하는 젊은 문하생 고다마는 중국과 만주를 들랑거리며 정부가 체면상 꺼리는 더러운 일의 해결사로 활약하며 두각을 나타냈습니다. 1941년에는 중국 상해에 자신의 이름을 딴 첩보조직 고다마기관(兒玉機關)을 설립하고 일본 해군의 전략물자를 독점 공급하는 계약을 맺게 됩니다. 고다마기관은 중국의 광산에서 생산되는 각종 자원을 공짜나 다름없는 가격으로 구입했습니다. 흥정을 거절하면 서슴없이 현장사살, 중국 부자들의 엄청난 보물을 모조리 약탈한 대량살인자 흉악한 강도였지요.

하지만 고마다는 스스로를 열렬한 애국자로 자부했으며 아시아 점령국에서 있었던 모든 일들은'국가를 위해 자신의 안위를 돌보지 않는 열혈청년(야쿠자)들 덕분'이라고 회고했습니다. 1970년 12월 2일, 경향신문에 고다마 요시오의 인터뷰 기사가 상당히 크게 실렸는데 현재 일본의 정계와 재계를 뒤에서 조종하고 있는 우익의 총수 막후인물로 표현되어 있었습니다. 제가 아는 것은 그 정도에 불과 합니다."

"흠, 그렇구나. 헌데 어떻게 2년 전의 신문 발행날짜까지 기억하냐?"

"그날은 수요일이었고, 아침에는 날씨가 좋더니 갑자기 오후부터 폭풍이 심해서 여객선이 결항, 고하도 직원들이 아무도 퇴근을 하지 못했거든요. 취사장 지붕이 날아가고 그랬습니다. 저는 고하도 원장과 바둑을 두다가 원장님이 잠시 자리를 비웠을 때 경향신문을 보았고요."

두 사람은 대화가 잠시 끊겼다. 고요한 밤, 어디선가 성급한 가을매미 소리가 들려오고 있었다. 황용주가 청추선(聽秋蟬)을 하는데 오교웅이 다시 말을 걸었다.

"그런데 내가 왜 뜬금없이 고다마 요시오에 대해서 궁금해 하는 것인지 질문을 하지 않니?"

"말씀해 주시면 들을 준비는 되어 있습니다. 하지만 형님의 의중을 알지 못하면서 질문을 하는 것은 경박하게 느껴져서입니다."

"그래. 아무래도 너에게만은 다 털어 놓아야겠지만 아직은 아닌 것 같다. 그건 그렇고 일제시대 고하도에서 생체실험을 했었다는 사실은 모르지?"

"생체실험. 그게 뭐데요?"

"나도 자세히는 모르는데 전쟁에 쓰기 위해서 전염병 세균을 연구하고 그랬다는 것 같더라. 교도소에서 일제시대 선감도 출신은 여러 명 만날 수가 있지만 고하도 출신은 눈을 씻고 찾아도 없잖아. 비밀이 샐 것 같아서 한명도 남기지 않고 모조리 학살했을 거래."

"그럼 그 비밀은 어떻게 알려졌는데요."

"딱 한명이 중간에 탈출을 했는데 그게 지금 영등포교도소 총반장을 하고 있는 왕지렁이 형이다. 자신이 생체실험을 직접 목격한 것은 아니지만 시체를 소각하고 버리는 일을 했대. 정말 끔찍하더라."

"그래요? 저는 총반장님이 고하도 출신인줄 몰랐는데요."

왕지렁이라는 별명은 온몸에 지렁이 같은 채찍 흉터가 있기 때문이었다. 쇠좆매에 납추를 매달아 맞으면 그런 흉터가 생긴다. 아무튼 긴 시간에 걸쳐 영등포교도소 총반장이 겪은 경험담은 너무나 전율할만한 충격이어서 믿기지가 않았다. 먼 훗날 황용주는 일제강점기 고하도에 대한 자료를 찾아보며 여러 가지 정황을 퍼즐로 맞춰보았다. 진실의 신을 눈앞에 모셔두고 눈알빼기 내기를 하라고 해도 서슴없이 일제강점기의 고하도 감화원이 소규모 731부대였으며 생체실험을 위해 건설되었다고 단언할 자신이 있었다. 하지만 직접적인 증거는 하나도 남아 있지 않았다.

어쨌거나 가을매미소리가 그쳤고, 어디선가 이름 모를 새가 울고 있었다. 밤이면 나타나는 새였다. 잠시 후, 황용주는 잠이 들었으며 계속 꿈속을 헤매었다. 이 무렵 거의 매일 악몽과 개꿈에 시달리다가 잠을 깨곤 했다.

밤마다 왕자가 되는 꿈을 꾸는 거지소년과 밤마다 거지소년이 되는 꿈을 꾸는 왕자의 동화가 있다. 산타크로스 할아버지의 존재를 믿었던 어린 시절, 황용주는 이 동화도 사실로 받아들였다. 그러나 현실에서 이런 식의 꿈은 절대로 불가능하다는 것을 깨닫는 데는 오랜 세월이 필요하지 않았다.

평범하지만 그런대로 인생을 긍정적으로 살아가는 사람들의 꿈은 대체로 밝고 쾌적하다. 그러나 궁핍한 생활, 걱정근심이 많은 사람은 꿈조차 스산하고 암울하다. 제대군인이 한동안 군대 꿈을 꾸듯, 출소한 전과자는 교도소 꿈을 꾼다.

그리고 감방의 죄수들은 모조리 개꿈 아니면 악몽이다. 급류에 휩쓸려 떠내려가고, 누군가에게 쫓겨 어둠의 골목을 달리며, 밤늦은 창고에서 괴한들에게 몰매를 맞는다. 무엇보다 가장 끔찍하게 싫은 것은 고문을 받았던 경험 때문에 악몽에 시달리는 것이다.

황용주는 그날 밤 첫사랑 평택 소녀 꿈을 꾸고 있었다. 그녀를 알고 나서 두 번째 꾸는 꿈이었다. 황용주가 양아치들에게 구두닦이 통을 빼앗긴 뒤, 몰매를 맞고 있는데 소녀가 무섭다는 표정으로 옆을 지나갔다. 황용주는 매를 맞으면서도 너무 창피했다. 그리고 가뭇없이 멀어져가는 소녀를 바라보며 눈물을 흘렸다. 꿈에서 깨어나니 옆자리 오교웅의 잠든 숨소리가 고르게 들려왔다. 평택 소녀가 별일 없이 잘 지내야 할 텐데 걱정되었다.

황용주의 첫사랑은 선감도에서 목포 고하도로 향하는 호송버스에서 시작되었다. 당시는 고속도로나 방조제 같은 것이 없어서 황성, 평택, 서대전을 거쳐 목포로 가야 했다. 이제 내게 무슨 일이 있을 것인가. 들음들음으로 알게 된 고하도의 참상은 선감도보다 훨씬 가혹했다.

공포가 지나치면 차라리 담담한 체념이 된다. 도살장으로 끌려가는 황소가 자신의 죽음을 예감하고 커다란 눈에 그렁그렁 눈물이 고이듯 아이들은 처연한 모습으로 앉아 있었다. 하지만 부랑아조직원 아이들은 별 걱정하지 않았다. 고하도에도 이미 자신의 조직원들이 원생간부로 군림하고 있었기 때문이다.

호송버스가 평택을 지날 때였다. 이런저런 생각에 잠겨 있던 황용주는 갑자기 탄성과 환호가 들레이는 소리에 놀라서 고개를 돌렸다. 횡단보도에 정차한 호송버스 옆 2층에서 여중생으로 보이는 한 소녀가 손을 흔들고 있었다. 아래층은 상가였고 2층은 살림집 같았다. 이성에 대한 갈망은 자유가 없을수록, 현실이 절박할수록 제곱으로 커진다. 황용주도 넋을 잃고 소녀를 바라보았다. 흰색 블라우스, 단발머리, 햇살을 정면으로 받아서 눈부시게 하얀 피부가 돋보였다. 그날은 토요일이라서 일찍 들어온 소녀는 환기를 시키려고 창문을 열었다가 횡단보도에 멈춘 호송버스를 우연히 보게 되었다. 어린이부터 청소년까지 모두 아우슈비츠수용소로 향하는 열차 속의 유대인들 같은 표정이었다. 감수성이 풍부한 소녀는 짧은 순간 그 모습들을 보는 것만으로도 코끝이 찡했다.

그런데 현실 같지 않은 이상한 풍경의 호송버스에서 누군가 먼저 손을 흔들었으며, 소녀는 무심코 답례를 했다. 무엇 때문에 그런 표정들을 하고 있는지 몰라도 모두 힘내세요. 그런 마음이었다. 사람이 사랑에 빠지는 것은 0.2초면 가능하다는 것은 널리 알려진 사실이다. 그리고 똑같은 상황도 사람에 따라 천층만층 구만 층이다. 황용주는 알퐁스 도데의 별에 나오는 스테파네트 아가씨를 바라보는 목동의 심정이었다. 하지만 성에 굶주린 불량청소년들에게는 바라보기만 해도 군침이 도는 먹이였다. 소녀가 창가에 새침하게 서 있었으면 그냥 스쳐지나가는 풍경이었다. 하지만 다정하게 손을 흔들어 그들의 마음에 들어가고 말았다. 인간이 느낄 수 있는 가장 비참한 절망의 벼랑 끝에 서 있는 부랑아들에게 사랑을 느끼게 한 것이다. 정확히 말하면 그것은 사랑이 아니라 성욕이었다.

오교웅이 겪은 부랑청소년들은 탐욕과 타인에 대한 혐오감뿐 이렇다 할 감정이 없었다. 대신 성욕이 상식을 넘어설 정도로 강렬하며 대부분 첫 몽정을 하기 전에 여자를 먼저 경험한다. 15세쯤 되면 혼숙이나 동거라는 말이 자연스럽다.

그들은 아동보호소에서도 밤마다 눈꺼풀이 무거워질 때까지 범죄나 여자를 따먹던 얘기를 하다가 잠을 청했다. 저들은 앞으로 고하도에서 밤마다 소녀를 범하는 상상을 하며 자위행위를 할 것이다. 그리고 차곡차곡 저장된 그 상상은 자유를 얻으면 기어이 현실화시키려는 편집증으로 발전할 것이다. 특히 아동보호소에서 성추행으로 여러 번 문제를 일으켰으며 황용주가 고발까지 했던 진대영이 지금 호송버스에 같이 타고 있었다. 황용주는 석유통을 짊어지고 불구경하는 사람을 대하듯 소녀에게 안타까운 마음이 들었다.

황용주는 고하도에 도착한 날 밤부터 평택 소녀가 마음속에 감치고 갈씬거렸다. 소녀로 인해 고하도 뒷산에 도라지꽃이 피고 졌으며, 파도가 바위에 부딪쳐 시퍼렇게 멍이 들었고, 취사장 옆 갈대밭이 무수히 흔들리며 쓰러졌다. 언감생심 소녀를 만나서 인연을 맺겠다는 마음은 없었다. 그저 순수한 짝사랑이었다.

3부.
봉학마을

❖

스토커 진상철 문제는 어처구니도록 허무하게 해결되었다. 교도소에서 함께 생활했던 필로폰 제조업자 두무영감의 사주에 의한 청부살인으로 체포된 것이다. 더불어 당진 안문희 강간, 살인미수 등으로 1심에서 징역 25년을 선고 받았다. 백동호는 아내 손재은의 폭력상해 사건을 고발하지 않았다. 교도관을 통해서 알아보니 진상철은 교도소 독방에서 자살을 시도했다가 미수에 그쳤다고 한다.

백동호 가족이 귀농, 정착한 봉학마을은 병풍산자락 동남향으로 수십 채 집들이 경성드뭇 징검징검 흩어져있는 뜸마을이다. 주민은 대부분 70세를 넘긴 노인이라서 겨울에는 초저녁부터 동네 개도 짖지 않을 만큼 인적이 끊긴다. 밤 9시가 넘으면 모든 집들의 불이 꺼져서 밤하늘 별들이 지천으로 피어난 안개꽃 같고, 세상은 만귀잠잠한 적막강산이다.

백동호의 집은 마을 오른 쪽 끝에 위치하고 있으며, 대지 250평 건평 60평(1층30평, 2층 30평)의 이층 기와집이다. 본채 외에는 차고, 창고, 개집을 겸한 부속 건물이 있고, 마당에는 여러 명이 사용할 수 있는 화장실이 있다. 나중에 알게 된 사실인데 이 집에 얽힌 흉흉한 내력이 만만치 않다. 처음에는 굵은 소금을 가져다가 곤소금으로 정제해서 판매하는 소금공장이었는데 부도가 나면서 주인이 자살했다.

경매처분 된 것을 누군가 매입해서 절로 신축을 하는 도중 심장마비로 죽었다. 공사대금을 못 받은 건축업자가 유족들에게 집을 싸게 샀다. 그런데 기와를 올리던 새 주인이 이번에는 지붕에서 떨어져 병원으로 옮긴지 이틀 만에 죽고 말았다. 당연히 공사가 중단 되었고 흉가라는 소문이 자자해졌다. 결국 다시 경매에 들어간 집은 몇 사람의 손을 거쳐 건물만 겨우 완성되었으며 칠흥사란 이름의 절이 되어 되깎이 스님이 홀로 살았다. 하지만 인근에 이미 2개의 오래된 절이 있었고 워낙 부리 센 집이어서 찾아오는 신자가 별로 없었다. 스님만 홀로 절을 지키는 쓸쓸한 세월이 1년 남짓 년 계속되다가 매물로 내놓은 것이다. 이러한 과정을 여러 해 거치는 동안 집 주변의 조경공사가 전혀 이루어지지 않았다.

백동호는 이사를 오자마자 가장 볕바른 방을 골라서 어린 아들 민석이의 방치레부터 해주었다. 어린왕자의 이야기와 그림이 담긴 벽지, 미키마우스 침대와 책상 등이 하나씩 꾸며질 때마다 가슴 뿌듯했다. 밤이면 민석이 침대에서 동화책을 읽어주거나 꼬꼬지 옛날 얘기를 더듬어

해주었다. 교도소 철창문 방도 옮겨들면 낯설고 먼저 방이 그리운 것. 모든 것이 서름서름하고 버성겼지만 팔을 걷어붙이고 일을 시작했다. 먼저 뒷마당의 출무성한 대나무 밭을 곡괭이로 모짝모짝 캐내서 산더미처럼 쌓아놓고 불태우기를 여러 번 했다. 내친김에 집 주변의 구새 먹고 주접 든 잡목을 모조리 베어내고 뿌리까지 뽑아버렸다. 사그랑이로 버스러지고 허물어져 가는 차고와 개집도 새로 만들었다. 하루는 동네 노인이 구부렁거리며 리어카를 끌고 가다 쌔물쌔물 웃으며 말했다.

"백선생. 잠은 어떻게 자요?"

"어떻게 자다니요. 침대에서 눈감고 자지요."

"그게 아니고 일을 하고 싶어서 어떻게 잠을 자냐고. 내 평생 백선생처럼 부지런한 사람은 처음 보았네. 무슨 일을 그렇게 죽기 아니면 까무러치기로 해요?"

아닌 게 아니라 이 무렵 백동호는 어슴새벽부터 캄캄한 어둠이 내린 뒤까지 쉬지 않고 일했다. 쨍쨍 볕으로 머리가 익어도, 앞을 분간 못할 정도의 비 때문에 감탕발을 떼기가 힘들 정도로 진흙이 문덕문덕해도 주구장창 제겨냈다. 바위를 옮기다가 발을 찧어서 발톱이 두개나 빠졌으며, 뼈 속까지 아려오는 통증 때문에 눈물이 흘리면서도 손수레를 끌었다. 몸무게가 18Kg나 굴축났고, 고기비늘처럼 까실한 입술, 덧살로 거불졌던 아랫배는 후룩한 개미허리가 되었다. 그토록 힘겨운 육체노동을 제출물로 감장하는 동안 많은 생각을 했다. 한때 사랑하고 미워했던 여인들, 젊은 시절 그에게 피해를 입었던 사람들, 작은 일로 분노하며 괴로워하던 세상살이, 석얼음이 둘러싼 교도소 독방에서 담요를 둘러쓰고 공부를 하던 나날들. 그리고 추억의 갈피마다 잊지 말아야할 고마운 사람들을 생각했다. 어떤 때는 굵은 눈물방울을 떨어뜨리며 일을 했다. 그동안 쪽팔려서 한 번도 공개하지 않았는데 백동호를 소설로나 직접 만나본 사람들은 아마 이 말을 들으면 어처구니가가 없어 웃을 것이다. 웃고 싶으면 웃어도 괜찮다.

백동호는 마음이 여리며 별명이 '울보'이다. 아내 손재은조차 도대체 울음의 코드를 모르겠다며 깔깔거린다. 드라마를 보다가도 울고, 시를 읽다가다가도 울며, 심지어 K팝스타를 보다가도 걸핏하면 눈물을 철철 흘린다. 오디션 프로그램에서는 참가자의 부모가 곁에서 안타까워하는 것이 너무 가슴 찡했던 것이다. 특히 봉학마을에 내려와서는 힘겨운 육체노동을 하면서는 더욱 눈물이 많아졌다.

훗날 생각해보면 시골에서 백동호의 그토록 힘겨운 육체노동은 속세의 염부진을 씻어내는 통과의례였다. 죄 많은 인생의 속죄의식도 있었다. 한 인간이 태어나서 여러 가지 약점을 지닌 보통의 인격체가 되기까지 보호자로부터 얼마나 많은 사랑, 보살핌, 학습이 필요한가. 대부분 태어날 때부터 저절로 주어지는 그것을 얻기 위해서 백동호는 고통의 세월 50년이 필요했다. 잊은 듯 씻은 듯 살아가지만 평생 가슴 속에 남아 있던 어린 시절 마음의 상처가 비로소 완치되고 있었다.

손은 모지랑갈퀴가 되었지만 황폐하던 집 주변은 홍두깨생갈이의 서툰 솜씨에 툽상스럽기는 해도 놀라울 만치 변모되어갔다. 백동호는 시골에 내려올 때 현금만 4억 원을 넘게 가지고 있었고, 서울에도 약간의 월세가 나오는 원룸 건물을 쌍둥이 형이 공동명의로 관리해주고 있었으니 평생 먹고 살 걱정은 없었다. 이제부터 그럴듯한 소설을 쓰기만 하면 되는 것이다. 병풍산 자락의 먼 바람이 달려오고 낮에도 뻐꾸기가 울어대고 있었다. 백동호는 아우거리로 퇴비를 넉넉하게 섞어 햇솜을 깔아놓은 것처럼 보근보근 밟히는 땅에 유실수와 소나무 등을 심었다.

부지깽이도 심으면 싹이 난다는 5월, 집 부근의 꽐꽐한 푸서리 묵정밭을 개간해서 감자, 고구마, 강낭콩 등을 심었다. 산내리바람 불어오는 새벽에 일어나서 이슬바심으로 채마머리에 서면 농작물이 문실문실 자라는 소리가 들리는 것 같았다. 아이는 부모가 하는 대로 따라한다. 백동호가 일을 하면 민석이도 곁에 와서 흙감태기가 되도록 호미질을 하곤 했다. 마른 논에 물 들어가는 것과 자식 입에 밥 들어가는 것보다 더 보기 좋은 것은 없다던가. 민석이는 시골에 와서 밥도 엄청 잘 먹었다. 맹장염에 걸렸던 것을 제외하면 잔병치레 한번 없이 튼실하게 자랐으며 길산이(개)와 잔디 위를 욜랑욜랑 나풋나풋 뛰어다니기도 했다. 백동호의 인생에서 이다지도 한포국하게 눈맛 좋은 풍경들은 처음이었다.

부자가 함께 쏘다니며 쇠치기풀, 도랭이피, 골무꽃, 등 잡초와 들꽃의 이름을 맞추는 놀이도 했다. 사진을 찍어와 인터넷으로 검색을 해보며 몰랐던 이름을 하나하나 알아갈 때마다 산과 들이 더욱 친근하고 마주치는 들꽃과 반가운 눈인사를 나누곤 했다. 무엇보다 기쁘고 감사한 것은 민석이가 외갓집의 사랑을 듬뿍 받는다는 것이었다. 시시때때로 옷이며 장난감이 소포로 왔고, 어쩌다 외갓집에 가면 외할아버지가 손자를 품에서 내려놓지 않을 정도였다. 백동호는 그런 모습을 접할 때마다 아내가 얼마나 두남받으며 자랐는지 알 것 같았다.

아내와는 여전히 신혼부부처럼 금슬이 좋아서 가벼운 입맞춤은 하루에서 수십 번 했다. 홋이불 고깔춤, 구들막농사를 위해 아들이 잠들기를 기다리는 밤도 자주 있었다. 백동호는 자신의 묘비명을『축복받지 못하는 생명이었으나 인생을 긍정적으로 보았으며 끝내 행복했던 사람』라고 미리 정해두었다. 이제야말로 묘비명에 딱 들어맞는 삶이 된 것이다.

육체노동이 거의 끝난 백동호는 비로소 소설을 쓰기 시작했다. 컴퓨터 책상 앞에서 몸이 날짝지근해지면 산책을 하며 하늘 저편에 기러기가 열 지어 날아가는 것을 바라보거나, 아들과 함께 연을 날리기도 했다. 새로운 소설은 황용주의 은인이며 의형제인 오교웅과 그의 아버지를 거슬러 올라가서 일본인 고다마 요시오가 광복 후 한국에 남겨놓은 보물부터 시작되는 이야기였다. 제목은 일본 극우 국수주의자들을 뜻하는 검은 안개(黑い霧 구로이 기리)라고 지었다.

검은 안개(黑い霧)

아직 안개가 자욱한 이른 아침이었다. 도쿄 서쪽 외곽에 자리한 조후(調布)비행장 주차장에 예사롭지 않은 느낌의 검은색 승합차가 미끄러지듯 조용하게 들어섰다. 이곳은 헬기와 경비행기 위주로 운영되는 아담한 항공클럽이었다.

양옆에 닛까츠(日活) 영화사라는 글귀가 선명한 승합차에서 내린 사람들은 가미가제 조종사 복장의 청년 5명이었다. 예년 봄보다 쌀쌀한 날씨였지만 청년들은 추위를 아랑곳 하지 않았으며, 비장한 표정이었다. 그들은 가미가제를 주제로 한 영화촬영에 필요하다며 경비행기 두

대를 예약해 놓은 상태였다.

주차장 가장자리에는 아름드리 벚꽃나무들이 늘어서 있었다. 흐드러지게 피어난 벚꽃은 이제 막 절정에서 내리막길이었다. 차갑고 가만한 새벽바람이 불때마다 하얀 꽃잎들이 하롱하롱 흩날리며 바닥에 소복하게 쌓이고 있었다. '꽃은 사쿠라, 사람은 사무라이'라는 속담처럼 한 순간에 활짝 피었다가 순식간에 떨어지는 벚꽃 풍경이 가미가제 복장의 청년들과 잘 어울리는 1976년 3월 23일 아침이었다.

마에노는 경비행기(파이퍼 PA-28) 앞에서 여러 장의 기념사진을 찍은 뒤 이륙했고 촬영스텝의 비행기가 뒤를 따랐다. 마에노의 비행기가 도쿄 변두리를 선회하는 동안 당대 최고의 영화배우이며 가수인 츠루타 코지가 부르는『동기의 사쿠라(同期の桜. 가미가제 특공대노래)』가 흘러나왔다. 경비행기는 도쿄의 고급주택가 세타가야로 향했고, 목적지인 고다마 요시오의 웅장한 저택이 모습을 드러냈다.

마에노의 희망은 영화배우였다. LA에서 영화를 공부하고 귀국했을 때까지만 해도 야망이 컸지만 현실은 녹녹치 않아서 닛카츠 영화사의 로망포르노에 출연했다가 본격적인 포르노 배우가 되었을 뿐이다. 그런데 지금 그는 일본뿐만 아니라 세계 영화 역사상 가장 극적인 장면의 각본, 연출, 주인공까지 도맡은 것이다.

마에노는 고다마 요시오의 저택을 저공으로 두 바퀴 돌았다. 한때 고다마는 그의 영웅이었다. 도쿄의 초특급호텔 오쿠라에서 개최된 극우

군국주의자들의 모임에 영광스러운 참석자로 선발된 적도 있었다. 고마다가 새 국가로 제안한 「민족의 노래」를 듣기 위한 모임이었다. 민족의 노래는 대일본제국의 부활을 위해서 우리는 또 다시 가미가제가 되자는 극단적 내용이 포함되어 있었다.

미리 조사해둔 고다마의 침실이 정면에 보였다. 마에노는 물속에서 오랫동안 숨을 참았다가 고개를 내밀 듯 경비행기에 장착된 마이크로 힘차게 외쳤다.

"대일본제국의 명예를 더럽힌 고다마 요시오에게 죽음을 내린다. 이것은 전쟁이다. 천황폐하 만세!"

비행기는 목표를 향해 쏜살같이 돌진했다. 이층 베란다를 사정없이 박살내고 방안까지 쳐들어간 비행기가 굉음을 내며 폭파되었다. 마에노는 현장에서 즉사했다. 고다마는 그날따라 서재에 마련된 침대에서 잠을 자고 있었기 때문에 간신히 살아날 수가 있었다. 이른바 록히드 사건의 배후로 지목된 고다마에 대한 징치였다.

록히드 사건이란 한국전쟁의 특수로 급속한 경제성장을 이룬 일본에 록히드, 보잉, 더글러스 등 미국의 항공사가 진출했고 민간항공기와 전투기를 팔기 위해 치열한 로비를 벌인 과정에서 생긴 일이다. 1958년 록히드 주일대표 존 헐은 정재계에 발이 넓은 후쿠다를 브로커로 고용했고, 록히드의 입장을 정부와 방위청 관계자에게 전달할 수 있는 정치인의 추천을 부탁했다. 후쿠다는 이렇게 대답했다.

"현재 일본에서 당신을 감동시킬 수 있는 사람은 오직 한 사람뿐입니다. 다만 그분을 만날 때는 국가원수를 대하듯 경의를 표해주십시오."

존 헐은 세타가야에 자리한 고다마의 궁전 같은 저택을 찾아가 5시간을 기다린 끝에 알현했다. 고다마를 찾아온 정치가, 사업가, 야쿠자 두목, 흥행업자들은 대부분 그렇게 기다려야만 만날 수가 있었다. 그와 대등한 입장에서 만날 수 있는 사람은 극히 드물었다.

고다마는 다른 항공사들의 치열한 경쟁을 물리치고 록히드의 스타파이터가 선택되도록 한 뒤, 거액의 중개료를 챙겼다. 고다마의 후원으로 현직 수상에 재임 중인 기시 노부스케(훗날 아베 신조 수상의 외할아버지), 자민당 부총재 오노 반보쿠 등이 동원되어 록히드를 반대한 일본항공 사장을 물러나게 할 정도였으니 성공하지 못할 까닭이 없었다. 하지만 다른 일로도 바쁜 고다마에게는 그저 1회성 선심이었다. 존 헐은 몸이 달아서 고다마에게 일본 측 비밀대리인이 되어달라고 간청하기 시작했고, 그것은 고다마와 록히드 사이에 오랜 세월동안 엄청난 돈이 오가는 시작이었다.

고다마는 전후(戰後) 31년 동안 일본의 정치, 경제, 지하세계를 통합한 흑막(黑幕)으로 군림하며 막강한 권력을 휘두른 우익의 총대표이다. 그의 돈으로 자민당이 창당되었고, 그가 후원하는 정치인들이 일본수상에 차례로 올랐다. 야쿠자간의 분쟁은 두목들을 소집해 조정시켰고, 기업인은 그의 눈치를 살피며 정기적으로 돈을 상납해야 했다. 경찰력이 부족한 1950-60년대에는 고마다에게 충성을 바치는 수많은 청년들이 하쿠산 기슭에서 기관총을 난사하고 수류탄을 투척하는 등 전쟁을 방불케 하는 지옥훈련을 받은 뒤 1당100의 용사가 되어 일본 전역에 배치되었다. 명분은 극성스럽게 파업을 주도하는 공산당을 때려잡겠다는 것이었다.

하지만 그들은 고다마에 대해서 함부로 입을 놀리거나 극우단체(동아연맹)의 '구로이 기리(黑霧. 검은 안개)'속에 제멋대로 발을 들여 놓는 언론과 정치인들의 군기를 잡는 일에 더 열중했다. 당시만 해도 일본은 이런 식의 테러가 아무렇지도 않게 묵인되는 이상한 나라였다.

이토록 일본에서 무소불위, 무한권력을 휘두르던 고마다가 무명의 포르노배우에게 속절없이 죽음을 당할 뻔 했다. 이것은 가오(얼굴, 체면)를 중시하는 일본사회에서 돌이킬 수 없는 치욕이었고 이제 고마다의 시대가 종식되었음을 의미했다. 그동안 철저하게 금기시 되었던 고다마의 흑막을 파헤친 수십 권의 단행본, 언론의 특집기사, 연구논문이 쏟아져 나오기 시작했다.

1945년 전쟁이 끝났을 때 고다마의 재산은 50억 엔이 넘었으며 그중 30억 엔 이상을 일본으로 옮겨왔다는 것이 역사학자들의 일치된 의견이다. 이것은 전쟁에 적극협력, 천문학적 부를 축척한 미쓰비시와 미쓰이 그룹의 총자산을 합친 것보다 많은 액수이다.

당시 환율은「1원=1엔」이었다. 일본의 경제정책에 의해서 만주와 중국까지 통용되며 사실상 아시아의 달러 역할을 했던 조선은행권은 1944년 전쟁의 막바지로 인플레가 극심했음에도 불구하고 총통화량이 50억 원을 밑돌았다. 참고로 2014년 현재 한반도 남쪽에서만 사용되는 한국은행권의 총통화량은 2000조원이 훨씬 넘는다. 조선 제일의 부자였던 민영휘 일가들의 재산을 모조리 합쳐도 1천만 원 남짓이었고, 지방군수 월급이 100원 남짓하던 시절의 30억 원은 어떤 방법으로 계산해도 머리가 아프니 그냥 어마무지하게 많은 돈이라고 해두자.

1945년 3월 2일 이른 아침, 작은 빗방울이 도로의 얕은 물웅덩이에 담방담방 내려앉는 중국 상해 일본군 해군본부 앞에 군용트럭 8대가 나란히 지나갔다. 앞뒤로 무장 헌병트럭 2대, 중간의 수송트럭이 6대였다. 수송트럭에는 고다마 기관이 아시아 점령국에서 수단 방법을 가리지 않고 강탈한 보물이 가득 실려 있었다.

고다마가 그렇게 많은 보물을 약탈할 수 있었던 것은 일본 정치야쿠자 총두목 도야마에게 전권을 부여받았으며, 천황의 친동생 치치부(秩父) 왕자의 후원으로 황실의 지하 금고를 채워준다는 명분이 있었기에 가능했다. 하지만 떡장수가 떡고물을 챙기는 것이 아니라 고다마는 아예 자신이 떡을 몽땅 차지하고 황실에는 떡고물만 바치고 있는 중이었다.

맨 앞의 헌병트럭에 타고 있는 고마다는 뭉구리 머리, 짙은 눈썹, 어깨위에 얼굴을 그대로 얹어 놓은 것처럼 짧고 굵은 목을 한 사내였다. 트럭이 해군본부 비행장에 도착하자 대형 군용수송기(쇼와 L2D)로 보물이 옮겨지기 시작했다. 첫 번째 트럭에는 일본과 조선의 지폐가 나머지 트럭에는 황금, 백금, 다이아몬드, 국보급 보물, 진귀한 보석상자가 가득 실려 있었다.

고다마는 상해에서 도쿄로 보물을 옮기는 작업을 해마다 2-3번 씩 해오고 있었다. 1942년 여름에는 비교적 소형인 군용수송기(가와사키

ki-56)에 백금을 얼마나 많이 실었던지 랜딩기어가 부러져서 이륙을 하지 못했던 적도 있었다. 고다마는 그 후로 무게가 덜나가는 다이아몬드와 각종 보석을 더 선호했다.

잠시 후, 고마다를 태운 수송기는 상해를 이륙해서 조선으로 향했다. 경성의 여의도 비행장에서 고다마기관 조선지부가 모아둔 황금을 싣고 최종기착지는 동경이었다. 고마다는 첩보기관의 수장으로서 전쟁 상황을 정확하게 꿰뚫고 있었다. 일본의 모든 언론이 연일 승리를 보도하고 있었지만 미국에 패배하는 것은 시간문제였다. 때문에 고다마기관의 단계적 철수를 심복들에게 맡겨두고 자신은 일찌감치 귀국을 하고 있는 중이었다.

본국에서 패전을 맞이해도 그는 A급 전범으로 재판을 받게 될 처지였다. 그가 살아남을 수 있는 유일한 방법은 공산주의라면 경기를 일으키는 미국의 반공정책에 적극협조하고 점령국 고위관리가 평생 돈 걱정을 하지 않고 살 수 있도록 재정적 도움(뇌물)을 주는 것이었다.

고다마는 대일본제국의 부활은 자신이 주도권을 잡은 상태로 이루어져야 한다고 생각하며 눈을 감았다. 얼마의 시간이 흐른 것일까 여의도 비행장까지 앞으로 10분 남았다는 기내 방송이 흘러나오고 있었다. 토막잠에서 눈을 뜬 고다마는 창밖의 구름을 물끄러미 바라보았다. 문득 자신의 일생 중 가장 비참한 시절을 보내야 했던 용산역 부근과 인천의 난로공장이 떠올랐다.

『눈보라 속을 헤치며 인천에서 경성을 향하여 걸었다. 배가 고파 몇 번인가 울고 싶었다. 이때 나는 13세였다. 해안의 어떤 조선인 농가에서 밥을 먹게 하여 줄 때에는 고마움에 눈물이 나와서 밥이 보이지 않게 되었다.(고다마 자서전. 나는 이렇게 싸웠노라. 33쪽)』

너무나 가난해서 조선에 사는 누나(남편은 용산역장)의 집에 맡겨졌던 일본의 거지 소년이 이제 세계최고 부자 반열에 오른 것이다. 새삼 감개무량했다. 비행기는 여의도에 착륙했다. 당시 여의도는 사람이 거의 살지 않았던 불모지로 군사훈련장과 비행장으로 사용되고 있었다. 활주로에는 고마다기관 조선지부장 다카하시(32세) 대위와 부하들이 기다리고 있었다.

활주로에서 대기하고 있던 트럭의 조선금괴가 비행기로 옮겨지기 시작했다. 금괴가 모두 실리고 나자 비행기에 있던 조선은행권이 3천만원이 빈 트럭에 실렸다. 중국과 만주의 은행에서 긴급대출형식으로 모조리 강탈해 모은 것이다. 고다마는 일본 천황의 옥새가 찍힌 협조공문을 다카하시에게 건네주며 명령을 내렸다.

"긴급 상황이다. 지금부터 총독부와 헌병대에 협조공문을 보여주고 황금과 재산가치가 있는 모든 보석과 골동품을 구입해라. 6월 말까지 수송준비를 마쳐야한다."

고다마의 비행기가 이륙하자 다카하시는 현금이 가득 실린 트럭을 높은 담장에 철조망까지 있어 외부에서 전혀 들여다 볼 수 없는 고다마기관 조선지부 직원숙소(필동 남산골)로 옮겼다. 그곳이 훗날에도 거의 알려지지 않은 것은 조선총독이나 헌병대사령관조차도 그곳이 고다마기관의 창고(조선의 황금약탈을 위한 일본 황실 보물창고)라는 것을 어렴풋 알고 있을 정도였으며 오직 5명만이 출입할 수가 있었기 때문이다.

일제강점기 동양의 엘도라도였던 조선의 황금열풍은 거셌다. 독립운동가 조병옥, 소설가 김유정, 조선일보 편집국장 설의식 등 사회지도층

인사를 비롯하여 수많은 탐사꾼들이 삼천리금수강산을 모조리 파헤쳤다. 그 무렵 조선에는 세계 3대 금광의 하나였던 평북 운산금광을 비롯해서 무려 3천 곳의 금광이 있었다. '밤알만큼씩 큰 금덩어리가 냇가에 자갈 굴러가듯 하는 신금광을 발견(1931년 3월 5일. 조선일보)'했다는 평양 근처의 성천금광은 B급이었다.

『모든 광(狂) 시대를 지나서 이제는 황금광 시대가 왔다. 너도나도 금광, 금광하며 이욕에 귀 밝은 양민들이 대소몽이다. 강화도는 사십 간만 남겨놓고 모두가 금 땅이라 하고 조선에는 어느 곳이나 금이 안 나는 곳이 없다하니 금 땅 위에서 사는 우리는 왜 이다지 구차한지. 1932년 11월29일, 조선일보 〈시대상-황금광시대〉』

한반도에 왜 그렇게 많은 금이 매장되어 있었는지에 대한 지리학자들의 설명은 지루하고 어려운 용어가 많으니 생략하자. 기록에 의하면 일본은 조선을 지배한 36년 동안 약 90톤의 황금을 조선에서 가져갔다는데 새빨간 거짓말이다.

1939년에 조선의 공식적인 황금 생산량은 36톤(실제로는 71톤)이었다. 그해 일본은 세계 5대 금생산국이 되었다. 일본은 조선에서 최소한 700톤 이상의 황금을 약탈해 것으로 추정된다.

일제강점기 내내 조선의 금값은 국제시세의 절반도 되지 않았다. 돈을 주고 산다는 명분으로 사실상 강탈한 것이다. 때문에 부자일수록 투자가치가 큰 황금을 될 수 있는 대로 많이, 몰래 드러장여서 깊숙하게 숨겨두었다. 고다마기관은 평소 이러한 금의 흐름을 면밀하게 파악해두고 있었다. 그리고 전쟁 막바지에 시세보다 후한 값을 지불하며 협박성 강제징발을 했다.

그 중에는 울산출신의 금광부자 이종만이 소유한 97Kg의 금불상도 있었다. 역시 울산출신이며 울산경찰서 사법계 순사부장을 지냈던 친일 경찰 노덕술의 제보에 의해서 고다마기관이 강제 매입한 것이었다. 이렇게 조선 각지에서 모아진 온갖 보물이 고다마기관 직원숙소의 넓은 지하실로 옮겨지기 시작했다. 보석, 귀금속, 국보급 예술품도 무드럭졌지만 주요품목인 금괴만 37톤, 그 밖의 황금도 4톤이 넘었다. 그리고 이것이 조선에 마지막으로 남은 대량 황금이었다.

전쟁은 점점 일본이 불리해지고 있었다. 1945년 3월 B29 폭격기가 도쿄에 대량의 폭탄을 투하했으며 10만 여명의 민간인이 사망했다. 5월 이후에는 해상봉쇄로 배나 비행기가 현해탄에 오갈 경우 추락이나 침몰 위험이 높았다. 그리고 마침내 원자폭탄이 투하되었다.

전세가 호전되기를 기다리던 다카하시는 서둘러야 했다. 새벽인력시장에서 데려 온 조선인 인부가보물창고 입구를 벽돌로 막고 시멘트로 말끔하게 미장을 했다. 조선인 인부는 사살해서 남산의 입산금지구역에 묻어버렸다. 그 무렵 부산에서 일본까지 해저케이블이 설치되어 있었고 유선전화 통화가 가능했다. 다카하시의 보고를 들은 고다마가 추가보안을 지시했다.

"지하실 입구를 그렇게 했을 경우 폭우로 씻겨 나가면 공사흔적이 드러날 우려가 있다. 차라리 직원숙소 뒤편에 있는 연탄창고를 헛간으로 사용하고 지하실 입구에 새로 지어라. 그리고 연탄까지 들여놓으면 감쪽같잖아."

"듣고 보니 그렇습니다."

"그리고 어련히 알아서 하겠지만 이 일은 보안이 생명이다. 관계된 사람들을 모두 처리해. 지금 천황폐하가 참석한 내각회의에서는 종전을 논의하고 있다. 하지만 우리는 미국에게 진 것이지. 조선에 진 것이 아니다. 위축되지 말고 당당해라."

다카하시는 다음날 새벽, 노다 소위와 함께 동대문 창신동 새벽인력 시장으로 나갔다. 전쟁으로 인한 물자부족, 궁핍한 생활에 일자리까지 없다보니 많은 노동자들이 벌써부터 모여 있었다. 여름이었지만 비가 내린 뒤끝 때문인지 밤 추위가 만만치 않아서 곳곳에 모닥불을 피워놓고 오슬오슬 웅등그러진 몸을 녹이고 있었다. 모닥불의 힘으로 금방이라도 날이 밝을 것 같지만 아직 새벽이 깨어나지도 못한 이른 시간이었다. 다카하시는 비천한 조선 일용직노동자들을 우쭐우쭐 살펴보며 걷다가 반드레한 외모의 청년을 지적하며 물었다.

"너, 할 줄 아는 것이 뭐야?"

"조적, 미장, 건축목공입니다. 경력은 6,7년 됩니다."

다카하시는 피씩 웃었다. 이제 겨우 20대 초반이며 노동일은 뒷손잡이가 분명한데 언죽번죽 뻥을 치는 것이다. 하지만 먹이를 들고 있는 주인을 바라보는 강아지처럼 자신을 뽑아달라는 간절한 눈빛이 마음에 들었다. 다카하시는 자신이 데려가는 노동자는 모두 살해할 작정이면서도 진심으로 인심을 쓰듯 따라오라고 손짓을 했다. 기쁨으로 환해진 청년은 굽실거리며 반지빠르게 그를 쫓아갔다.

1945년 8월 15일 새벽, 일본 육군대장 아나미는 자신의 집 거실에서 궁성을 향해 앉은 자세로 천황폐하에게 불충의 용서를 구하며 할복자결을 했다. 이 시점을 전후로 할복자결한 일본군은 대장부터 일등병까지 568명이었다. 그들의 유서는 모두 대일본제국의 부활을 기원하며 자신의 육신을 바친다는 것이었고 '천황폐하 만세'를 외치며 죽었다.

같은 날 정오, 동경 긴자 도시바빌딩 5층 동아연맹 강당에는 고문 이

시하라, 회장 고다마, 부회장 이시지마(조영주. 훗날 재일 거류민단장), 청년단장 마치이(정건영. 훗날 긴자의 호랑이), 그리고 우익의 거물들 침통한 표정으로 옥음방송을 기다리고 있었다. 오순기(야쓰다)는 말석에서 잔심부름을 하고 있었다. 잠시 후, 기미가요가 흘러나오고 일왕의 무조건 항복방송(그들의 표현으로는 천황폐하의 종전조서 낭독)이 시작되었다.

『……미,영 2개국에 선전포고를 했던 까닭도 본래 제국의 자존과 동아시아의 안정을 간절하게 바라는데 나온 것이며, 타국의 주권을 배격하고 영토를 침략하려는 뜻이 아니었다. …… 뿐만 아니라 적은 새로이 잔학한 폭탄(원자폭탄)을 사용하여 무고한 백성을 살상하였으며……』

동아연맹은 이틀 전부터 항복 사실을 알고 있었지만 비탄과 분노의 한숨이 오장육부를 뜨겁게 달구는 흉흉한 분위기가 실내에 가득했다. 이시하라가 의연한 모습으로 단상에 섰다.

"……우리 대일본제국은 너무 성급했고 오만했다. 하지만 우리에게 굴복은 없다. 국가의 안위와 국민들을 위해서 종전이라는 성단(聖斷)을 내리신 천황폐하의 말씀대로 책임은 무겁고 갈 길은 멀다. 우리는 대일본제국의 영광을 되찾고 대동아공영권을 다시 이룩하자.……."

이시하라의 연설은 점점 격해지고 있었다. 마지막 부분의'덴노 헤이카 반자이(천황폐하 만세)'를 외치는 전귀(戰鬼)들의 합창은 소름이 돋을 정도였다.

하지만 오순기는 그 순간 빨리 조선으로 돌아가야겠다는 생각에 들렁들렁 뒤설레는 마음으로 회합이 끝나기만을 기다리고 있었다. 아내(손하윤)가 고향에서 아들(오교웅, 훗날 황용주의 의형제)을 낳은 지 겨우 첫돌이 지났기 때문이었다. 240만의 재일조선인들이 귀국선을 타려고 아우성치기 전에 빨리 서둘러야만 했다. 뼛속 깊은 친일파인 아버지 때문에 동아연맹에 가입을 했지만 그는 대동아공영권 따위는 관심이 없는 대학생이었다.

오순기는 지금의 상황이 이해되지 않았다. 패배를 깨끗하게 승복하고 새 출발을 할 수는 없는 것일까. 어차피 자신의 잘못은 모르는 것이 모든 인간의 속성이다. 하지만 무조건 항복을 의미하는 포츠담선언을 수락하는 천황의 방송에는 항복을 한다거나 아시아에서 저지른 전쟁의 만행을 사과하는 뜻의 단어는 단 한마디도 없었다. 모든 잘못은 미국에 있다. 일본은 아시아의 평화를 위해서 노력했을 뿐이며 피해자라는 구차하고 애매모호한 변명으로 일관하고 있는 것이다.

그뿐만 아니다. 전쟁은 무기보다 정신력이다. 극우장교들은 조선을 포함한 1억 국민이 옥쇄를 각오하고 본토결전을 계속하자며 미쳐 날뛰었다. 그들은 살아있는 신으로 그토록 추앙해 마지않던 천황의 궁성에 난입해서 근위대장을 참살하고 쿠데타를 시도했다. 제분을 못 참아 할복자살을 한 군인들. 패전이 확정된 순간에 새로운 전쟁을 준비하는 동아연맹. 이 모든 것이 너무 지나치다는 생각이 들었다.

어쨌거나 가슴에 콩을 얹으면 톡톡 튀어버릴 것 같은 기분으로 동아연맹을 빠져나온 오순기는 곧바로 시모노세끼 여객터미널에 전화를 걸었다. 하지만 앞으로 출항 계획이 없다고 했다. 오순기가 힘없이 돌아온 하숙집은 텅 비어 있었다. 미군 관리 하에 240만 명의 교포를 무작위로 추첨해서 귀국선을 타려면 몇 년이 걸릴지도 모르는 일이었다.

고다마는 저녁식사 후 동아연맹 회장실로 정건영을 불렀다. 정건영은 황소라는 별명이 말해주듯 185Cm의 키에 선천적으로 타고난 힘이 천하장사였고 그의 주먹 한방에 나가떨어지지 않는 사람이 없었다. 고다마는 12살 아래의 우람한 청년 정건영을 볼 때마다 믿음직했다.

"마치이! 경성에 급히 파견할 청년단원 한명이 필요하다."

"어떤 일 때문에 그러십니까?"

"고다마기관 직원숙소를 지키며 앞날을 대비해야 될 사람이야."

고마다는 이런 경우 자세히 설명하지 않는다. 자신의 심중과 생략된 말마투리를 상대가 짐작하게 하는 스타일이었다. 추천할 청년단원은 너처럼 부모 중 어느 한쪽이 일본인이라야 한다. 그리고 경성의 고다마기관 직원숙소에는 엄청난 보물이 숨겨져 있다는 것으로 해석해도 무리가 없었다.

오순기가 떠올랐다. 그들은 대학동창이기도 했지만 이시지마(조영주. 훗날 재일거류민단장)의 가라데 도장에서 함께 운동을 하며 절친해진 동갑 친구였다. 정건영은 다음날 오순기와 함께 세타가야의 저택에서 고다마를 만났다. 고다마는 몇 가지 문답을 주고받은 뒤, 간결하게 결론을 내렸다.

"야쓰다(오순기)군! 전쟁이 끝났지만 평화가 온 것은 아니다. 이제부터 세계는 미국과 소련으로 양분되어 서로 세력을 넓히려는 치열한 각축전이 벌어질 것이다. 제국과 조선은 내선일체, 피로 맺어진 혈육의 나라이다. 우리는 미국에 의해서 2,3년 내로 국교를 수립하게 되어 있다. 그때까지만 경성의 집을 지켜주면 된다. 집을 다른 사람에게 매매를 하거나 수리를 해서도 안 된다는 것을 명심해라."

딸의 오줌 소리는 은조롱 금조롱 하고, 며느리의 오줌 소리는 쐐하는 것. 고다마가 말하는 내선일체는 며느리를 딸처럼 생각한다는 시어머니보다 백배쯤 더 뻔뻔한 위선이었다. 어쨌거나 오순기는 고마다의 명령에서 예사롭지 않는 느낌이 들었지만 아쉬워 잡아 가시나무였으며, 무슨 짓을 해서라도 귀국해야 할 상황인데다가 일본도 그의 조국이었다. 고다마 집에서 2-3년만 살면 된다는 조건이 나쁘지 않았다. 질문은 어리석은 짓이고, 오순기는 수월하게 알겠다고 대답했다.

조선총독부에는 미군이 상륙하는 9월까지 일장기가 펄럭거렸고, 모든 행정과 경찰권을 변함없이 행사하고 있었다. 8월 19일 오순기가 경성에 도착한 며칠 뒤 다카하시는 해당관청의 협조로 오순지가 1942년에 남산골 담장 높은 집을 구입한 것처럼 서류를 소급작성 해주었다.

남산골 집 2층에는 황금을 구입하고 남은 돈 1천7백만 원이 산더미처럼 쌓여 있었다. 그리고 지하실에 넣지 않은 자투리 황금 0.7톤과 그동안 수집해둔 여러 정의 명품권총 등이 있었다. 다카하시는 미군이 상륙한 직후 모든 것을 오순기에게 넘겨주며 경직된 어조로 말했다.

"우리는 이 집의 비밀을 지키기 위해서 많은 사람을 제거했다. 앞으로 자네도 이집에 대해 무언가 비밀을 캐내려는 사람이 나타나면 가차없이 제거해야 한다. 이곳을 지키기 위해 이미 조선에서 선발된 사람이 있었다. 그런데 쓸데없는 호기심을 보였고 미덥지가 않아서 제거해버렸다. 자네도 배신을 하면 지구 끝까지라도 추적해서 관련자들은 물론 자네 가족까지 한 사람도 살려두지 않을 것이다."

나는 대지주의 외아들로 충분한 부자이다. 당신들이 주는 돈은 필요없으니 동아연맹을 탈퇴해서 당장 아내와 아들을 찾으러 가겠다며 담판을 짓고 싶었다. 하지만 그럴 경우 비밀유지를 위해 살해될 것이 분명하기에 궁따는 권당질을 할 용기가 없었다. 미련은 먼저 나고, 슬기로움은 나중에 나는 것. 오순기는 아내와 결혼을 반대하는 아버지에게 대들었다가 처갓집이 뜻하지 않은 변을 당한 이후 거역할 수 없는 현실에 굴복하지 않되 때를 기다리는 지혜가 생긴 것이다.

인류 역사 죽음과 삶의 처절한 투쟁, 만족을 모르는 욕망, 음모와 배신, 영욕의 중심에는 황금이 자리하고 있다. 오순기가 원하는 바는 아니었지만 그는 이제 본격적으로 거대한 황금의 소용돌이에 휘말리게 된 것이다.

백동호의 새로운 소설 '검은 안개'의 집필은 더 이상 진행을 할 수가 없었다. 이후에 전개될 이야기는 보물을 숨겨 둔 지하실 입구에 연탄창고를 지은 조선인 인부가 죽음을 예감하고 2박 3일 동안의 작업 기간 중에 수첩에 유서를 남겼다. 지붕에 숨겼던 그 수첩이 우여곡절 끝에 외부로 유출되었지만 오순기는 관련자들을 죽이지 않으며 문제를 해결하려고 한다. 고다가기관 조선지부 다카하시의 어길 수 없는 명령을 어긴 것이다.

한국전쟁 때 일본은 사실상 참전국이었다. 그 중에서도 고다마기관원들이 인천에 상륙했다는 것은 역사적으로도 증명이 된 사실이다. 고다마기관 한국지부장이었던 다카하시는 재일교포와 동행해서 오순기의 집에 들이닥쳤지만 이미 보물은 텅 비어 있는 상태였다. 이후 다카하시는 오순기를 추적하는 과정에서 오순기의 아내를 죽게 했고, 아들 오교웅은 고아가 되어 거리를 떠돌게 된다.

고다마는 한국전쟁 이후에도 한국 CIC요원 오순기를 죽이고 보물을 찾기 위해 재일교포 킬러들을 한국으로 밀항시킨다. 그들은 살벌한 살인극을 주고받기 시작한다. 오순기는 한국에서 더 이상 살지 못할 상황이었고 화물선을 전세 내서 보물을 싣고 미국으로 떠났다. 한국에는 만약을 위해 황금 2톤을 오교웅의 몫으로 아무도 모르는 곳에 깊이 묻어 두었으며 정보기관에 근무하는 처남에게 오교웅을 찾아달라고 부탁한다.

그런데 백동호는 소설 구상과 방대한 양의 메모 등이 충분히 준비되었으면서도 시골생활에 해결되지 않는 2가지의 심각한 문제가 생겼기 때문에 아무 것도 할 수가 없었다. 하나는 백동호 집 앞을 흐르는 농업용수로 문제였다. 깊이가 만만치 않아서 어른도 빠지면 죽는다. 그런데 어린 아들 민석이가 유치원에 갈만큼 크게 되자 자꾸 그곳에 얼쩡거리는 것이다. 아들바보 백동호는 무슨 수를 쓰던 용수로를 복개하기로 했다.

다른 하나의 문제는 시골에서조차 또 다시 스토커가 생긴 것이다. 세상에는 수많은 종류의 스토커들이 존재하지만 한결같이 자신이 스토커라는 사실을 절대로 인정하지 않는다. 인근 지역유지 금용훈 역시 백동호가 치를 떨고 넌더리를 내도록 스토킹을 했다면 말도 되지 않는 소리라며 펄쩍 뛸 것이다. 억지가 사촌보다 낫고, 핑계 없는 무덤 없는 것. 스토커는 나름대로 이유가 다 있다.

아무튼 백동호는 일단 소설 집필을 중단하고 어린 아들을 위험한 상황에 처하게 하는 용수로 문제부터 해결하기로 했다. 젊은 시절 교도소에서 동료들의 소송서류를 전문적으로 대필해 주었던 백동호는 민형사상 소송에 남다른 재주가 있다. 하지만 사회에 나와서 무언가 다툼이 생겼을 경우 소송을 할 필요가 없었다. 그저 내용증명을 한통 보내면 원만하게 문제가 해결되었다.

그런데 귀거래사를 부르며 내려온 시골에서는 내용증명 따위를 보낼 만큼 감정적 싸움에 휘말리지 않기로 굳게 결심했다. 방법은 간단했다.

웬만하면 참고, 양보하면 되는 것이다. 하지만 용수로는 어린 아들이 생명이 위험할 만큼 심각한 문제였기에 과거의 발톱을 드러내지 않을 수가 없었다. 더구나 담당직원과 거친 언쟁까지 있었기에 정면돌파(협박)가 아니면 민원은 영영 해결할 수 없었다.

내 용 증 명

수신발신 생략

서 론

이 내용증명은 추후 상황의 전개에 따라 민형사상의 고소 고발에 사용될 수가 있습니다. 따라서 발신인이 내용증명에서 주장하는 사실관계에 이의가 있을 경우 문서로 신중하게 반론을 해주시기 바랍니다.

본 론

1. 발신인 백동호는 위 주소에 거주하는 민원인이며 수신인 진영무는 K진흥청 직원입니다.

2. 백동호는 2008년 4월 14일 12시 3분에 시작하여 5분 32초 동안 진영무와 통화한 사실이 있습니다. 그 통화에서 백동호는 전혀 쌍스런 욕을 사용하지 않았고 예의를 갖춘 어조로 민원의 잘못된 일처리를 항의하던 중 진영무는 '씨팔'이란 욕을 하며 일방적으로 전화를 끊어버렸습니다.

이에 화가 난 백동호가 다시 전화를 걸어 내가 당신에게 먼저 욕을 한적 없는데 이 무슨 무례한 짓인가 묻자 진영무는 '씨팔놈아. 그러기에 왜 성질 좆같은 놈을 건드려'라는 등의 심한 말들을 했습니다. 이에 백동호도 같이 욕을 한 사실이 있기는 하지만 상대가 먼저 거친 욕과 협박을 하였기에 응수를 한 것뿐입니다.

'성질 좆같은 놈을 왜 건드려'라는 말은 욕도 되지만 더 이상 건드리면 상대가 신체상의 위해를 입을 수도 있다는 의미를 가진 협박이 분명합니다. 그러므로 진영무은『형법 283조 협박죄』『형법 311조 모욕죄』를 범했습니다.

3. 또한 진영무는 모욕적인 욕설과 협박을 한 것 외에도 준공무원에 해당하는 자로서 민원사건에 대하여 정당한 업무를 수행하지 않았으며 직권을 남용한 죄가 있습니다. 따라서 이것은『형법 122조 직무유기죄』『형법 123조 직권남용죄』로 민형사상의 고소고발 사유가 충분합니다. 위와 같은 내용의 전말은 다음과 같습니다.

– 다 음 –

민원인 백동호의 집 대문 바로 앞에는 K진흥청이 관리하는 농업용수로가 흐르고 있습니다. 콘크리트 구조로 깊이가 만만치 않아서 물이 많이 흐를 때에는 어른도 빠지면 죽을 수가 있는 곳입니다. 실제로 얼마 전 백동호의 집에서 3Km정도 떨어진 마을의 술 취한 노인이 용수로에 빠져 돌아가신 사건이 있었습니다.

백동호의 집에는 5살 어린아이가 살고 있습니다. 날만 새면 밖에 나가 놀아야 될 나이인데 대문 앞에 위험천만한 용수로가 흐르고 있으니 부모로서 불안한 나날을 보내는 것은 당연한 일이겠지요. 더구나 얼마 전 어린아이가 엎드린 자세로 용수로 안에 있는 개구리를 구경하고 있더군요. 상체의 절반 정도가 용수로에 내려가 있어서 하마터면 빠질 뻔 했던 것을 구해 냈습니다. 그 후부터는 조금만 이상한 아이의 목소리가 들려도 가슴이 덜컥 내려앉는 나날을 보내고 있는 것은 부모로서 당연한 심정이겠지요.

사재를 들여서라도 집 앞의 용수로를 복개하고 싶었지만 국가재산을 개인의 임의대로 변경할 수가 없었습니다. 나는 여러 차례 민원을 제기한 끝에 K진흥청 담당직원 진영무와 현장방문 약속을 받아냈습니다.

하지만 2008년 4월 10일 진영무에게 전화가 왔는데 행사 때문에 못 가겠으니 다음 주 월요일 날 만나자고 하더군요. 물론 얼마든지 있을 수가 있는 일입니다. 흔쾌하게 다시 약속을 정하고 전화를 끊었지만 몹시 좋지 않은 예감이 들었습니다. 진영무가 통화 중에 얼핏얼핏 했던 말들은 어찌 해석하면 백동호의 민원이 무엇인지 자세히 알고 싶지도 않고 무성의로 일관하다가 절대로 해결 해주지 않겠다는 예고처럼 느껴졌던 것입니다. 그렇게 느낄 수밖에 이유를 설명 하자면 이렇습니다.

첫째. 말투는 존댓말이었지만 말하는 분위기는 준공무원이 민원인을 대하는 것이 아니라 뒷골목 건달처럼 자신이 만만치 않은 사람인 것을 은근히 과시 하는 것 같더군요. 아, 이 양반이 K진흥청 직원이지만 건달기가 많은 사람이구나 싶었습니다. 그것이 아니라면 매우 권위적이어서 힘없는 민원인을 깔보는 것이었겠지요.

둘째. 첫 통화에서 진영무는 이런 말을 했습니다. '나주지사 직원에게 들어보니 별일 아닌 것 같던데요.' 진영무씨! 당신은 별일 아닌 민원은 세상에 절대로 없다는 자세가 필요한 곳에서 일하고 있는 사람입니다. 성의를 다해 상담에 임하고 여러 가지 상황을 종합해서 판단할 때 도저히 민원을 해결할 수 없다면 그 이유를 민원인에게 정중히 설명을 해주어합니다.

그런데 현장을 확인하기는커녕 민원인에게 설명을 다 듣기도 전 별일 아닌 것으로 데시근하게 단정해버리면 민원인은 거부감을 갖게 되지요. 더구나 당신에게는 별일이 아닐지 몰라도 내게는 뒤늦게 얻은 외아들의 생명을 위협하는 위험천만의 용수로입니다. 이것이 얼마나 중요한 민원인지는 아무리 강조해도 부족한 일이지요.

셋째. 약속한 월요일 날 K진흥청에 전화를 걸어 담당 직원 진영무씨를 찾았습니다. 나는 진영무가 자리에 없거나 있어도 아주 바쁜 일이 생겼으니 약속을 미루자며 다음 주 월요일 쯤 또 다시 만나자는 무성의의 극치를 보여줄 것으로 예상했는데 아예 한 술 더 떠서 휴가를 가버렸더군요.

넷째. 진영무의 핸드폰 번호를 문의해서 전화를 했습니다. 물론 통화녹음을 하는 센스가 필요했지요. 나는 서울에 일이 있어서 올라가야 했지만 당신과 만날 약속 때문에 지금 기다리고 있는데 이런 무경우가 어디 있는가. 휴가를 갈 것이면 미리 약속을 지키지 못할 것에 대한 통보를 하고 사과와 함께 다음 약속을 잡아야 하는 것 아닌가. 라는 항의를 했습니다. 당연한 항의 아닙니까? 이것은 진영무가 직유무기를 한 것이 분명했지만 사람이 하는 일인데 이 한 번의 실수를 탓하며 물고 늘어질 생각은 없었습니다. 문제는 지금부터입니다.

다섯째. 진영무는 다른 사람(직원)을 수배해서 보내 줄 것이니 전화를 빨리 끊으라고 하더군요. 교만과 권위가 뚝뚝 흐르는 그 말의 숨은 뜻은 이런 것입니다.

『서울의 약속까지 취소시키며 K진흥청 직원을 기다렸다니 당신이 이 일로 문제를 삼지 못하도록 다른 사람을 보내주마. 이깟 일로 사과는 무슨.』

나는 무척 불쾌 했지만 예의를 잃지 않은 채 전화를 끊고 기다렸습니다. 과연 조금 뒤 민원처리를 할 사람이 찾아왔습니다. 마을을 가로지르는 용수로의 복개에 관한 일이니 나 개인문제 만은 아닌 것 같아서 마을 통장 박원열을 대동하고 K진흥청 직원에게 민원현장을 보여주며 설명을 했지요.

나는 태어나서 지금까지 남의 말을 그렇게 성의 없이 듣는 사람은 처음 보았습니다. 현장 사진 한 장 안 찍고 메모한 줄 안하고 민원인의 설명도 안 듣는 이 사람은 도대체 무엇 때문에 민원현장을 찾아 왔을까요.

잠시 뒤 나는 마을 통장에게 조금 전에 온 사람이 K진흥청 직원이 아닌 것 같다고 했더니 수긍을 하더군요. 결론은 이렇습니다. 진영무는 약속을 어긴 것에 대한 민원인의 항의를 받자 자기 대신 사람을 보낼 테니 전화를 끊으라고 했다. 그래서 도착한 사람은 K진흥청 직원이 아닌 것은 물론 백동호의 민원에 대해서 아무런 권한이나 의견을 피력할 자격이 없는 사람이었다.

진영무가 평소 알고 지내던 민간인, 그것도 업무상 K진흥청 직원의 부탁을 거절하지 못하는 민간인을 항의무마용으로 보낸 것입니다. 나는 사기를 당한 것이지요. 기분 나쁜 정도를 넘어 한순간에 바보가 되었고 조롱을 당한 것 같았습니다. 이처럼 진영무의 파렴치하고 뻔뻔한 행위는 K진흥청 직원으로서 직무유기는 물론 직권남용에 해당되는 것입니다.

여섯째. 위와 같은 사실의 확인을 위해 나는 진영무에게 전화를 걸었습니다. 자신을 대신해 보낸 사람이 K진흥청 직원도 아니라는 것을 인정하면서도 변명으로 일관하더군요. 나는 조목조목 따지고 들었으며 진영무는 할 말이 없어지자 그냥 민원현장이 어디인지 확인을 위해 아는 사람을 보냈다더군요.

그걸 말이라고 하느냐. 정말 너무한다고 했더니 화를 벌컥 내며 '더럽게 말이 많네. 씨팔' 이란 소리와 함께 일방적으로 전화를 끊어버렸습니다. 아마 할 말이 없어지니까 울컥 짜증이 치밀었나 봅니다.

어리벙벙해진 내가 다시 전화를 해서 내가 예의를 잃지 않았고 막말도 안 했는데 어째서 먼저 욕을 하며 전화를 끊느냐고 했더니 '씨팔놈아! 그러니까 성질 좆같은 놈을 왜 건드려'라고 씹어 뱉듯이 말하더군요.

설령 부처님 가운토막 같은 심성을 가진 사람이었어도 이런 경우에 욕을 듣고 가만히 있지 못했을 것입니다. 나도 같이 욕을 하면서도 이것은 내가 먼저 시작한 욕설이 아니었다는 것을 분명히 밝혔습니다.

결 론

진영무가 이렇게 안하무인 오만방자한 행위가 가능한 것은 민원인은 오직 아쉬운 부탁을 해야만 하고 진영무는 그것을 들어주거나 거부를 할 권한을 가지고 있기 때문입니다.

장부는 칼을 주면 칼집에 넣고 졸장부는 그것을 휘두른다는 말처럼 K진흥청 직원이 민원인들에게 얼마나 큰 위세를 지녔는지는 몰라도 이런 식의 횡포는 결코 용납할 수가 없습니다.

만약 이 내용증명에 대한 답이 없을 경우 사실을 인정하되 사과는 할 수 없다는 것으로 간주하고 진영무를 비롯하여 업무의 지휘책임이 있는 상급자들까지 모조리 민형사상의 고소고발을 통하여 그 책임을 엄중하게 추궁하고 처벌을 받게 할 것입니다. 그리고 서울의 K진흥청 본사를 항의방문하고, 이 사실을 인터넷에 올려 대한민국 모든 국민들과 분노를 함께 할 예정이라는 것 또한 알려드립니다.

진영무에게 개인적으로 하고 싶은 말.

진영무씨! 당신이 내게 자신은 성질이 좆같은 놈이니 함부로 건드리지 말라는 뜻을 전했으니 그에 대한 대답으로 나도 얼마나 성질이 좆같은 놈인지를 알려드릴 필요가 있군요. 일단 객관적인 비교를 해 봅시다.

당신은 자신을 건드리면 큰일 나는 좆같은 성질이라고 했지만 나는 당신이 얼마나 좆같은 성질을 가졌는지 확인할 수 없으니까 허풍으로 들립니다. 나에게는 진실이지만 당신에게는 허풍으로 들릴 나의 좆같은 성질은 이렇습니다.

나는 현재 소설가이지만 전직 금고털이로 전과 8범, 도합 15년의 징역을 살았습니다. 교도소에는 온갖 좆같은 성질과 생각만 해도 끔찍하고 흉악한 범죄인이 다 모여 있습니다. 20년 이상 근무한 고참 교도관에게 무언가 문제가 생겨서 감정다툼이 벌어졌을 때 가장 피하고 싶은 꼴통을 꼽으라면 최종 투표 1위는 나 백동호입니다.

강한 자, 많이 가진 자, 특히 공권력이 있는 교도관은 아무리 마음을 옳게 가져도 자신의 위치 때문에 죄수를 부당하게 다루는 경우가 많지요. 그런 부당함을 바로 잡으려는 싸움이 벌어졌을 경우, 교도관은 철갑으로 무장한 탱크이고 죄수는 그 앞에서 삐약거리는 병아리 입니다.

좆같은 성질을 가진 병아리에 불과한 내가 철갑으로 무장한 탱크와 수 백 번 싸워서 단 한 번도 지지 않고 모두 이겼습니다. 그 기막힌 비결을 가르쳐 드릴까요? 일급비밀이지만 당신에게만 특별히 알려드리겠습니다.

첫째. 반드시 내가 옳아야 합니다. 수평저울을 놓고 서로의 잘 잘못을 저울질 할 때 양보를 해서 내 잘못의 무게를 훨씬 더 많이 올려놓아 주어도 상대방의 잘못이 더 무겁고 용서 할 수 없을 때 싸우는 겁니다. 그렇지 않으면 이해하고 양보하며 웬만하면 져주는 것이 싸움의 고수입니다.

둘째. 싸워서 풀 것인가. 아니면 대화나 설득을 할 것인가. 적당한 타협점을 찾으면 되는 상대인가를 냉철하게 판단하는 지혜가 필요합니다.

셋째. 일단 싸움을 시작했으면 아무리 사소한 일 때문에 벌어진 것일지라도 이기기 위해서 목숨을 걸어야 합니다.

넷째. 상대가 주먹질을 하면 같이 주먹질을 해서 때려눕힐 실력이 있어야 합니다. 하지만 싸움은 주먹으로만 하는 것이 아니고 좆같은 성질은 못되게 행동하는 것만이 아닙니다. 상대의 잘못과 약점을 정당하게 부각시켜 다양한 방법으로 집요한 공격이 필요합니다. 처음에는 네 까짓 것이 어쩔래? 무시를 하다가 나중에는 견디다 못해서 사표를 내거나 집에 가서 마누라를 붙잡고 통곡을 할 때까지 물고 늘어질 것. 이런 승부근성이 없으면 싸움을 시작할 꿈도 꾸지 말아야 합니다.

다섯째. 상대가 항복을 했을 때 승리자로서 교만하지 않고 마음을 열어서 진심으로 화해를 하며 끝까지 겸손하게 상대를 대할 것.

이 다섯 가지를 모두 지닌 좆같은 성질이 있다면 사람들은 그를 낮도깨비라 부르며 무척 조심을 해줍니다. 여기서 말하는 낮도깨비의 뜻은 무엇인지 아십니까? 「낮도깨비가 복은 안줘도 화를 주려고 하면 쌍으로 준다.」의 낮도깨비입니다. 하지만 이 다섯 가지를 지니지 못한 채 같잖은 지위와 덩치를 믿고 안하무인으로 횡포를 부리며 욕을 하는 좆같은 성질을 세상 사람들은 양아치라고 부르더군요.

진영무씨! 세상은 넓고 낮도깨비는 많습니다. 함부로 아무에게나 당신의 좆같은 성질을 자랑하지 마십시오. 더구나 당신은 준 공무원입니다. 민원인을 섬기는 마음이 있다면 감히 어디다 대고 좆같은 성질 운운합니까?

만약 당신이 공무원의 신분이 아니라 그냥 민간인으로서 그런 부딪침이 있었다면 아마 나는 틀림없이 껄껄 웃으며 참 성질이 급하시네요. 우리 육두문자 빼고 말합시다. 어쩌고 설레발치며 분위기를 부드럽게 했을 것입니다.

하지만 당신은 친절하고 성의를 다할 의무가 있는 준 공무원입니다. 당신의 언행을 보니 그동안 배운 것 없고 법으로 따질 줄 모르는 농촌의 나이 많으신 어른들의 민원을 얼마나 성의 없고 귀찮게 대했을까 하는 염려가 드는 군요.

추신 : 모르실 것 같아서 알려드리는데 협박죄는 상대가 아무리 험악한 어조로 죽여 버리겠다고 했어도 그것을 받아드리는 사람이 그 협박에 공포를 느껴야지만 성립되는 죄입니다. 따라서 나는 당신이 성질 좆같다는 것에 대해서는 전혀 겁을 먹지 않았기 때문에 협박죄가 성립되지 않을 수도 있습니다. 하지만 당신은 K진흥청 직원이라는 무시무시하고 막강한 권력의 칼을 가지고 있기에 당신의 그 좆같은 성질을 건드린 나의 민원은 물 건너가게 될 확률 100%입니다.

용수로에 덮개를 할 경우 흙이 쌓이면 파낼 방법이 없다 그래서 안 된다 하면 그만이니까요. 하지만 대한민국의 모든 포장된 용수로나 하수도는 맨홀하나만 설치해도 쌓인 흙을 다 퍼내고 있습니다. 더구나 내

집 앞은 흙이 쌓일 위치도 아니고 용수로가 만들어진 지난 6년 동안 한 번도 흙을 퍼낸 적도 없으며 앞으로도 그럴 것입니다. 또한 포장 해달라는 길이가 긴 것도 아닙니다.

귀에 걸면 귀걸이, 코에 걸면 코걸이. 위대하고 높으신 K진흥청 직원 나리께서는 무지몽매한 백성이 비위를 거슬렀기에 민원을 절대로 해결해 줄 수 없는 또 다른 이유를 백가지도 넘게 갔다 붙일 수 있겠지요. 예산이 없으니까요. 공사비 몇 천만 원이 얼마나 어마어마하게 큰돈인데 겨우 수 천 억을 넘어 수 조원을 움직이는 기관에서 해주고 싶어도 해줄 도리가 절대로 없겠지요. 예산이 없으니까요.

방법이 전혀 없는 것은 아닙니다. 정말 민원을 해결하고 싶으면 나리께서 욕을 하셔도 굽실, 거드름을 피워도 굽실, 허리를 숙여가며 사정하고 또 애원을 해보는 겁니다. 그러면 불쌍한 민원인의 정성이 갸륵해서 한번쯤 긍정적으로 검토해보겠다는 말이 나올 수 있겠지요. 내가 터무니없는 과장을 하고 있다고요? 천만에 말씀 만만에 콩떡이외다. 당신이 입장 바꿔 생각해보소. 이런 생각이 안 들겠는가.

아무튼 나는 이런 이유 때문에 어린 아들이 까딱하면 목숨을 잃을 지도 모르는 용수로 문제를 해결 할 수 없다는 것에 대해서 심각한 공포를 느꼈습니다. 그런 의미의 좆같은 성격을 건드렸다는 협박죄는 똑떨어지게 성립될 것입니다. 세상에 자식을 가진 부모라면 누구나 지극히 당연하게 드는 공포감이겠지요. 나 또한 부모로서 그 공포감 때문에 심각한 고민을 하다가 어린 아들의 잠든 모습을 보고 비겁한 아빠가 되는 것이 부끄러워 용기를 냈으니까요. 괴테의'나는 인간이다. 그것은 싸우는 동물이라는 것을 뜻한다.'는 말이 생각납니다.

법전을 찾아보실 수고를 덜어드리기 위해서 협박죄의 법조문을 그대로 옮겨 드리겠습니다.『형법 제 283조 1항. 사람을 협박한 자는 3년 이하의 징역. 500만 원 이하의 벌금, 구류, 또는 과료에 처한다.』

다른 죄(모욕죄, 직무유기죄, 직권남용죄,)는 당신이 직접 찾아보시기 바랍니다.

2008년 4월 16일 발신인 : 백동호

이 한통의 내용증명으로 백동호의 집 앞 뿐만 아니라 봉학마을을 관통하는 용수로 전체를 복개할 수가 있었다. 이번 기회에 스토커 금용훈도 문제도 정리하고 홀가분하게 소설을 집필하고 싶었다. 하지만 농촌마을에서 해포이웃으로 살아야 할 사람이기에 싸우기는 정말 싫었다. 사람은 누군가에 대한 적대감을 숨기고 참아내기 위해서는 오히려 너그러워진다. 미운 놈일수록 쫓아가서 인사하라는 속담을 심리학용어로 대체하면 반동형성(反動形成)이다. 백동호가 금용훈을 대하는 심리상태가 바로 그랬다.

서로 감정을 상하지 않고 원만하게 스토킹을 그만두게 할 방법은 없는 것일까 원형탈모증이 생기도록 많은 고민을 했다. 시작은 미약했지만 끝은 창대한 끔찍한 비극은 그렇게 시작되고 있었다.

황용주는 된비알 언덕길을 발맘발맘 올라갔다. 경기도 벽제 시립묘지의 무연고자 묘역은 구석진 곳에 쓸쓸하게 자리하고 있었다. 묘지 위에는 사나운 먹흘구름이 악마의 군단처럼 음흉하게 에워싸고 있었다. 들판은 어둡고 하늘은 기운 천조각처럼 누더기로 저물어갔다. 황용주는 예전에 와 보았던 무덤을 찾아 묵념을 한 뒤 소주를 무덤에 뿌려주었다. 어떤 이유에서건 그가 죽인 사람이 묻혀 있는 곳이었다. 더구나 그는 죽기 전에 황용주에게 심한 고문을 받았다. 지금쯤 백골이 되어 있을 것이다.

무덤가에 앉아 담배를 피워 무는데 비를 머금은 바람이 서늘하게 불어오더니 오줌소태에 걸린 미친 여인이 들판을 쏘다니듯 개갈 없는 몇 개의 빗방울이 버릇없이 얼굴을 후려쳤다. 황용주는 일어서야 한다고 생각하면서도 옛 생각에 잠겨들었다.

대홍수로 영등포교도소가 물에 잠기고 광란의 집단살인극으로 자이언트까지 세 사람이 죽은 사건은 감방 사람들이 철저하게 말을 맞추었다. 강간을 하던 자이언트의 뒤통수에 기습적으로 법자식기 뭉치를 후려친 것은 죽은 박종식 짓으로 하기로 했다. 피를 흘리는 자이언트가 정신이 혼미한 가운데서도 박종식을 거의 죽음에 이를 정도로 폭력을 행사했고, 강간을 당했던 구로동 예쁜이가 대나무 젓가락으로 자이언트의 목과 등을 여러 번 찔렀다. 나머지 감방 사람들은 아무런 관계도 없으며 말리다가 오히려 얻어터진 피해자라고 주장했다. 그렇게 해서 그날의 사건은 일단락 되었으며 황용주의 강도, 절도사건은 항소심에서 무죄로 석방되었다.

오교웅은 외삼촌을 통해서 거처를 마련해 줄 테니 검정고시 공부나 하면서 자신의 출소를 기다리라고 했다. 하지만 황용주는 얼마간의 돈을 빌려서 동생을 찾아 나섰다. 훗날 알게 된 사실이지만 백동호는 그때 김명수라는 이름으로 충주소년원 밴드부에서'10월 유신'의 노래를 트럼펫으로 연습하고 있었다. 당연히 찾을 길이 없었다. 가을과 겨울이 지나도록 동생 찾기에 실패한 황용주는 낙담했다.

지난 세월동안 그토록 그리워했던 평택 소녀를 먼발치에서라도 한번 보기로 했다. 운명의 날줄과 씨줄이 얽혀들 때는 나비효과처럼 아무도 그 결말을 예측할 수가 없다. 그것은 지독하게 재수 없었던 황용주의 인생에서 또 다른 불행의 번개가 내려치는 절묘한 타이밍이었다.

평택 중앙시장 뒤편은 넓은 논과 밭이었다. 마지막 겨울을 붙들고 있는 들판의 서리가 은빛 월광을 반사하고 있었다. 봄이 다가오고 있었지만 아직 추위가 기승을 부렸다. 그러나 소녀가 사는 집 부근이라서 눈에 보이는 모든 것이 예사롭지 않았고 친근하게 느껴졌다. 황용주는 논 가장자리에 집채만큼 쌓아놓은 짚더미에 들어가서 밤새 평택소녀가 사는 2층 건물을 바라보며 보초를 섰다. 그리고 아침이 되자 방앗간에서 따뜻한 시루떡 한 덩이를 사서 아침을 때웠다.

시장은 활기찬 하루를 시작하고 있었다. 햇귀 돋을볕이 전파사 유리창에 찬란하고, 제분소 앞 나부룩하게 널어놓은 마른 국수는 빨랫줄의 무명천 같았다. 목판에는 삶은 돼지대가리가 미소를 지었지만 얼음에 채워진 생선은 더 이상 나를 모욕하지 말고 빨리 토막을 내라며 항의의 눈을 부릅뜨고 있었다. 사진관 밖 진열장의 돌 사진은 아이보다 고추가 더 귀여웠다.

어제 오전에 도착한 황용주는 소녀를 보았던 2층 건물을 힘겹게 찾아냈다. 다행히 시장 옆이어서 기억을 더듬어 낼 수가 있었다. 그리고 얼마 지나지 않아 시내버스 정류장을 향하는 평택 소녀(손하윤)를 발견했다. 그동안 댕가리져서 더욱 어여쁘고 쭉신해진 그녀는 설풋설풋 다가오고 있었다.

황용주는 너무 놀라서 심장이 쿵쾅거렸고, 안절부절 하는 몸짓에 얼굴이 벌겋게 달아올랐다. 그녀는 황용주가 얼마나 저를 그리워했는지 알 리 없었다. 날마다 그녀를 생각하며 잠이 들었으며 꿈에서 깨어나 어이할 바 모르던 애달픔과 애수의 탄식도 알지 못한다. 병아리 속살거림처럼 밤비가 내려 그리움의 씨앗에 싹이 트고 아침이면 속절없이 시들어 버렸던 나날들이었다. 황용주는 넋을 놓고 손하윤이 시내버스를 타는 것을 바라보다가 한없이 초라한 심정으로 발길을 돌렸다. 그들은 물로 만나 함께 흐를 수 없고 불로 만나 함께 타오를 수가 없다. 서로 다른 운명을 가는 사람들이었다.

우연의 일치겠지만 백동호 역시 황용주와 거의 비슷한 경험이 있었다. 백동호가 소속되어 있었던 충주소년원 밴드부는 가끔 충주의 기관행사에 동원되어 행진이나 국민의례 등의 연주를 했다. 밴드부 복장을 하고 있으니 당연히 고등학생으로 보였다. 행사가 끝나고 주최측에서 제공한 관광버스에 탄 백동호 일행이 소년원이 있는 충주 계명산 방향으로 돌아가고 있을 때였다. 길가의 이층집 옥상에서 여고생으로 보이는 소녀가 웃으며 관광버스에 손을 흔들었다.

누군가 소녀를 향해 먼저 손을 흔들었던 것이다. 소녀는 고등학교 밴드부로 여겼는지 부담 없이 마주 손을 흔들어 주었다. 관광버스 안의 소년원 밴드부들은 군대에서 아이돌 여가수를 대하는 것처럼 열광했다. 백동호에게도 소녀의 웃는 모습이 사랑의 불화살로 가슴에 박혔다.

먼 훗날 황용주가 첫사랑을 말할 때 백동호는 거의 똑같은 경험을 했다는 것이 신기했다. 부끄러운 고백이지만 백동호는 그날 밤 소녀를 떠올리면서 자위행위를 했다. 그때 백동호는 이미 몇 명의 여자와 성관계 경험이 있었고, 연상의 여인과 동거까지 했던 백전노장이었다. 백동호는 소년원을 나온 뒤에는 서울에서 다른 여자들을 만나느라고 충주 이층집소녀를 까마득히 잊어버렸다.

어쨌거나 황용주는 오랜 소원대로 마침내 평택소녀의 모습을 다시 한 번 보았으며 서울로 돌아가기 위해 평택역 광장에 도착했다. 그리고 이번에는 전혀 다른 놀람에 심장이 멎는 것 같았다. 아동보호소와 고하도에서 성추행으로 명성을 날린 부랑아 조직원 진대영(별명 진변태)이 평택역 출입문에서 나오고 있었던 것이다.

절도죄로 징역 1년을 살고 얼마 전 출소한 진대영은 소년교도소에서 그동안 똘마니들을 성추행 할 때마다 머릿속으로는 평택소녀를 떠올렸다. 자위행위를 하면서도 대상은 오직 평택소녀였다. 그리고 이제 지난 몇 년 동안 상상 속에서만 범했던 그녀를 찾아온 것이다.

황용주는 본능적으로 몸을 숨기며 몰래 따라갔다. 역시 진대영은 시장 옆의 2층 건물을 찾아냈다. 사람들 눈에 띄지 않으려고 그런지 비슥맞은편과 시장 앞을 폭 넓게 오가며 손하윤의 모습이 보이지 않을까 흘끔 거리며 살폈다. 진대영도 일부러 일요일에 온 것 같았다.

오후 2시 경 마침내 손하윤을 발견한 진대영은 과연 그 소녀가 맞는지 긴가민가하다가 집으로 들어가는 것을 닭장을 살피는 족제비눈으로 확인했다. 진대영은 한동안 주변을 더 돌아다니다가 열차를 타고 떠났다.

황용주는 진대영을 목격한 이상 차마 발길이 떨어지지 않았다. 현장 답사를 마친 진대영이 깊은 밤에 되돌아올지도 모른다는 불안감을 떨쳐

버릴 수가 없었다. 상상만으로도 똥물을 뒤집어 쓴 것처럼 더럽고 지저분한 결말이었다. 천사 같은 소녀가 강간을 당할 수도 있다는 것은 참을 수 없는 일이다.

황용주는 소녀의 집 뒤편 짚더미에서 밤새 보초를 섰다. 하지만 매일 그런 곳에서 스테파니 아가씨를 지켜주는 목동이 될 수는 없었다. 방법을 궁리하던 황용주는 때마침 소녀의 집 건너편 신문보급소에 신문배달 구함이라는 팻말을 보고 무작정 들어갔다. 신문보급소장은 도수 높은 안경을 낀 50대 후반이었다. 미련한 턱에 거불진 맹꽁이배여서 우스꽝스럽게 보였지만 사람 좋은 미소를 지어보였다. 신문보급소를 22년째 운영하며 많은 배달청소년을 고용해온 그는 척 보면 성실함을 알 수 있을 정도였다. 그는 황용주의 형형한 눈빛이 매우 마음에 들었다.

"신문배달 경험도 없다면서 할 수 있겠어?"

"그럼요. 열심히 하겠습니다. 그런데 숙식제공은 하지 않나요?"

"창고로 사용하는 내실이 있지. 청소를 하면 그런대로 지낼만할 거다."

황용주는 무엇보다 보급소가 손하윤 집 과녁빼기에 위치해서 마음에 들었다. 보급소장이 퇴근하자 대청소를 시작했다. 내실과 주방은 얼마나 청소를 안했는지 먼지가 더께로 쌓여 있었고, 구석에는 거미줄이 치렁치렁했다. 물청소를 시작으로 모든 것이 흠치르르 윤이 나게 닦았으며 늦은 밤이 되어서야 끝났다.

황용주는 비로소 편안한 마음으로 커피를 마시며 창가에 섰다. 캄캄한 밤거리에 드문드문 서있는 가로등이 까치밥처럼 외롭게 보였다. 통금시간이 임박해지고 있었다. 사람들은 을씨년스러운 밤바람에 종종걸음이었고, 자동차들은 쫓기는 짐승처럼 질주했다. 하지만 황용주의 마음은 평화롭고 행복했다. 못내 그리웠던 소녀의 이층 창문에 불이 켜져 있었던 것이다.

별빛만 무성한 새벽길을 240부의 신문이 실린 자전거로 달리면 살얼음 낀 냇물 위에서 잔주름이 일고, 자갈들은 성에가 하얗게 들러붙어 있었다. 벌거벗은 나뭇가지들은 밤새껏 차가운 바람에 벌을 서며 아침 해를 기다렸다.

황용주는 부지런한 사람들이 버스정류장을 서성일 무렵 땀으로 흠뻑 젖은 몸으로 돌아와 샤워를 했다. 보급소 안에서 그녀의 등하교를 지켜보았고, 밤이면 그녀가 사는 건물 근처를 은밀하게 순찰했다.

지독한 감기몸살이었다. 고문에 의한 후유증은 거의 회복되어 건강해졌지만 새벽비를 맞으며 신문배달 한 것이 원인 같았다. 밤거리에는 살충제처럼 독한 비가 여전히 내리고 있었다. 온몸이 떨리고 기운이 없어 기절을 할 것 같았다. 황용주는 입술이 고기비늘처럼 허옇게 갈라지는 고열에 시달리는 중에도 틈틈이 창밖을 보았다. 손하윤의 방에는 여전히 불이 꺼져 있지만 안방에 불이 켜져 있었으며 아래층 가게들도 평온한 것을 보니 별일 없는 것 같았다.

그 시간, 손하윤은 입시지옥이 시작되는 고3을 앞두고 마지막 봄방학에 영화 한편 때려야 되지 않겠냐는 친구의 꼬드김에 평택극장에서‘혹성탈출 노예들의 반란’을 보고 있었다. 영화가 끝나고 밤 11시가 조금 넘은 시간에 집근처 버스 정류장에서 내렸다. 늦은 시간이었으며 비까지 내리고 있었지만 엎드리면 코앞이 집이었고 큰길가에 위치해서 별 생각 없이 시장 옆을 지나쳤다. 그런데 골목에서 시커먼 물체가 맹수처럼 튀어나오더니 입을 틀어막으며 끌어 당겼다. 섬뜩하고 차가운 칼끝이 목을 누르고 있다는 것을 깨달았다.

"반항하면 죽여!"

손하윤은 파들파들 떨며 간신히 고개를 끄덕거렸다. 괴한은 시장에서 평택극장까지 손하윤을 따라 갔다가 먼저 와서 대기하고 있었던 것이다.

황용주는 무언가 예감이 좋지 않아서 소녀의 집을 자주 살피고 싶었지만 몸을 일으킬 수가 없었다. 얼마의 시간이 흐른 것일까. 타는 듯이 목이 말라 눈을 떴다. 자동차 소리가 그친 큰길가에는 여전히 비가 내리고 있었다. 너무 힘이 없어서 놓칠 듯 후들거리는 손으로 작은 주전자를 단숨에 절반이나 비워낸 황용주는 창가에 섰다. 표구사 앞에 손하윤의 어머니가 안절부절 하며 서성이고 있었다. 가슴이 덜컥했다. 소녀가 지금 집에 없으며 들어올 시간이 지난 것이다. 시계를 보니 통행금지 직전인 밤 11시 50분이었다.

이 근처에서 납치된 것이라면 진대영의 짓이다. 신문배달하면서 인근지리를 꿰뚫고 있으며 이런 경우를 예상해서 눈찌검 해둔 곳은 신축건물을 짓기 위해 구저분하게 비어있는 한옥, 화재로 부도가 나서 버려진 장갑공장이었다. 그 근처는 인가도 없으며 다님길조차 잡초가 무성해서 귀신의 놀이터라고 해도 과언이 아니었다. 범행에 최적의 장소지만 납치한 여자를 끌고 가기에는 먼 거리였다. 그래도 가장 유력시 되는 장갑공장부터 갔다가 다음 장소를 살펴보기로 했다.

모자를 눌러쓰고 마스크를 착용해서 도섭을 부린 뒤, 대형 파이프렌치와 플래시를 찾아 든 황용주는 뒤켠길 골목으로만 휑하니 바람빠르기로 달렸다. 황용주의 인생에서 그토록 애마르게 갈급령이 난 적이 없었다. 제발 자신이 도착하기까지 아무 일도 없기를 바랐다. 정신없이 뛰어서 숨이 턱에 닿도록 헐헐대며 장갑공장 담을 뛰어 넘은 황용주는 온몸의 신경을 귀로 모아 주변을 살폈다. 공장 건물 한곳에서 가냘픈 빛이 새어나오고 있었다. 촛불 같았다.

까치발로 창문을 들여다보던 황용주는 경악으로 숨이 막혔다. 옷이 찢긴 손하윤이 괴한에게 마구 두들겨 맞고 있었다. 강간을 하려는데 말을 듣지 않는 것이다. 손하윤은 잘못했다고 빌고, 살려달라며 빌고 있었다. 하지만 괴한은 폭력을 멈추지 않았으며 때릴 때마다 욕설을 퍼부었다.

"나쁜 년! 좆이 무서우면 시집을 가지 말랬다고 이런 짓이 무서우면 유혹을 하지 말았어야지. 더러운 년! 너 같은 년은 죽어야 해."

황용주는 공장 출입문을 당겨보았지만 안에서 잠겨 있었다. 파이프렌치로 창문을 거세게 후려치자 요란한 파열음과 함께 부서졌다. 다소 높은 위치의 창문이었다. 유리조각에 얼굴과 손을 찔리면서도 몽구르며 아래로 뛰어내린 황용주는 다리가 시큰했다. 하지만 아파할 겨를도 없이 소녀를 향해 달려갔다. 괴한이 옆에 놓아둔 군용대검을 집어 들며 놀람결에 소리쳤다.

"누, 누구냐?"

"나쁜 놈! 내가 누구인가 밝히기 전에 칼부터 버려라."

그러나 괴한은 군용대검을 더욱 단단하게 움켜잡았다. 두 사람 모두 마스크와 모자를 착용하고 있지만 피차 상대가 누구라는 것을 알아차리고 있었다. 진대영이 경계를 늦추지 않고 비나리쳤다.

"네 밥에서 콩 빼먹는 일이 아니다. 좋은 일에 가리틀지 말고 돌림빵으로 하자. 네가 먼저 하고 싶으면 양보하겠다. 돌은 내가 들어놨는데 가재는 엉뚱한 놈이 잡고 도둑놈이 강도 만난 격이지만 싸우고 싶지 않다."

난데없는 또 한명의 흉기를 든 괴한이 나타났으며, 아찔한 칼벼랑에서 겯련 보는 당사자보다 곁에 있는 손하윤이 더 선겁은 마음이 들만큼 살벌한 분위기였다. 그러나 어쩐지 조금은 마음이 놓였다. 새로 나타난 괴한의 침착한 목소리에서 상대의 잘못을 꾸짖는 정의로움이 느껴졌던 것이다.

뒷심이 없는 진대영은 군용대검을 찔긋 꼬느고 있으면서도 눈빛이 주춤새로 흔들리기 시작했다. 어차피 그는 꺽지고 질기굳은 황용주와 겯고틀만한 상대가 되지 않는 풋기운이었기에 더뻑 달려들지 못하는 것이다. 황용주는 고하도에서 원장의 바둑선생이었을 때 틈틈이 태권도교본과 당랑권법을 독학으로 연습했다. 콧기름이란 별명으로 몰매를 맞으면서 남자는 강해야 한다는 것을 절실하게 느낀 세월이었다.

순간 불시에 몸을 날린 황용주가 파이프렌치를 휘둘러 상대의 시선을 빼앗으며 오른발 앞차기로 군용대검을 차서 떨어뜨렸다. 이어서 허공에 솟구친 파이프렌치가 어깨를 후려쳤다. 날렵한 공격이었지만 황용주도 조금 전 접질린 다리 때문에 낮은 비명을 지르며 절룩거렸다. 소녀는 정신이 흥뚱항뚱했으며, 가슴이 하들하들 놀뛰고 오금이 저려 숨조차 멈추었다. 무서운 꿈을 꾸고 있는 것 같았다. 빨리 꿈에서 깨어야 한다고 생각했다. 어깨뼈가 부러졌는지 고통으로 신음하는 진대영을 같잖이 엄마 같은 시선으로 내려다본 황용주는 고개를 돌려 손하윤에게 말했다.

"이제 괜찮으니까 걱정하지 마세요. 다친 데는 없어요?"

"네. 괜찮아요."

비틀린 몸에 굽도 젖도 할 수 없게 된 진대영의 창백한 얼굴이 황그린 경련으로 일그러져 있었다. 병든 개처럼 불결한 눈과 입술에는 초조한 냉소가 떠올랐다. 황용주가 한숨을 포옥 쉬면서 말했다.

"도대체 이 소녀가 네게 무슨 잘못을 했다고 그렇게 심한 욕을 하며 때렸냐?"

"저년이 유혹해서 많은 날들을 잠 못 이루고 괴로워했다. 그런데 이제와 쌩까잖아. 새벽 좆 꼴리는 것은 지 애비도 못 막더라고 너도 그래서 온 거잖아."

도대체 머리를 달고 있는 인간에게 어떻게 이런 논리가 성립되는 것일까. 이런 놈을 상대로 사람의 도리를 논하는 것은 두꺼비 낯짝에 물 퍼붓기, 강 건너 도둑놈 꾸짖기처럼 소용없는 짓이었다. 한쪽 눈을 감고 보아도 기가 찬 핫뻘 인생이었고, 뒷거둠으로 휘갑쳐 잡도리를 할 가치도 없는 열쭝이였다. 그래도 결기를 담아 짓내모는 싸다듬이로 매조지 아퀴를 지었다.

"교도소에 가고 싶지 않으면 빨리 도망쳐라. 그리고 만약 이 소녀가 또 다시 무슨 일을 당하면 용의자로 네가 지목될 것이다."

"내가 가고 나면 저 년을 혼자 차지하겠다는 것이냐? 두고 보자. 언제든 오늘을 꼭 후회하게 될 거다."

진대영이 절뚝거리며 도망을 쳤다. 황용주는 손하윤을 데리고 장갑 공장을 벗어나자 도저히 발걸음을 옮길 수가 없었다. 창문을 부수고 공장 아래로 뛰어내리며 접질린 발목 때문이었다. 나무를 뿌리째 뽑아내는 것처럼 힘겹게 발걸음을 옮기던 그는 찌뿟한 걸음을 멈추었다.

"잠깐만요."

황용주는 비포장도로 가장자리, 군것지게 데뚝한 바위에 앉았다. 운동화를 벗으려고 했지만 발이 부어서 벗겨지지 않았다. 이를 악물고 강제로 벗겨 내자 자신도 모르게 비명이 나왔다. 가뜩이나 지독한 감기몸살에 이런 일까지 겪었으니 기절하기 일보직전이었다. 낮부터 먹은 것이 없기에 후룩한 배에서 들크무레한 위액이 꾸억꾸억 올라왔다. 손하윤이 울먹거리며 말했다.

"어머! 어떻게 해요. 빨리 병원에 가요."

"괜찮습니다."

펜치로 생니를 뽑은 것처럼 쿡쿡 쑤시는 다리의 통증을 참아가며 황용주는 웃옷을 벗어 붕대처럼 찢은 뒤, 발목을 힘껏 칭칭 동여맸다. 그리고 손하윤의 부축을 받으며 도두 밟은 걸음을 옮겼다. 손하윤은 서로의 냄새와 살갗숨을 느낄 수 있을 만큼 밀착해서 후듯하게 부축하고 있었다.

황용주도 그렇게까지 힘겹지는 않았지만 손하윤의 부축을 즐겼다. 심장이 터질 것만 같았다. 훗날 생각해보면 이때가 황용주의 인생에서 가장 찬란한 순간이었다. 황용주는 걸으면서 손하윤이 위기에 빠지게 된 이유를 설명했다. 손하윤은 오래 전, 버스에 타고 있었던 이상한 모습의 소년들을 기억하고 있었다.

애기를 나누며 오는 동안 큰길에 이르렀다. 안절부절 하고 있던 어머니가 그녀를 발견하자 소리쳐 불렀다. 손하윤 역시 울면서 엄마를 부르는데 황용주는 얼른 어둠 속으로 사라졌다.

『인간은 자기 자신을 알아야 한다. 설령 그것이 진리를 발견하는데 도움이 되지 않는다고 하더라도, 최소한 자기생활의 질서를 잡는데 큰 역할을 한다. 그리고 인생을 살아가면서 이것처럼 훌륭한 일은 없다. -파스칼의 팡세-』

파란만장한 백동호 인생 중에서도 가장 심한 스트레스와 비극적 결말을 안겨 준 '금용훈'은 사근사근한 목소리의 잔부끄럼이 많은 50대의 사내였다. 평균 이상의 수줍음과 겸손은 자신을 과장해서 드러내고 싶은 소망 때문이며 이른바 겉 겸손, 속 교만이다.

금용훈은 남몰래 품고 있는 웅대한 자기상(自己像)과 반대되는 경험에는 사소한 일에도 큰 상처를 받았고 시기와 질투심이 강했다. 부탁을 거절당하면 공격 받은 것으로 단정, 적대감을 느끼며 복수를 결심한다. 우울증도 자주 겪었다. 그러한 마음상태를 내색하지 않고 주변에 좋은 사람으로 보이기 위해 혼자 괴로워하며 잠을 못 이루는 밤이 많았다.

금용훈은 일찌감치 가출해서 객지생활을 시작했다. 가난한 집안, 건강이 좋지 않은 어머니, 형제들 틈에서 관심과 칭찬을 받고 싶은 목마름이 심했으나 그 욕망을 충족할 수가 없던 외로운 아이였다. 결국 금용훈은 지나치게 착한 아이가 되어서 주변사람들에게 칭찬 받는 방법을 선택했다.

세 살에 예쁘지 않은 아이 없고, 일곱 살에 밉지 않은 아이 없다. '미운 일곱 살'은 부모의 인내를 시험할 만큼 징글징글하게 말을 듣지 않으면서도 어린아이 특유의 순수함, 착한마음씨가 공존해야 정상이다. 그런데 흠도 티도 없이 착하기만 한 아이는 그 행동에 거짓이 섞여 있다는 것을 의미한다.

그지없이 선한 행동의 뒤에는 심각한 욕구불만, 악하기 짝이 없는 충동, 끓어오르는 분노가 감춰져 있다. 자아(自我)가 실종되고 오직 남에게 보여주기 위해 연출된 행동을 하게 되는 것이다. 지극히 착하고 성실한 모범생이 전혀 뜻밖의 범죄를 저지르는 것은 종종 있는 일이다.

아무튼 지나치게 착한 아이는 나약한 자신에 대한 방어기제로 자신을 특별한 존재로 생각한다. 그렇게 성장을 하면 타인과 공감능력이 현저하게 부족하거나 아예 존재하지 않게 된다. 타인을 오직 '나를 칭찬해 줌으로써 나의 자존감을 높여주는' 수단적 존재로만 인식하는 것이다. 금용훈은 이런 성향들이 외적으로 잘 관찰되지 않는 내현적 자기애(Covert Narcissism)였다. 그런데 금용훈은 내현적 자기애란 단어가 세상에 있는지조차 알지 못하는 사람이었다. 그저 자신의 인격이 훌륭하고, 착한 사람이라고 확신하며 평생을 살아왔다.

지나치게 착한 아이 증후군으로 성장한 사람 중에서 더러는 성직자, 연예인 등으로 성공한다. 그들은 찬양받기를 좋아하고 상대에게 그것을 직간접으로 요구한다. 그리고 사회적으로 성공하거나 유명한 사람들만이 자신을 이해할 수 있다고 믿으며 그런 사람과 어울리기를 좋아한다.

그러한 특징을 가진 사람들 중에서 가장 최악은 '에드 게인'(1906-1984)이다. 가정에는 신경을 쓰지 않는 아버지, 독선적이며 엄격한 어머니, 반항적인 형 틈에서 외로운 '에드 게인'은 어머니의 관심, 칭찬, 사랑을 갈망하며 지나치게 착한아이 증후군으로 성장했다.

미국의 한적한 시골마을(위스콘신주, 프레인 필드)에서 오랫동안 살아온 51세의 에드 게인은 이웃들에게 '파리 한 마리도 죽이지 못할 만큼 착한 사람'으로 통했다. 예의 바르고 조용한 성품, 마을 잡역부로 성실했으며, 동네사람들이 나들이를 할 때면 그를 불러 아이들을 맡기곤 했다. 그가 아이들과 잘 놀아주었기 때문이다.

하지만 게인은 유명한 연쇄살인범 '잭 더 리퍼'를 유치원생 취급할 만큼 엽기적 살인자, 성도착자였으며 세계의 엽기적 살인범죄 역사에서 대들보 같은 존재이다. '사이코' '양들의 침묵' '텍사스 전기톱살인사건' 등 많은 엽기적 살인영화에 모델이 되거나 깊은 영향을 주었다.

경찰관이 에드 게인의 집을 수색했을 때 목 없는 여자의 시체가 가랑이에서 늑골까지 반듯하게 잘려진 채 거꾸로 매달려 있었다. 탁자 위에는 여러 개의 사람 머리, 프라이팬에는 사람의 심장이 있었다. 집안 곳곳에는 사람 가죽으로 만든 전등 갓, 사람 가죽으로 만든 북, 두개골로 만든 항아리, 등이 무드럭지게 쌓여 있었다. 여자의 성기를 오려서 만든 지갑도 있었다.

게인은 밤이면 여자의 인피 데드마스크를 얼굴에 쓰고 여자의 젖가슴으로 만든 조끼를 입은 채 들판을 하염없이 돌아다녔다. 보름달이 뜨면 그런 모습으로 마당에서 춤을 추기도 했다.

1957년 법정에서 검사가 '그는 살인의 과정에 도둑질도 했다.'고 하자 에드 게인은 '사람을 어떻게 보느냐.'고 벌컥 화를 내며 소리쳤다. 자신이 도덕적으로 순결하며 대단히 착한 사람이라고 확신하고 있었던 것이다. 하지만 도둑질은 사실이었다. 에드 게인은 살인현장에서 현금계산기를 가지고 나왔다. 수동식 현금계산기의 작동원리가 궁금해서 분해를 해보고 싶었다고 한다. 계산기 안에는 현금 41달러가 들어있었다.

게인은 정신병원에서 여생을 보냈는데 주치의는 그의 생활이 완벽함 그 자체라고 했다. 이렇게 모범적인 환자만 있으면 정신과의사가 할 일이 없다는 것이다. 에드 게인은 시체를 매장하거나 파내는 직업을 가진 '거스'라는 사람과 어울리면서 시체에 대한 평소의 관심에 불이 붙었고, 나중에는 살인까지 저지른 것으로 해석을 해도 무리가 없다. 만약 거스를 만나지 않았으면, 남들이 보기에 지극히 착한 사람으로 평범한 인생을 마무리 했을 가능성이 충분했다.

만약 금용훈도 백동호를 만나지 않았더라면 대부분의 이웃들에게 그런대로 착한사람으로 보이며 인생을 마쳤을 것이다. 조금은 유명한 소설가 백동호가 나타나서 금용훈이 평소 지니고 있던 내현적 자기애와 편집성향에 휘발유를 끼얹은 것이다. 그런 의미에서 금용훈에게는 백동호가 원수일수도 있다. 하지만 공평하게 말해서 금용훈은 악마적 가해자였으며, 백동호는 하늘이 내린 재앙 수준의 심각한 피해를 입었다.

백동호는 평균 이상의 못된 아이로 성장했다. 우람한 근육에 매사에 자신만만하고 외향적이다. 자신의 재능이나 업적을 자랑하고 칭찬과 인정을 받음으로써 자존감을 유지하려는 외현적 자기애(Overt narcissism)를 지녔다. 아동학대와 자신의 재능을 인정받지 못한 후유증 때문이었다.

백동호는 20살 무렵, 교도소에서 범죄심리학을 공부하며 자신의 성격에 심각한 문제가 있다는 것을 깨달았다. 평생 계속된 자아성찰, 이타적 관심, 반동형성, 끊임없는 독서와 사색 등으로 자신의 결점을 많이 완화시킬 수가 있었다. 그러한 단점들은 앙금으로 가라 앉아 오랜 세월 동안 맑은 물을 유지했다.

하지만 어릴 때 굽은 나무, 어릴 때 마음의 상처가 있는 사람은 성장을 해서도 바로 잡기가 어렵다. 여러 가지 요인으로 형성된 사람의 성격은 쉽사리 변하지 않는다. 백동호는 누군가 울컥하는 막대기로 휘저으면 서너 번은 너그럽게 넘기지만 그 이상은 사나운 발톱, 거친 본색을 드러냈다. 공든 탑이 무너지고, 오랜 세월 피나는 노력을 말짱 도루묵으로 만들곤 했다. 후회와 자책의 반복이었다.

자기애 성격장애가 있으면서도 백동호가 금용훈과 전혀 다른 성향은 스토커 기질이었다. 백동호는 도대체 사람들과 접촉을 싫어하는 은둔형 외톨이였다. 아무리 절친한 사람이라도 백동호가 먼저 연락을 하거나 찾아가는 경우는 거의 없다. 심지어 마음에 드는 여자에게조차 한번 이상 사랑을 고백해본 적이 없다.

시골부자 금용훈은 소설가 백동호에게 꿀릴 것도 부족한 것도 없이 당당한 인간이다. 하지만 모든 사회생활과 대인관계를 스스로 단절한 채 조용히 숨어 살고 있는 백동호를 불청객으로 치가 떨리도록 집요하게 찾아가서 고요한 마음의 정원을 분탕질 하는 것은 범죄이다. 뿐만 아니라 자신의 우월함을 끝없이 과시하고 찬양을 유도하며, 심지어 백동호를 지배하고 싶은 마음 때문에 지겨운 저울질을 끝없이 계속하면 심각한 범죄이다.

나중에는 방문 횟수가 차츰 줄어들었지만 금용훈은 꽤 오랫동안 거의 매일 백동호의 집을 아무 예고도 없이 찾아가서 식사를 하러 나가자고 했다. 영화 실미도 원작소설가를 거느리고 나타나 주변사람들에게 우쭐거리고 싶었던 것이다.

오죽했으면 백동호 부부의 대화에서 '이러다가 진흙발로 안방까지 쳐들어와서 그동안 매일 출근을 했는데 밀린 월급을 주지 않으면 경찰에 고발하겠다는 협박을 들을지도 모르겠다.'는 자조적 농담이 나올 정도였다. 금용훈 가족들이 운영하는 공장에 아무 때나 찾아가서 무조건 전기스위치를 내리면 어떻게 되겠는가. 소설가 백동호는 1인 공장이다. 아무 때나 찾아가면 1인 공장의 전기스위치를 내리는 것과 마찬가지이다. 더구나 눈을 뜨고 있을 때는 노는 시간이 거의 없이 바빴다. 글을 쓰고 있지 않으면 텃밭을 일구었으며, 완성되지 않은 집수리, 정원과 유실수를 관리했다. 동네사람들이 모두 백동호의 부지런함에 감탄했다.

바쁘다거나 집필을 해야 한다며 식사초대를 거절해도 금용훈은 막무가내였다. 아무리 바빠도 밥은 먹을 시간이 있다는 것이 그의 생각이었다. 하지만 점심식사초대를 받고 나가면 쓸데없는 곳까지 돌아다니며 캄캄한 밤중에 돌아오는 경우가 대부분이었다. 백동호는 간곡하게 설명했다.

"나는 사람들을 만나는 것이 싫어서 핸드폰 번호도 바꾸었으며 아무도 모르는 시골에 숨어 살고 있다고 그동안 여러 번 말했잖아. 서울에 살 때도 30년-40년 친구들의 초대를 거절해 욕을 먹었어. 나도 남자인지라 매력 있는 여자를 만날 기회가 생기면 가끔 외출했지. 더구나 지금은 소설을 쓰고 있기 때문에 누구를 만나거나 외출을 하면 정신이 흐트러져서 안 돼. 글이란 하루를 쉬면 열흘을 쓰지 못하는 이상한 속성이 있거든."

"사나이 우정이 여자보다 못해?"

낯거리하다가 들킨 것처럼 벌겋게 달아오른 얼굴로 화를 내는 모습이 차라리 측은했다. 딴통같은 동문서답도 이 정도면 가히 예술의 경지였다. 장독보고 술독 얘기하듯, 오로지 자신의 입장에서 듣고 싶은 것만 골라서 듣고 일방적 해석을 하는 맹문이었다. 나는 당신의 우쭐거림을 위해서 이리저리 불려 다니는 들러리가 아니다. 그동안 당신에게 충분히 양보하고 배려했으며 사람들 앞에서 체면도 세워주었다. 그런 나의 배려를 당신의 당연한 권리로 생각한다면 너무나도 큰 착각이다. 어째서 적당한 선에서 멈출 줄을 모르고 점점 더 심해지는가.

나는 타인에게 어느 정도 피해를 주어도 괜찮을 만큼 자신을 특별한 존재로 여기고 있는 당신의 잘못을 스스로 깨닫도록 은밀히 도와주고 끈기 있게 기다려주는 유연함과 후덕함을 갖추고 싶었다. 나름대로 상당히 노력도 했다. 하지만 나는 평범한 사람이며 한 가족의 가장이다. 나의 생활을 송두리째 당신에게 쏟아 부으며 희생할 수는 없지 않은가. 이제 제발 그만하자. 그런 마음이었다.

다시는 찾아오지 않을 것처럼 불쾌한 얼굴로 돌아간 이틀 뒤, 금용훈의 자동차가 뒷마당으로 들어섰다. 함께 내린 사람은 인근지역 유지(삼도동장)였다. 알고 빌려달라는데 없다고는 못하고, 알고 찾아온 지역유지를 신출내기가 외면하기는 난처하다. 백동호는 추석연휴 고속버스에서 오줌 마려운 년처럼 묘하게 일그러진 표정으로 손님을 맞이했다.

그 후에도 금용훈은 혼자 찾아오기 자존심이 상한 일이 생기면 지역유지나 친구를 데리고 와서 제 주머니 것 꺼내듯 소설을 사인해주라고 하거나 거절하기 난처한 식사초대를 했다. 가족끼리 어울리자는 초대도 있었다. 늙은 유세하고 사람 치고, 병 유세하고 개 잡아 먹더라고, 지역유지 유세하고 온갖 텃세를 부렸다.

금용훈이 식사초대를 할 때는 차마 외면하지 못할 만큼 겸손하고 다정해서 살살 녹았다. 거절당하는 것을 병적으로 두려워하기 때문이었다. 하지만 막상 사람들과 함께하게 되면 완전히 180도 돌변해서 백동호를 수행비서나 똘마니로 데려온 것처럼 거만한 표정을 지었다. 허물없이 대화를 하는 모습을 보여주면 자신의 거짓자랑이 들통 나니까 아예 말을 걸지 않고 투명인간 취급할 때도 있었다. 미꾸라지 국 먹고 용트림 하듯 앞뒤가 틀린 언행은 아무 상관이 없었다. 그것이 얼마나 야비하고 파렴치한 짓인가에 대한 개념 자체가 아예 존재하지 않았다. 그는 자신에게 불리한 정보는 모조리 무시하거나 삭제해버리는데 비상한 재주가 있었다.

금용훈은 평소 주변사람들이 자신을 너무 과소평가하고 있으며 자신이 지닌 엄청난(?) 부와 훌륭한 인격에 걸맞은 존경을 하지 않는 것이 불만이었다. 그러나 남의 집 금송아지가 내 집 똥 강아지보다 못하며, 제 팔 제가 흔들며 나름나름 사는 세상이다. 아무 이해관계 없는 시골부자가 방에 가면 더 먹을까, 부엌에 가면 더 먹을까. 우쭐거림에 굶주려 돌아다닌들 누가 주목을 할 것이며 존경을 바치겠는가.

그 무렵 좋지 않은 문제가 발생했다. 군대를 갔다 온 아들이 금용훈의 일을 대신하기 시작한 탓에 남아도는 시간을 주체할 수가 없어진 것이다. 이런 경우 대부분의 인간은 자신의 주제와 분수를 넘는 명예와 여자를 가지고 싶어 한다. 금용훈은 평소에도 이러한 욕망이 타는 목마름으로 존재했는데 시간의 여유로움이 가파른 상승작용을 불러일으키고 말았다.

하필 이런 때에 백동호가 사정거리에 포착되었다. 지역유지로서 신출내기를 대하는 들먹은 마음에 숙보는 말을 길트기로 슬쩍 능갈쳤다. 그런데 백동호가 반박을 하지 않자 자신감이 붙었고 만만하게 느껴졌다. 금용훈이 국회의원, 경찰서장 등 사회지도층과 절친하다며 거짓 과시를 했을 경우 주변사람의 반응은 시큰둥했다. 그런데 영화 실미도의 원작소설가와 친하다. 소설에 사인을 받아 줄 수도 있다고 했더니 대부분 단번에 호감을 보였다. 등단도 하지 않은 소설가의 사회적 지위야 별볼일 없지만 지적 허영이 있는 사람들에게는 감정적으로 받아들이기 좋은 상대였던 것이다.

그런데 질투심이 강한 금용훈은 자신이 백동호보다 훨씬 우월한 사람이라는 것을 알려서 사람들의 주목을 받고 싶은 마음을 참을 수가 없었다. 백동호가 딱한 형편에 시골로 이사를 와서 자신이 물심양면으로 도와주고 있다는 거짓말을 늘어놓기 시작했다. 칭찬, 명예, 우쭐거림에 대한 금용훈의 오랜 갈망이 돌파구를 찾은 것이다. 그것은 금용훈에게 평생 처음으로 느껴보는 마약보다 강렬한 유혹이며 끊을 수 없는 쾌감이었다.

백동호의 입장에서는 아무리 돈다발로 쳐대는 매질에 버티는 장사 없다지만 차라리 송편으로 목을 따서 죽고, 마른 모래밭에 혀를 빼어 물고 자살하는 것이 낫지 뭐가 아쉽고 부족해서 지긋지긋한 스토커에게 경제적 도움을 받으며 구차하게 살 것인가. 제 돈 서푼은 알고 남의 돈 열 냥은 모르며, 공으로 오입질 하고 비녀 빼가듯 금용훈의 착취적 셈법을 인정해주고 계산을 한다고 해도 백동호가 손해 본 것이 훨씬 더 많았다.

사람들은 대개 아무런 이유도 없이 자신을 비난하고 형편없이 깎아내리는 말을 퍼트리고 다니는 이해할 수 없는 인간을 겪은 적이 있다. 그것은 자신이 가지고 있지 못한 것을 가진 상대에 대한 시기, 질투, 열등의식 때문이다. 무의식 속에는 깊은 열등의식이 자리를 잡고 있지만 자신을 특별한 존재라고 자부하는 금용훈은 자기보다 열등한 백동호에게 사람들이 호감을 보이는 것에 질투와 모욕을 느꼈으며 도저히 참을 수가 없었다.

세상에 완전한 인간은 없으며 누구나 마음의 병을 조금씩 지니고 있다. 프로이드는 약간의 편집, 강박, 히스테리가 정상인의 기준이라고 했다. 특히 자기애는 누구에게나 있다. 그런데 정도가 심한 내현적 자기애 인격장애를 지닌 사람들이 대부분 그렇듯 금용훈의 내면에도 '에드 게인'이 숨어 있었다.

만난 지 얼마 되지 않았을 때 백동호가 원하지도 않았으며 예술적, 금전적 가치도 없는 그림을 선물한 금용훈의 은근한 생색이 너무 심해서 되돌려 주고 싶은 마음(결국 되돌려 주었다)이 굴뚝같았다.

백동호의 입장에서는 차라리 없는 것이 낫지 그것을 예술품이라며 서재에 걸기에는 쪽팔려서 그냥 구석에 놓아두었다. 하지만 다른 것으로라도 대신 갚아주지 않으면 마음이 편치 않았다.

때 마침 서울에서 성인 PC방을 운영하는 후배가 가게를 정리했다. 백동호에게 무이자로 빌린 돈을 갚으면서 그동안 감사했다며 컴퓨터 하드디스크(포르노) 10개를 복사해서 보내왔다. 훗날에는 가격이 조금 내렸지만 성인 PC방끼리 하드디스크 1개에 1백만 원씩 거래되던 시절이었다. 거의 날마다 백동호의 집으로 출근하는 금용훈에게 말했다.

"포르노가 수천 편씩 담긴 컴퓨터 하드디스크를 여러 개 선물로 받았거든. 종류별로 다 있으니까 보고 싶은 것 있으면 말해."

"엽기, 동물하고 하는 것 있어?"

순간 섬뜩했다. 아무리 점잖고, 학식이 있으며, 사회적으로 성공을 했어도 남자는 야동을 싫어하지 않는다. 예전에는 친하게 지냈던 문학가, 법조인, 영화인들에게도 포르노를 선물한 적도 있다. 싫다는 사람은 한명도 없었다.

사람들은 대부분 한국인들이 나오는 포르노를 가장 선호한다. 취향에 따라서 일본, 서양을 좋아할 수도 있다. 그런데 하필 동물, 시체를 상대로 구토가 나올 정도의 섹스, 보기만 해도 역겨운 포르노를 제일 먼저 찾는다는 것은 일반상식을 벗어난 선택이다.

수간(獸姦), 시간(屍姦) 등 극히 비정상적인 섹스에 관심을 갖는 것은 지나치게 착한아이로 성장기를 보내며 『성욕=죄악』이라는 억압 속에서도 성적호기심이 남다르게 많았던 사람에게 나타나는 특징이다. '에드게인'이 대표적인 사람이다.

금용훈은 엽기 포르노만 따로 모아진 하드디스크를 가져갔다. 나중에 다른 동영상이 담긴 하드디스크 3개를 더 가져갔다.

교도소 죄수들은 대개 권태에 시달리던지 아니면 고통에 시달리던지 둘 중의 하나이다. 징역살이의 권태로움을 잠시나마 잊고 시간을 보내는 것을 '징역을 깬다.'고 한다. 죄수들은 징역을 깨기 위해서 책을 읽고, 바둑을 둔다. 범죄적 성향이 높은 전과자는 출소 후 한탕을 계획한다. 가난한 놈일수록 밤마다 기와집이 열두 채라고, 한탕에 대한 상상의 나래는 끝이 없다. 동료들과 우김질로 징역을 깨는 죄수도 종종 있다.

박명길(가명)처럼 와신상담, 복수를 계획하며 징역을 보내는 죄수도 있다. 백동호의 고발로 징역 15년은 선고받은 박명길은 모든 것을 잊어버리자고 수없이 생각하며 교도소 운동장을 걸었다. 때 절은 베갯머리에 한숨을 날리면서 뒤척인 밤도 많았다. 날이 갈수록 돌아가신 어머니 생각도 자주 났다. 부모님은 살아선 서 푼인데 죽고 나면 만 냥이 되는 것. 지천명이 넘어서야 자신이 얼마나 불효자였던 것이 사무치게 느껴졌다. 사실 백동호와 악연도 어머니로 인해 비롯된 것이었으니, 모든 것을 자신의 잘못으로 인정해야 하는데 그것이 쉽지 않았다.

박명길은 징역살이가 퍽퍽할 때마다 백동호 자전소설과 실미도 소설에서 자신이 나오는 부분을 골라 읽으며 복수를 결의했다. 나는 어째서 놈을 한 번도 이기지 못했던 것일까. 게다가 요즈음에는 건강마저 좋지 않아서 무기력해지고 있으니 비관적인 생각뿐이었다.

그런데 오늘 낮 느닷없이 백동호가 면회를 왔고 박명길은 할 말이 너무나 많아서 할 말이 없었다. 만약 자신의 손에 칼이 있고, 앞에 투명아

크릴이 가로막고 있지 않았다면 서슴없이 찔러 죽였을 것이다. 잠시 침묵이 흐른 뒤, 백동호가 먼저 인사를 했다.

"건강이 좋지 않아 보이는데 어떠십니까?"

"………."

"박명길씨! 이제 모든 것을 잊고 남은 인생은 서로 사람답게 살아봅시다. 임병석이란 문신도 하고 있다고 하던데 우리는 이제 머지않아 환갑입니다. 화해를 위해서라면 박명길씨가 원하는 대로 가능한 뭐든지 들어주겠습니다."

10년이 넘도록 가끔 안부편지와 돈만 보내주었지 면회를 오지 않더니 어째서 느닷없이 찾아와 화해를 청하는 것일까. 더구나 내가 임병석이란 문신을 하고 있는 지는 어떻게 알았을까. 어쨌거나 제대로 된 복수를 위해서 미리 적대감을 드러내서 좋을 것이 없다.

"나도 과거의 일들을 잊기 위해 노력 중이오. 오랜 세월 잊지 않고 돈을 보내주고 있으니 당신도 그리 나쁜 사람은 아닌 것 같소. 이혼한 내 아내와 아들에게도 도움을 주었다고 들었습니다. 만약 내가 백동호씨 입장이라면 그렇게 할 수 있었을까를 생각해 보았더니 자신이 없더군. 아무튼 먼저 번 편지에 보니 시골로 이사를 간 것 같던데 생활은 어떠시오?"

"텃세가 좀 있지만 참는 중입니다. 박명길씨가 나보다 연배가 위이니 앞으로 편지를 보낼 때는 형이라고 하겠습니다. 그리고 지난 일은 다시 한 번 깊은 사과를 드립니다. 용서해주십시오."

백동호는 90도 허리를 굽혀 정중하게 사과했다. 박명길은 영혼 없는 미소를 보이며 같이 인사를 했다.

이런저런 백동호 생각에 잠겨 있던 박명길은 저녁점호가 끝나자 소변을 보고 나와서 고향후배 김종석(별명, 용두마리)을 눈으로 찾았다. 하지만 김종석은 벌써 심리가 붙어 우들푸들한 얼굴로 목에 핏대를 세우고 있었다. 하여간 일상생활의 모든 것에 심리가 붙는 놈이었다.

심리란 재판에서 검사와 변호사가 논쟁을 벌이는 재판용어이다. 교도소 감방에서 가장 흔한 풍경 중의 하나가 우김질이다. 이 우김질을 심리가 붙었다고 표현한다. 법무부자식(전과가 많은 죄수)들은 대개 학력이 짧고 귀동냥으로 얻어들은 지식이 많다. 게다가 살아온 골목이 다르고 성격상 자기주장에 후퇴를 모르는 다혈질이 모여 있다 보니 대화가 곧잘 우김질로 발전된다.

우김질이 불붙어 내기까지 걸리고 아락바락 핏대를 세우기 시작하면 옆에서 구경하는 사람도 시간 가는 줄 모른다. 때문에 심술궂은 사람은 일부러 심리를 붙이고 자신은 슬그머니 뒤로 빠져 징역을 깨기도 한다. 이렇게 일부러 심리를 붙이는 것들은 대개 '아담과 이브에게 배꼽이 있다 없다.' '전국에 다방과 교회 중 어느 것이 많은가.' 등 정답이 아리송하다. 이날도 저녁점호가 끝나자마자 석구봉이 슬쩍 심리를 붙였다.

"비행기 바퀴에 공기가 들었을까. 안 들었을까?"

이런 경우 반드시라고 해도 좋을 만큼 아는 체를 하는 수탉이 나타난다. 수탉은 '꼬기오'하고 운다. '꼭껴요'(꼭 끼어들어요)와 비슷하게 들린다. 김종석이 바로 수탉이었다. 석구봉이 이물스럽게 던진 말을 김종석이 흙 묻기 전에 냉큼 받아 대답했다.

"비행기 바퀴에도 당연히 공기가 들어 있겠지."

이때 반론이 없으면 심리가 종결된다. 하지만 누군가 반대의견이 있기 마련이다. 우김질로 김종석과 쌍벽을 이루며 항상 견원지간으로 으르렁거리는 정욱조가 반대를 위한 반대로 대꾸했다.

"상식적으로 생각해봐라. 그렇게 작은 바퀴에 공기가 들어있으면 수백 톤이나 나가는 비행기 무게를 견디지 못하고 터져버리지. 그냥 통고무로 되어 있을 거다."

"저 자식은 무슨 말만하면 상식적이란 단어를 꼭 집어넣더라. 정말 상식은 파리 좆만큼도 없는 놈이 그러니 어이가 없네."

"으이그, 내 할 말 사돈이 먼저 하네. 그러는 너는 목욕탕에서 때를 밀면 때는 안 밀리고 상식만 밀리냐. 상식이 넘치는 저 아가리에다가 똥을 콱 쏟아버렸으면 좋겠네."

본격적으로 심리가 불붙어서 우김질이 길어지기 시작했다. 김종석은 일단 심리가 붙으면 귀는 없고 입만 있으며 우격다짐의 달인이었다. 금년 봄에는 이런 일도 있었다. 입방(죄수들이 공장에서 일을 마치고 감방에 돌아오는 것) 후, 용문신의 정욱조가 웃통을 벗고 팔굽혀펴기를 하는데 곁에 앉아 있던 김종석이 빈정거렸다. 용발톱은 세 개가 아니라 네 개인데 문신을 잘못했다는 것이다. 팔굽혀펴기를 마친 정욱조가 거친 숨을 몰아쉬며 말했다.

"이 자식아. 남의 문신에 용 발톱이 세 개이던 네 개이던 네가 무슨 상관이야?"

"무식한 것! 모르는 것을 알려주면 고맙다고 해야지. 왜 인상을 쓰고 욕을 해?"

"시비를 네가 먼저 걸었잖아. 그리고 무식한 것이라니 말 다했어?"

"아직 남았다. 대한민국에 너 같이 무식한 인간들이 많기 때문에 여지 것 남북통일이 안 되고 IMF가 온 거다. 모르면 배워. 임마."

"으이그, 어설프게 알지나 않았으면 모르지나 않지. 용은 상상의 동물인데 그리는 사람 마음이지. 네가 용 봤어?"

"그럼 봤지."

"하하하. 어디에서 봤는데?"

"어렸을 때 우리 집 우물에서 새끼용을 두 마리나 키웠거든."

"허참! 정말 미치겠네. 말이 되는 소리를 해야지."

"우리 집 우물을 니가 더 잘 아냐? 아니면 내가 더 잘 알겠냐?"

"당연히 네가 더 잘 알겠지."

"그래. 더 잘 아는 내가 우물에서 용두마리를 키웠다는데 왜 아무 것도 모르는 네가 아니라고 우기냐. 마을에서 우리 집을 용 두 마리 집이라고 했다니까."

"멸치가 뼈대 없는 오징어하고는 사돈을 안 하고, 비싼 놈의 떡은 안 사먹으면 그만이더라고 나도 내세울 것 없는 인생이지만 너 같은 놈은 정말 살아생전 만나고 싶지 않다."

결국 그날의 우김질은 정육조의 항복, 김종석의 승리로 끝이 났다. 하지만 오늘의 우김질은 만만치 않았다. 결국 박명길이 짜증을 내며 말했다.

"석종아! 오늘은 조용히 좀 하자."

"형님! 저 새끼가 먼저 내말에 깃대를 쳐들고 나오잖아요."

"비행기 바퀴에 공기가 들었으면 어떻고 안 들었으면 어때. 그만 하라니까."

김종석은 무언가 반론을 제기하고 싶어 입이 딸싹 거렸지만 고향선배 박명길의 표정이 예사롭지 않아서 참는 기색이 역력했다. 김종석은 강도치사로 들어와서 징역 10년을 선고 받았는데 거의 다 살고 1년 남짓 남았다.

박명길은 김종석을 친동생처럼 여기며 지난 3년 동안 여유가 생기는 대로 꾸준하게 김종석의 노모에게 돈을 보내주었다. 김종석의 노모는 병이 들기 전에는 생활보호대상 근로지원이라도 나가서 최저임금이라도 받아서 김종석에게 영치금이라도 조금씩 넣어주었는데 지금은 생활보조금만으로 어렵게 살고 있었다.

박명길이 이렇게 김종석을 돌봐주고 영치금도 아낌없이 나눠 쓰는 것은 자신은 출소일이 많이 남았고 건강도 좋지 않으니 대신 백동호에게 복수를 시키려는 속셈 때문이었다. 단순 무식하되 의리가 있으며 브레이크 없는 전차 같은 성격을 가진 김종석이 박명길의 마음에 쏙 들었다.

어쨌거나 잘못하면 심리가 종결될 우려가 생기자 석구봉이 노랗게 웃으며 간질밥을 먹였다.

"그런데 너희 둘은 어쩜 그렇게 사사건건 의견이 다르냐. 나도 비행기 바퀴에 바람이 들었다고 생각했는데 오늘 공장에서 아니라고 우기는 놈이 있어서 물어본 거야. 그래도 명색이 고무로 된 바퀴인데 공기가 안 들었을 리가 있겠냐?"

박명길이 이번에는 석구봉에게 화살을 돌렸다.

"석구봉. 너는 나잇살이나 먹은 인간이 어째서 영양가 없는 심리를 매일 그렇게 붙이냐. 심술만 먹어도 석삼년은 처먹고 살겠다."

"어이구, 별 옴뚝가지 참견을 다 하네. 이 새끼야. 너나 잘하세요. 사람이 어떻게 영양가 있는 일만하고 사냐. 컴퓨터게임이나 화투도 영양가는 없다. 재미있으니까 하는 거잖아."

"이 새끼라니. 너 정말 싸가지 없이 말 할래?"

"그래 이 새끼야. 네가 먼저 처먹고 산다고 했잖아. 그것은 고운 말이냐? 그리고 심리 붙는 것이 왜 영양가 없어? 목에 핏대를 세우며 열중하다보면 갇힌 공간 속에서 발산하지 못하는 스트레스가 후련하게 씻겨 나간다. 징역살이 정신건강에 우김질보다 더 좋은 것이 어디 있어?"

인간세상에서는 누가 더 옳은 것인지는 별로 문제가 되지 않는다. 누구편인지가 더 중요하다. 김종석이 여차하면 곁매 주먹이 나갈 것처럼 감정을 실어 말했다.

"석구봉씨! 그만합시다. 내게 뭐라는 것은 괜찮은데 명길이 형님에게 자꾸 그러면 좋지 않습니다."

"어쭈, 이것들이 쌍으로 염장을 지르네. 여기서 칼 물고 뜀박질 하듯 살아오지 않은 놈이 어디 있겠냐. 그리고 박명길, 너 똘마니 믿고 자꾸 나를 무시하는데 한번 해보자는 거야?"

충성스러운 김종석이 기어코 벌떡 일어나더니 석구봉을 걷어찼다. 감방은 금방 아수라장이 되었고, 담당교도관이 와서 호통을 쳐서 겨우 조용해졌다. 석구봉은 입술이 터져 체면이 말이 아니었다.

잠시 후, 취침 나팔소리가 들려오고 있었다. 창밖에 겨울비가 내리기 시작하고 있었다. 비는 교도소의 암울한 분위기를 더욱 축축한 것으로 만든다. 밤이 깊어지고 죄수들은 저마다 아직도 고통으로 남아있는 옛 상처를 핥으며 잠을 청했다.

박명길은 잠이 오지 않아 벽에 등을 기대어 멀건이 앉아 있었다. 옆 자리의 김종석은 코를 드르렁거리고 있었다.

박명길은 젖은 가슴을 심란케 하는 겨울 빗소리를 따라서 백동호를 해치울 생각에 잠겨들었다. 어쩌면 백동호를 직접 죽이는 것보다 가족을 죽이면 놈이 더 큰 고통 속에 살게 하는 효과적 방법 같았다. 가족의 장례식에서 몸부림치며 울부짖는 백동호의 모습은 생각만 해도 통쾌했다. 호미 빌려간 놈이 내 집 감자를 몰래 캐가더라고, 백동호에게 받은 돈으로 복수를 하는 것이다.

박명길은 백동호만 생각하면 초라해지는 마음을 어찌할 수가 없었다. 백성은 가난한 것을 원망하는 것이 아니라 공평하지 못한 것을 원망한다. 그들의 관계도 마찬가지였다. 자신은 아무 것도 이뤄놓은 것이 없으며, 가진 것도 없이 병든 몸으로 쓸쓸하게 교도소에서 늙어 가고 있다.

그런데 희대의 악당, 자신의 인생을 송두리째 망가뜨려버린 백동호는 20년이 되도록 교도소에는 한 번도 들어오지 않고 소설가로 성공했을 뿐만이 아니라 27살 연하의 여대생과 결혼해서 행복하게 살고 있었다.

만약 박명길도 어느 정도 성공했으며 평범한 가정을 이끌고 있는 인생이었으면 그토록 백동호에 대한 복수에 매달리지 않았을 것이다.

제주도 특급호텔 아담한 홀에서는 10명 남짓 하객이 참석한 가운데 황용주와 손하윤의 조촐한 결혼식이 진행되고 있었다. 37년 동안 우여곡절 많은 서로의 첫사랑이 드디어 결실을 맺은 것이다.

신부 손하윤은 얼굴 절반에 화상자국이 뚜렷했으며 한쪽 눈이 실명되어 있었다. 그것도 여러 번 성형수술을 해서 겨우 이만큼 된 것이다. 드레스로 가려진 몸은 화상 흉터가 더욱 심했다. 주례는 흰 머리칼이 잘 어울리는 노신사 정환채였다. 정환채는 감개무량한 듯 두 사람을 잠시 바라보다가 입을 열었다.

“부부간의 지켜야 할 도리나 좋은 말들은 나중에 책으로 보기를 권합니다. 오늘은 그저 동시대를 살아가는 이웃과 인생선배로서 세 가지만 당부를 하겠습니다.

첫째, 앞으로 날이 갈수록 사랑과 정이 깊어지겠지만 신혼의 달콤함은 두 번 다시 오지 않습니다. 당분간은 아무 것도 신경 쓰지 말고 신혼을 마음껏 즐기십시오.

둘째, 신랑과 신부의 오늘이 있게 해준 부모님께 항상 감사를 잊지 말았으면 합니다. 신랑이 오래 전 제게 보낸 편지 중에는 '누가 뭐래도 세상은 살아 볼만한 곳이며 부모님은 세상을 살아갈 수 있도록 생명을 주신 분'라고 했습니다. 신랑의 부모님은 이미 세상에 계시지 않으니 신부의 아버지에게 두 배 잘해드리십시오.

셋째, 남녀의 사랑은 아무리 고상한 의미를 부여해도 진실은 동물적 본능에서 출발한 것입니다. 신부는 외출을 할 때보다 남편을 위해서 가벼운 화장을 하는 시간이 더 많았으면 좋겠습니다. 또한 앞으로 최소한 3년은 부부가 서로 방귀나 트림은 트지 말았으면 합니다. 짧은 주례사를 마치겠습니다.

연설과 전화통화는 용건만 간단히 하는 것이라고 하더니 간결하되 공감할 수 있는 주례사였다. 사회자 백동호가 마이크에 대고 말했다.

"보시다시피 저는 신랑과 쌍둥이 형제입니다. 우리는 외부인이 보는 데서는 거의 자리를 함께 하지 않습니다. 저 때문에 신랑까지 호기심의 대상이 되거든요. 하지만 오늘은 여러 사람과 함께 자리를 해도 기쁘기만 합니다.

지금부터 식사를 하시고 신랑 신부를 위해 뿔뿔이 흩어져서 행동하십시오. 이미 아시겠지만 여러분은 2박 3일 동안 이 호텔의 객실을 비롯해서 모든 것을 무료로 제공받으실 것입니다. 그런데 저는 육지에 긴급한 일이 생겨서 오늘 비행기를 타야 할 것 같습니다. 감사합니다."

인사를 마친 백동호는 신랑신부를 뒤로하고 공항을 향한 택시를 탔

다. 주머니에는 황용주가 쓴 '보리밭에 달뜨면'이라는 소설 초고가 담긴 USB가 들어 있었다

황용주 부부는 침대에 누워 침묵으로 서로를 가만히 안고 있었다. 지난 몇 년 동안 손하윤은 한사코 결혼을 마다했다. 더 좋은 여자를 만나라는 것이었다. 하지만 속마음은 천 번도 더 청혼을 받아들였다. 누운들 잠이 오며 기다린들 임이 오랴. 안타까운 마음에 많은 밤을 지새우기도 했다.

신혼 첫날밤을 꽃잠이라고 한다. 그들은 불면의 밤이었다. 손하윤은 자신의 화상흉터 가득한 몸을 보이는 것이 부끄러워 가만히 있었고, 황용주는 손하윤이 부끄러워할까봐 아무 액션도 취하지 못했다. 하지만 사랑이 어찌 마음뿐이겠는가. 그들의 육체는 서로를 열렬하게 원하고 있었다.

손하윤의 집에 불이 난 것을 알게 된 것은 황용주가 평택을 떠났다가 또 다시 그녀를 먼발치에서라도 보고 싶어서 돌아왔을 때였다. 그동안은 서울에서 검정고시 학원을 다녔다. 10개월 만에 고입, 대입 검정고시를 좋은 성적으로 합격했다. 그런데 그녀의 집은 불이 나서 형편없이 변해 있었다. 신문보급소장에게 알아보았더니 얼마 전 불이 났는데 홀어머니는 돌아가셨다. 마침 집을 비워 화를 당하지 않은 아버지가 손하윤을 돌보고 있는데 화상을 입어 한쪽 눈이 실명되었다고 했다.

화재원인은 누전에 의한 것으로 결론이 났다. 황용주는 어쩐지 진대영이 떠올랐다. 진대영이 자주 배회하는 동대문 일대를 돌며 잡으러 나섰다. 황용주의 인생에서 자이언트에 이어 두 번째 살인이었다. 역시 진대영의 방화였던 것이다.

황용주는 체포 되었을 때 살인동기를 말하지 않았다. 담담하게 죽일 만해서 죽였다고 했다. 미안한 마음에 오교웅에게도 연락하지 않았다. 계획적으로 납치살인을 해놓고서도 반성하지 않는 황용주는 무기징역을 선고 받았다. 이 같은 사실은 손하윤도 알지 못했다.

1년 뒤, 광복절특사로 출소한 오교웅이 어떻게 찾아냈는지 면회를 왔다. 그리고 정신병원에 있는 손하윤을 퇴원시켜 성형수술을 할 수 있게 도와주었다. 그때부터 황용주와 손하윤은 편지를 주고받았다. 여자로서 자신의 처지를 비관하고 있는 손하윤이 우정이 아니라 사랑으로 장래를 약속하면 연락을 끊겠다고 했다. 하지만 황용주는 손하윤이 부담이 되지 않을 정도로 잔잔한 사랑을 고백하곤 했다. 세월이 흐를수록 그들은 자연히 애인이나 부부가 주고받을 내용으로 변해갔다.

황용주는 가끔 독후감을 적어 보냈는데 '전중이(죄수의 옛말)를 슬프게 하는 것들'이란 제목의 글이 있었다. 안톤 슈낙의 '우리를 슬프게 하는 것들'을 읽은 뒤 패러디했다. 오랜 징역살이에서 느낀 슬픔을 사실 그대로 옮긴 것이다.

전중이를 슬프게 하는 것들.

대체로 사계절은 전중이를 슬프게 한다. 각지게 개켜놓은 담요 위로 쏟아지는 따사로운 햇빛, 담장너머로 감실감실 불어오는 바람, 언덕 저편 빨간 기와집 마당에 널린 하얀 빨래들. 이토록 찬란한 봄날인데 감옥살이 20년에 만기출소를 17시간 앞두고 심장마비로 죽은 노인이 교도소 뒷문으로 실려 나가고 있다.

네놈들의 죄악을 용서하지 않겠다는 듯 숨이 컥컥 막히는 불볕더위를 내리는 태양. 네 평 남짓한 감방 안에서 열댓 명이 복작대며 '아이고 더워 못 살겠네' 탄식을 하고 그 옆의 동료는 '그러니까 죄를 짓지 말지' 라는 자조 섞인 응답을 할 때.

추억이라면 밤하늘의 별보다 많은데 아득한 가을 하늘을 날아가는 외기러기의 울음소리. 텅 빈 교도소 운동장의 스산한 모래바람. 여름날 태풍과 굵은 빗줄기에도 끄떡없던 나뭇잎이 담바당 담바당 내리는 이슬비와 허공을 떠돌다가 다리쉼을 청하는 안개의 무게조차 견디지 못하고 하롱하롱 떨어져 내릴 때.

한 달에 한 번 상영되는 영화를 보거나 일 년에 한두 번 오는 위문공연을 보고 감방으로 돌아와 차갑게 식은 콩밥을 목구멍에 꾸역꾸역 밀어 넣을 때. 독방에서 감기몸살에 걸린 전중이가 변변한 약도 없이 나흘째 끙끙거릴 때. 이 모든 계절이 전중이를 슬프게 한다. 하지만 어디 이뿐겠는가.

교통사고로 세 사람을 죽게 한 트럭운전사의 아내가 어린 아들과 함께 면회를 왔다. 그리고 집으로 돌아가는 길 교도소 앞에서 버스에 치어 둘 다 죽었다. 그 소식을 들은 트럭운전수는 철창에 목을 매달았다가 들켜서 징벌 독방에 끌려갔다. 이제 세상은 끝이 났다는, 그의 번쩍이는 눈, 무서운 분노, 괴로움에 찬 신음, 가로막힌 벽에 대한 끝없는 절망감. 트럭운전수는 끝내 자살에 성공했다.

옆방에서 들리는 싸움소리. 중환자만 있는 병사 구석진 감방에서 '고하도 출신 왕눈이 피고름 가득한 옆구리를 하고 이곳에 왔다. 하나님! 제발 여기에서 살아나가도록 하소서. 다시는 죄를 짓지 않겠습니다.' 라는 낙서를 발견했을 때. 아! 왕눈이는 똘마니시절 고하도에서 나와 함께 고생한 놈이었다.

전중이를 슬프게 하는 것들 중에는 가족들의 편지도 빼놓을 수가 없다. 아빠! 보고 싶어요. 요즈음 엄마가 이상해요. 걸핏하면 화를 내고 저를 막 때려요. 그리고 모르는 아저씨가 자꾸 집에 와서 자고 가요. 그 아저씨가 저에게 예쁘다며 돈을 주었지만 저는 받지 않았어요. …….

오빠! 아버지가 돌아가신 지 벌써 5년이 넘었어. 면회 갈 때마다 차마 그 소식을 전하지 못한 내 심정을 이해해줘. 국룡마을 땅은 아버지의 유언에 따라 오빠 몫으로 남겨두었어.…….

아빠! 어제는 할머니가 천도복숭아를 사오셨는데 온 식구가 둘러앉아 먹다 말고 엄마가 갑자기 울면서 안방으로 뛰어 들어가셨어요. 이모가 놀라며 엄마에게 가보려고 하니까 할머니가 말씀하셨어요. '놔둬라. 경식이 아범이 천도복숭아를 좋아했잖아. 아마 그 생각이 나서 저러는 것일 게다.'

저도 할머니의 말씀을 듣고 나니 목이 메어서 천도복숭아를 먹다가 말고 제방으로 들어가 아빠의 사진을 보았어요. 아빠 언제쯤 집에 오세요?

사랑하는 손자야! 이번에도 네가 요구한 돈을 다 주지 못하는구나. 5

천원 송금했다. 이 할미도 이제 나이가 칠십을 넘고 보니 날품팔이도 할 수가 없구나. 그래서 이 다방 저 술집을 기웃거리며 껌을 팔아 살아가고 있다. 이런 내가 무슨 돈이 있겠니. 그저 네가 달라고 하는 돈을 다 채워주지 못할 때마다 가슴이 미어질 뿐이다.…….

연로하신 껌팔이 할머니가 마침내 먼 지방에서 기차를 타고 면회를 왔다. 손자는 면회실에 들어서자마자 인사도 없이 말했다.

"할머니! 먹을 것 좀 넣었어?"

"……."

"안 넣었구나. 그러면 가기 전에 잊지 말고 빵, 우유, 사과를 20개씩만 넣어줘."

"아가. 미안하지만 돈이 없다. 여기 오는 차비도 이장님에게 빌려서 왔어."

"먹을 것도 안 넣어주려면 뭐 하러 면회 왔어?"

"보고 싶어서 왔지."

"이런 젠장. 내가 보고 싶으면 집에 큰 사진도 있고, 작은 사진도 있잖아. 다음에도 먹을 것 넣을 돈이 없으면 차라리 차비를 영치금으로 송금해줘."

면회실에 입회했던 교도관으로 인해 이 소문이 퍼졌고, 손자의 별명은 '큰 사진. 작은 사진' 이 되었다. 그런데 손자는 자신의 별명을 조금도 부끄러워하지 않았다. 자기가 틀린 말을 한 것도 아닌데 왜들 그렇게 난리인지 이해를 할 수 없다는 표정이었다.

할머니는 그 후에도 조금씩이나마 손자를 위한 영치금을 보내주셨다. 그리고 마지막 면회를 한지 4개월 만에 쓸쓸하게 돌아가셨다. 그 소식을 들은 손자는 얼음이 되어 입을 열지 않았고, 밥도 먹지 않았다. 손자는 몇 시간 만에 비로소 몸부림치며 울기 시작했다. 취침시간이 지나도 눈물은 멈추지 않았다. 그리고 모두가 잠든 밤에 뒷철창을 움켜쥐더니 창자가 튀어나오도록 소리쳤다.

"할머니! 이렇게 죽으면 어떻게 해? 억울하지도 않아? 나 잘 되는 것 보고, 내가 하는 효도를 받아 본 뒤 죽어야지."

손자의 처절한 외침소리를 듣고 자신을 키워준 안은덕 할머니가 보고 싶었던 전중이 청년 황용주는 소리를 내지 않고 울기 위해 어찌나 세게 이를 악물었던지 다음날 어금니가 아파서 밥을 씹지 못했다.

감방 변소에서 흐느끼는 노인의 울음소리도 전중이를 슬프게 한다. 무기수 노인은 21년째 가족과 연락이 끊고 있었다. 어느 날 노인에게 처음 보는 예쁜 아가씨와 듬직한 청년이 면회를 왔다. 아가씨의 그렁그렁하던 눈물이 기어코 툭툭 떨어졌다.

"아빠! 저, 알아보시겠어요? 명희예요."

"………."

노인은 목이 콱 막혀서 아무런 말도 할 수가 없었다.

"저…. 여기 이 사람과 다음 달에 결혼해요. 좋은 대학을 나와서 직장을 다니고 있고요. 우리 집 내력을 모두 이해하는 사람이에요."

서울 고등법원에는 '물러가라!'는 별명의 판사가 있었다. 정년퇴직이 얼마 남지 않은 그 판사는 법정태도가 좋은 죄수(잡범)들에게 무조건 형량을 감해주었다. 죄수가 최대한 웅크린 어깨로 한껏 고개를 조아리며 용서를 빌기만 하면 화끈하게 형량을 감해주고 나서 위엄 있는 목소리로 '물러가라!'고 말했다.

전중이를 슬프게 하는 것은 또 있다. 어느 날 갑자기 감방 문이 덜커덩 열렸다. '1592번! 이혼 소송서류가 왔는데 무인 찍겠어?' 서무과 직원이 불쑥 내미는 이혼서류가 전중이를 슬프게 한다.

염창근 교도소장(1970-80년대 죄수들에게 파격적으로 잘해준 사람)님의 결단으로 가을 운동회에 모든 전중이 가족들을 초청했다. 가족들은 응원만 했다.

운동회가 끝날 즈음 여흥으로 전중이가 가족을 업고 50m를 뛰어서 상품을 주는 순서가 되었다. 10년 만에 어머니를 업어보는 아들, 꿈에 그리던 남편에게 업힌 채 남부끄러운 줄도 모르고 뺨을 부비는 젊은 부부, 무기수 아버지가 자신보다 한 뼘이나 더 큰 청년으로 성장한 아들을 업기도 했다.

경주의 출발을 알리는 총소리가 '탕'하고 울리자 그들은 아주 천천히 걸으며 울었다. 아무도 일등을 하려고 뛰지 않았다. 될 수 있으면 느리게 걸으면서 사랑하는 가족의 몸을 얼싸안고 싶어 했다. 그것을 구경하는 가족, 전중이, 교도관, 교화위원 모두가 울었다. 그렇게 많은 사람이 한꺼번에 우는 것은 드물지 않을까. 더구나 서로 꼴찌가 되기 위해서 기를 쓰는 달리기는 아무도 본적이 없었을 것이다.

교도소 운동회가 끝나고 가족들이 돌아갔다. 교도관들은 죄수들의 몸을 뒤져서 가족들에게 몰래 받은 담배를 뺏으려고 했다. 분위기가 좋지 않았다. 염창근 소장이 보안과장을 불러서 명령했다. '오늘처럼 좋은

날 저렇게까지 검신을 할 것 뭐있어. 그냥 다 들여보내. 일주일이면 연기로 다 날라 간다.'

이렇게 죄수들에게 잘해주던 염창근 소장은 1990년 12월 전주교도소에서 살인무기수 등 3명의 탈옥사건으로 직위해제 되었다.

달리는 호송차량 또한 전중이를 슬프게 한다. 쇠창살이 쳐진 창 밖에 어둠이 다가오는데 그 옆을 지나가는 육중하고 화려한 외제 승용차. 감방 안에서 옛 친구를 만났을 때, 그리고 시찰통을 들여다보는 보안과장이 한 마을에서 자라온 중학교 동창이다. 그는 이제 위풍당당한 제복에 금테 모자를 쓰고 있다. 파렴치하고 더러운 죄를 지은 옛 친구를 어디에서 많이 보았다는 듯 고개를 갸우뚱하지만 말을 걸지는 않는다.

한하운의 '나의 슬픈 반생기', '안네의 일기'. 안개비가 내리는 어스름 저녁 철창가에서 부르는 전중이의 구성진 노랫소리. 다른 교소도로 이송을 간 첫 날밤 사동복도를 오가는 교도관의 발자국 소리와 함께 어디선가 고양이 소리가 들려올 때. 전중이의 가슴에는 슬픔과 외로움이 뭉글뭉글 피어오른다.

전중이들은 가끔 발가벗은 여자와 뒹구는 몽정을 한다. 눈을 뜨면 팬티가 정액으로 축축하고 일부는 허벅지 안쪽까지 묻어 있다. 감방동료들은 깊은 잠이 들어있는데 가만히 속옷을 벗어 성기를 닦는다. 그리고 새 옷으로 갈아입은 뒤, 쇠창살에 갈라져 두 동강 난 양철 같은 보름달을 우두커니 바라보면 자유를 잃은 자신의 처지가 무어라 말할 수 없이 쓸쓸하고 허무하다.

나의 사랑 하윤아! 나는 어젯밤 몽정을 했다. 몽정은 건강한 남자가 성생활을 하지 못하면 누구나 하는 것이다. 대부분 낯모르는 여자를 상대로 하게 되는데 깨어나면 너를 두고 바람을 피운 것 같아서 공연히 죄스럽고 미안한 마음이 든다. 꿈은 내 의지대로 되는 것이 아니지만 생시에는 절대로 그럴 일이 없을 테니 질투하지 말고 그냥 웃어줘.

그런데 사실은 너를 상대로 몽정을 하고 깨어나면 죄책감이 든다. 비록 꿈이었고, 의도했던 것은 아니지만 허락도 없이 너의 옷을 벗기는 몹쓸 짓을 했잖아. 어젯밤에는 누구와 몽정을 했냐고? 추억의 창문을 열면 그리움의 바람이 밀려든다. 오늘은 네가 더욱 못 견디게 그립다.

평택 장갑공장에서 위기에 처한 너를 구하고 나는 다리를 다쳤지. 너의 부축을 받으며 도두 밟은 걸음을 옮길 때 서로의 냄새와 살갗숨을 느낄 수 있을 만큼 밀착해 있었다. 나는 그렇게까지 힘겹지는 않았지만 너의 부축을 한껏 즐겼다. 심장이 터질 것처럼 기뻤거든. 슬픈 내 인생에서 가장 찬란한 순간은 그때였다. 사람의 일이라 앞날을 장담할 수 없고 성경에도 맹세하지 말라 했지만 그 찬란한 순간을 경험하게 해준 너를 평생 사랑할 거다. 네가 받아들여주지 않아도 좋다. 이 세상에 그 누구도 짝사랑을 막을 권리는 없거든.

한 가지 쑥스럽고 미안한 부탁이 있다. 언젠가 자유를 얻으면 네가 나의 청혼을 받아 줄 때까지 인내를 가지고 기다릴 작정이다. 하지만 사랑은 여러 번 일수도 있다고 생각한다. 진달래지면 철쭉꽃 보랬다고 만약 기다리다가 지쳐서 내가 출소하기 전에 다른 사람을 만나면 진심으로 행복을 빌어 줄 거다. 하지만 네가 지금은 나뿐이니 이곳에서 몽정을 할 때 본의 아니게 네가 상대가 될 경우 그래도 괜찮다고 너그럽게 말해주면 안되겠니? 나로서는 진지하고 절실한 부탁이다.

1991년 4월 7일 너의 사람 황용주

손하윤에게 온 답장은 황용주를 한참 웃게 만들었다. 그동안 창피해서 말을 하지 않고 있었는데 자신도 황용주를 상대로 야한 꿈을 꾼 적이 있다는 것이다. 황용주는 여자도 야한 꿈을 꾼다는 것을 그때 처음 알았다. 그리고 그 사실이 너무나 행복했다.

아무리 위대한 인간도 세월, 자식, 눈꺼풀은 이길 수가 없다. 손하윤을 안은 채 깜빡 잠이 든 평범한 사내 황용주는 부드러운 손길이 하의를 벗겨 내리는 것을 느꼈다. 이어서 따뜻한 혀가 아랫도리를 머금으며 애무했다. 실내등은 까맣게 꺼져 있고, 황용주는 여전히 눈을 감고 있었다. 그리고 그녀의 머리가 조심스럽게 상하로 움직임에 따라서 아랫도리가 참을 수 없도록 팽창하자 몸을 일으켰다. 그녀를 이불에 눕히니 이번에는 그녀가 잠이 든 것처럼 움직이지 않았다. 얼굴이 발갛게 달아 있었다.

도토리묵과 여자는 살살 다뤄야 하는 것. 황용주는 조심스럽게 그녀에게 입맞춤을 했다. 발등에 눈물구멍 패인 세월의 서러운 살내음이 은은하게 코를 자극했다. 남녀의 성행위는 세련된 테크닉이나 성감대의 애무보다 간절한 마음으로 임하는 것이 훨씬 중요하다. 그들은 얼마나 간절한 마음이었던지 서로의 눈물을 애틋하게 닦아주며 애무를 계속했다.

마침내 서로의 몸이 다래나무에 으름덩쿨 휘어 감기듯 했고, 무아지경의 신음이 흘러나왔다. 격정의 시간이 끝나자 한동안 거친 숨을 고르던 손하윤이 그의 등을 사랑과 존경을 담아 쓰다듬으며 말했다.

"고마워요."

"고맙기는 내가 더 고맙지."

"자꾸 사람 미안하게 할 거예요?"

서늘한 공기가 영롱한 이슬을 꽃잎에 맺히게 하고 지샌달이 고개를 넘는 새벽이었다. 신혼부부는 손을 잡고 있었다. 손하윤은 행복했다. 아침에 우는 새는 배고파 울고, 저녁에 우는 새는 임 그리워 우는 것. 정신병원 뒷산 소쩍새가 밤새워 울어대면 얼마나 그리웠던 황용주였던가. 인생은 즐겁고 아름다운 것이 아니라 슬프고 아름다운 것이라고 생각했다.

소설 '검은 안개'의 집필을 중단한 백동호는 스토커 금용훈과 만난 날은 빠지지 않고 컴퓨터에 일기장을 써내려갔다. 그리고 약간의 수정을 거쳐 장편소설 2권을 완성했다. 그런데 다시 읽어보니 재미도 없었고, 차마 밝힐 수 없는 지저분한 내용과 사생활까지 적나라하게 묘사되어서 출판을 포기했다.

오래 전 발간한 백동호의 자전소설 1, 2권 700쪽에는 40년 인생이 고스란히 담겨 있다. 그 소설에는 어릴 때 아동학대를 당한 것 외에는 살아오면서 타인의 횡포에 시달리는 장면이 단 한곳도 나오지 않는다.

나쁜 짓은 모두 백동호가 저질렀으며 분에 넘칠 만큼 좋은 사람들만 사귀었다.

백동호가 새로운 인생, 남의 눈에 눈물을 내지 않고 살겠다는 결심으로 소설을 써서 조금 유명해지지 않았다면 진상철이나 금용훈 같은 인간들의 스토킹에 시달릴 이유가 고양이 눈물만큼도 없었다. 거칠 것 없이 살아가는 그에게 누가 감히 스토킹을 하겠는가.

백동호는 인근지역 유지들과 금용훈에게 식사대접을 하며 이제는 정말 소설을 써야한다면서 집필을 마칠 때까지 죽은 사람으로 여겨달라고 양해를 구했다. 머리까지 삭발했다. 그런데 다음날 새벽댓바람부터 금용훈이 찾아왔다. 당연히 분위기가 좋지 않았다. 금용훈은 그로부터 1개월 정도 발길을 딱 끊었다. 오래 살다보면 모진 시어머니 죽는 날도 있더라고, 이제야 마음의 평화를 되찾은 것이다.

하지만 그동안 찾아오지 않은 것은 금용훈의 작전이었다. 어느 날 진지한 어조로 귀한 손님들에게 책을 사인해주고 싶다고 했다. 모처럼 하는 부탁인데 차마 거절할 수 없었다. 그것은 입술에는 꿀을 바르고 가슴에는 칼을 품은 초대였다. 그들은 금용훈이 치밀하게 동원한 중앙시장 장사꾼들이었고, 말도 안 되는 트집을 잡아 백동호에게 개망신을 주기 시작했다. 치아가 좋지 않은 백동호가 치과견적을 부풀려 자랑을 하는 거짓말쟁이라는 것이다. 백동호가 무엇 때문에 그런 유치한 짓을 하겠는가.

더구나 그 얘기는 이미 3개월 전에 우연히 딱 한사람 금용훈에게만 어느 치과에 갔더니 견적이 너무 비싸게 나오더라고 했던 말이다. 그것이 왜 지금 하필 이 자리에 처음 보는 사람들의 입에서 튀어나오는가. 역경을 견디는 사람은 많지만 모욕을 참기는 쉽지 않다. 백동호는 이를 악물고 모멸감을 참았다.

백동호는 정신을 전당포에 맡기고 몸만 걸어 다니는 허정걸음으로 집에 돌아왔다. 축록자불견산(逐鹿者不見山) 사슴을 쫓는 사냥꾼의 눈에는 산의 좋은 경치가 눈에 들어오지 않으며, 축명자불견상(逐名者不見相) 우쭐거림에 환장한 사람은 피해를 당하는 상대의 괴로움이 보이지 않는다. 분노를 삭이지 못한 채 억지로 참는 것을 반복하면 매우 좋지 않다. 금용훈은 백동호의 스트레스와 분노가 얼마나 쌓여 왔는지 짐작조차 하지 못하고 있었다.

신출내기 백동호의 군기잡기에 성공한 금용훈은 그동안 단골로 써먹던 수법, 지역유지(옆 동네 전직이장)와 찾아왔다. 56년생 전직이장이 친구하자고 했다. 백동호는 55년생인데 양자로 들어간 집에서 새호적을 만들며 56년생이 되었다. 쌍둥이 형 호적은 55년생이다. 객지족보는 자전소설에서 밝혔듯 상당히 높다. 하지만 환갑이 멀지 않은 나이에 은둔생활을 하며 그런 것이 무슨 소용이 있는가. 대충 비슷한 나이면 친구도 되고 형님, 아우님도 된다. 이 나이에 중요한 것은 족보가 아니라 서로를 배려하고 존중해주는 매너이다. 그런데 느낌에 서열정리를 위한 금용훈의 펌프질 같아서 매우 불쾌해서 전직이장의 요청에 답을 하지 않았다.

처음 만났을 무렵 금용훈이 지나치게 윗사람의 위엄을 보이려고 해서 피곤했다. 몇 년생이냐, 동년배가 아니라면 형님으로 부르겠다고 했다. 두어 달 동안 4번이나 똑같은 질문을 했다. 54년생 금용훈은 그때마다 얼버무리며 나이는 자기가 위지만 그냥 친구하자고 했다. 결국 출생년도는 끝내 밝히지 않은 채 혼자 자가발전으로 형님이 되어버렸다. 숨소리까지 자신이 더 우월해야 하는 신경전이었다.

금용훈은 또 다시 뻔질나게 드나들며, 백동호에게 개망신을 준 시장 장사꾼들과 식사자리를 다시 마련하려는 시도를 징글징글하게 계속했다. 백동호가 아무 잘못도 없이 설사로 세수한 체면에 망신이 쌍무지개로 뻗쳤지만 변함없이 자신과 친하게 어울린다는 것을 그들에게 과시를 하고 싶은 것이다. 매번 이런 식으로 자신의 얼굴에는 분칠하고 상대의 얼굴에는 똥칠을 하는 식사초대에 밸도 쓸개도 없는 바보천치가 아니라면 계속 응할 사람이 이 세상에 어디 있겠는가.

시커먼 먹장구름이 교도소 뒷산 날망에 해대기를 노리는 뱀처럼 또아리 틀고 있었으며 운동장에는 차가운 바람이 불었다. 박명길은 운동시간에 김석종과 걸으며 작은 목소리로 대화를 했다.

"출소하면 뭐할래?"

"닥치는 대로 해야지요. 하지만 성질이 더러워 남의 밑에서는 못 버티겠고, 장사밑천도 없는데 막막합니다."

"2억쯤 생기는 일이 있다면 할래?"

"당연하지요. 무슨 짓이건 하겠습니다."

"내가 실미도 작가 백동호와 원수지간이라는 것은 알지?"

"그럼요. 형님이 소설에 나오는 박명길이라는 것은 어찌 모르겠습니까? 팔뚝에 문신도 그래서 한 거잖아요."

"백동호의 집에 들어가서 어린아이를 인질로 잡고 현금으로 2억을 내놓으라고 해라. 놈은 아들바보이니 틀림없이 돈을 마련할 것이다.

"백동호가 그렇게 돈이 많아요?"

"정확한 재산은 나도 잘 모르지만 실미도 소설 한편으로만 10억을 훨씬 넘게 벌었고, 서울에 살 때는 가게를 2개나 운영했으니 만만치 않게 부자일거다."

"그렇다면 당연히 해야지요."

"놈의 가족사항과 주소는 내가 알고 있으니 자세한 작전계획은 지금부터 세우자. 아이를 인질로 잡고 있는 상태이니 돈을 받고나면 백동호를 다시 묶는 것은 쉬울 것이다. 그때 놈을 죽일 수 있겠냐?"

"……그동안 형님이 아니었으면 저의 병든 어머니는 굶어죽었을지도 모릅니다. 그 은혜만으로도 대신 복수를 해드릴 수가 있는데 돈까지 2억이나 생기는 일입니다. 염려하지 마십시오."

"내가 그동안 비상금으로 모아 둔 돈이 있다. 출소할 즈음에 모두 찾아서 범행자금으로 써라. 만약 내가 살아서 나간다면 기필코 내손으로 죽이고 싶다. 그런데 자꾸 비관적인 생각이 든다."

"그런 말씀 마세요. 형님은 건강하게 출소하셔야 합니다. 헌데 외래병원 진찰 보고전 낸 것은 어떻게 되었어요?"

"불허 되었다. 신청자가 한둘이라야 말이지. 정보에 의하면 백동호의 집은 이층 기와집이다. 이층은 백동호가 서재로 쓰고 아래층은 살림집이라더라. 아이를 인질로 잡은 뒤, 방안에 석유와 신나를 잔뜩 뿌리고 지포라이터를 든 채 경찰에 신고하면 모두 죽이고 너도 자살하겠다고 위협하면 제대로 먹힐 것이다."

"저도 이제 30대 후반입니다. 지긋지긋한 교도소에 또 들어와 장기 징역을 사느니 차라리 죽음을 택할 각오가 되어 있습니다."

그들은 잠시 대화를 중단했다. 세찬 바람이 불어왔다. 누군가 버린 휴지조각이 놀란 새처럼 쌩 날아올라 저만큼에서 떨어져 내렸다. 김종석에게 복수의 확답을 들은 그날 밤 박명길은 깊은 밤까지 잠을 못 이루며 팔뚝에 새겨진 임병석이란 문신을 물끄러미 바라보았다.

임병석은 전쟁고아로 자랐지만 건장하고 잘생긴 청년이었다. 20대 후반의 그는 평택에서 택시운전을 하다가 손님으로 탄 L양과 사랑에 빠져 동거생활을 시작했다. 그런데 평택에서 2만여 평의 전답을 소유한 부자였던 L양 아버지가 딸을 붙잡아서 집안에 가둬버렸다. 임병석이 몇 번이나 찾아가 눈물로 애원했지만 멸시가 담긴 질책만을 받았을 뿐이다. 더구나 몇 번이나 두들겨 맞기까지 했다.

임병석은 가족 개념이 없는 고아였기에 부모가 자식의 결혼을 반대하는 것을 감정적으로 받아들이지 못했다. 네까짓 것들이 무언데 내 인생에 참견하며 행복을 가로막는가. 분노한 임병석은 L양 가족을 두들겨 패고 징역 1년을 선고 받아 수원교도소에서 살았다. 그리고 출소하는 날 곧바로 L양 집으로 찾아가 결혼을 허락하지 않으면 모두 죽여 버리겠다고 협박했다.

가족들은 경찰에 신고했다. 파출소로 연행이 된 임병석은 변소 창문으로 도망쳐서 L양의 집으로 다시 달려갔고 뒷마당에 놓여 있던 도끼를 닥치는 대로 휘둘렀다. L양의 할머니가 현장에서 사망했고, 어머니와 여동생은 중상을 입었다. 다른 식구들은 때마침 집에 없어서 화를 면했다. 임병석은 1심에서 사형을 선고 받았다가 2심에서 무기징역으로 감형되었다.

당시 안양교도소 철공장은 빨간 우체통을 만들고 있었다. 한때 낭만의 상징처럼 여겨졌던 대한민국의 빨간 우체통은 대부분 안양교도소 철공장 살인무기수들이 만든 것이다. 위탁업체는 자신의 공장을 가질 필요 없이 교도소에서 만든 것을 조달청에 납품했다. 이문이 많이 남는 장사지만 애로점이 있었다. 철공장 간부급 죄수들에게 껌이나 라면을 정기적으로 사다주지 않으면 제품의 불량률이 현저하게 높아지는 것이다. 교도소 규칙을 위반하는 것이지만 편지를 몰래 보내달라는 부탁도 거절을 할 수가 없다.

임병석은 철공장 소지반장이었다. 대형트럭으로 우체통을 실어나가는 위탁업체 사장 겸 운전수에게 애인에게 보내는 것이라며 1년 동안 50여 통의 편지를 부쳐달라고 했다. 그 편지는 L양 아버지에게 보내는 온갖 협박이 들어있었다.

'무기징역은 평생 사는 것이 아니다. 앞으로 10년 후에는 출소한다. 예전에는 내가 경솔해서 총을 구하지 않고 감정적으로 대응한 것이 천추의 한이 된다. 이번에 출소하면 기필코 총을 구해서 너는 물론 남은 가족과 일가친척까지 모조리 찾아내서 쏘아 죽여 버리겠다. 그렇게 하고도 분이 풀리지 않으면 지나가는 사람들도 붙잡아 주민등록증을 살펴

보고 너와 같은 성씨를 가진 놈들도 모두 다 죽여 버리겠다. 이것은 내가 천지신명에게 목숨을 걸고 맹세한 것이다. 도끼로 머리통이 박살나서 죽은 네 어미를 생각하며 내가 출소할 때까지 악몽에 시달리기를 바란다.'는 등의 편지를 보냈다.

협박에 시달리다 못한 L양의 아버지가 검찰청에 고소를 했다. 임병석은 그것을 노린 것이다. 철공장에서 만들어 둔 칼을 숨겨가지고 나가 증언을 하러 온 L양 아버지를 영등포 법정 안에서 살해했다. 내친김에 판검사까지 모두 죽이려고 달려들었으나 전용문으로 얼른 피신해서 무사했다.

1974년 10월 17일에 벌어진 이 사건은 다음날 대한민국의 모든 신문을 도배하듯 '대한민국 최초의 법정살인' '살인무기수가 법정에도 또 살인'등의 제목으로 대서특필되었다. 일반인이 볼 때 임병석은 정신병자이며 살인마였지만 교도소에서는 달랐다. 사회에 불만이 많은 흉악범일수록 임병석을 '멋진 놈' '복수의 화신'등으로 부르며 칭송했다. 누군가에게 복수를 하려는 죄수들은 제2의 임병석이 되겠다며 그의 이름을 문신으로 새겨 넣는 것이 유행이었다. 안양교도소에는 수십 년 전의 그 사건이 아직도 전설처럼 전해져오고 있다.

박명길은 그렇게 사형장의 이슬로 사라진 임병석을 팔뚝에 문신으로 새긴 것이다. 자신의 모든 것을 걸고 백동호와 가족들을 모조리 살해하겠다는 결연한 의지의 표현이었다.

백동호는 금용훈과 정말 싸우고 싶지 않았다. 미칠 것 같았다. 뭘 모르는 인간은 손에 쥐어줘도 먼 산만보더라고 아무리 점잖게 거절하고 넌지시 경고까지 해도 스토커 행위를 멈추지 않았다.

백동호가 세상을 살면서 가장 자신이 있는 것은 금용훈 같은 인간을 혼내주는 것이다. 편집성향이 깊었던 청년시절에는 꿈에 돈을 빌리면 그 다음날 꿈을 꿔서 도로 갚아야만 직성이 풀릴 만큼 빚지고는 못사는 성격이었으며, 상대가 거칠게 나올수록 신명을 내는 변태였다. 자전소설에는 '차라리 땅벌구멍에 X를 넣고 견디지 나를 건드리고 무사하기 바라면 안 된다.'장면도 나온다.

조금도 과장이 아니라 백동호는 금용훈을 집요하게 괴롭혀서 폐인이 되거나 자살을 하게 만들 자신도 있었다. 교도소에서 갑질을 하는 교도관을 얼마나 괴롭혔던지 출근이 지옥 같았고, 스트레스가 너무 심해 집에서 애가 우는데 애를 집어던졌다며 울면서 하소연을 할 정도였다. 교도관의 그 얘기를 듣고 앞으로 다시는 절대로 사람을 괴롭히지 않기로 결심했다. 물론 상대가 먼저 많은 잘못을 했지만 응징이 너무나 가혹했다는 뼈저린 반성이 들었던 것이다. 앞으로 모든 대인관계에서 내가 조금만 더 참고 양보하며 이해하자. 그렇게 마음먹었다.

그런데 자꾸 금용훈만은 제대로 혼내주고 싶은 유혹을 뿌리칠 수가 없었다. 금용훈은 함평과 나주에서 2개의 공장을 운영하고 있다. 모두 합해 백 수십 명의 아줌마, 할머니들이 일을 한다. 법정최저치에서 약 30만 원이 부족한 임금을 지급하고 있다. 부당하게 받지 못한 임금은

36개월까지 소급해서 청구할 수 있다. 농촌의 할머니들에게 1천2백만 원이면 절대로 포기할 수 없는 엄청난 돈이다.

백동호가 가난한 아줌마 할머니들의 임금을 착취해 혼자만 배를 불리는 악덕기업주로 금용훈을 고발하고, 당사자가 고소까지 하게 만들면 금용훈은 꼼짝없이 1백수십여 명의 종업원에게 약 16억 원의 임금을 추가 지급해야 한다. 지급이 늦어지면 금용훈의 재산과 가족의 재산들까지 압류해서 경매처분을 할 수 있도록 소송서류를 공짜로 웬만한 변호사보다 낫게 써줄 수가 있다.

또한 4대보험이 하나도 들어 있지 않다. 그것은 근로복지보험공단에서 60개월까지 소급적용해 강제로 청구할 수가 있다. 최소한 5억 원 이상 될 것이다. 이것도 백동호의 고발이 들어가면 피해갈 수 없는 재산손실이다. 간단한 방법으로 세금포탈도 추적하게 만들 수 있다. 역시 엄청난 돈이 든다. 모두 합해 30억 원의 돈을 순식간에 물어내고 향후 감당할 수 없도록 더 많은 돈이 들어가서 공장운영 자체가 힘들어진다.

그러나 이런 것은 시작에 불과하다. 백동호가 시골로 이사를 와서 금용훈에게 그동안 당했던 일들을 협박, 갈취, 명예훼손, 모욕죄 등으로 형사고소를 한다. 민사소송으로 금용훈의 많은 지인들에게 나눠 주게 한 책값, 정신적 위자료, 소설을 쓰지 못했던 시간에 대한 거액의 손해배상청구소송을 병행한다. 증거자료는 충분하다. 또한 사건을 병합시키지 않고 여러 개로 나누어 경찰서를 수시로 들랑거리거나 재판을 질질 끌게 해서 진을 빼놓는다.

마무리 장식은 극적이 되어야 한다. 금용훈에게 그동안 있었던 일을 추궁하는 내용증명을 보낼 것이다. 공장이 쑥대밭 되고 앞으로 추가부담이 힘겨워 문을 닫게 된 상태이다. 자신을 대단히 특별한 사람이라고 자부하며 살아가던 금용훈은 고소사건에 휘말려 경찰서나 들랑거리며 자괴감에 빠져서 공장에 나오지도 않을 것이 분명하다.

그때 내용증명이 도착하는 것이다. 아무리 부부라도 편지, 특히 내용증명 같은 것은 함부로 뜯어보지 못하게 되어있다. 하지만 평생을 일구어온 공장이 망해가는 절박한 상황에서 동물적 지배력이 만만치 않은 부인이 뜯어보지 않을 리가 없다. 내용증명 안에는 금용훈이 그동안 백동호에게 저지른 여러 가지 파렴치한 짓, 악행, 추잡하고 더러운 사생활의 비밀까지 들어 있다. 법적으로 백동호는 아무런 책임이 없다. 함부로 남편의 편지를 뜯어본 부인이 잘못한 것이다. 가정은 풍비박산 된다. 여기까지는 완전히 정당하고 합법적인 절차에 따라 진행된 것이다.

하지만 백동호의 진면목은 아무 일도 없이 잔잔한 바다에 쓰나미를 만들어 내는 마술이다. 점점 폐인이 되어가는 금용훈을 괴롭힐 방법이 여러 개 더 있었다. 보통사람은 상상도 못할 기상천외한 것들이다. 마음만 먹으면 평생을 죽음의 고통 속에 살도록 괴롭힐 수도 있다. 정말로 그렇게까지 혼내주어야 하는가.

귀거래사의 시인 도연명의 호방한 인격과 따뜻한 인간애에 경의를 표하며, 이문구 농촌소설에 빠져서 시골을 찾아 온 백동호는 자신에게 오싹한 혐오감이 들었다. 허방다리에 빠진 것처럼 곤혹스러웠다. 안정

되지 못하고 벌렁거리는 가슴, 절규하듯 소리치고 싶었다. 하루에도 수천 번 참아야 한다는 말을 염불 외우듯 했다.

더위 먹은 소 보름달만 보아도 헐떡이고, 고슴도치에 놀란 호랑이 밤송이 보고도 절을 하더라고 금용훈이 타고 다니는 것과 비슷한 색깔의 자동차가 동네에 나타나면 신경이 면도날처럼 날카로워졌다. 텃검불 부검지처럼 사소한 일이지만 스트레스가 워낙 많이 쌓여가고 있어서인지 뒷목이 뻣뻣해지고 머리가 지끈거렸으며 심지어 음식을 삼킬 때 잘 넘어가지도 않았다. 똥구멍 썩은 병아리 주둥이처럼 이상한 신트림도 자주 나왔다.

백동호는 상대의 숨통을 조이듯 심한 싸움은 아니더라도 적극적으로 자기방어를 하기로 결정했다. 나는 시골에 조용히 숨어사는 은둔자이다. 더 이상은 텃세나 스토커 때문에 내 생활을 엉망으로 만들지 않겠다. 칭찬은 알게 하고 책망은 모르게 하는 것. 사람들이 있을 때는 적당히 금용훈의 체면을 세워주었으나 둘이 있을 때면 인정사정없이 면박을 주거나 불같이 화를 냈다. 당신이 도대체 나에 대해서 뭐라고 떠들고 다니기에 생면부지, 처음 얼굴을 보는 당신 친구들이 내게 대뜸 말을 놓는 것이냐는 것도 여러 번 살벌하게 추궁했다.

어차피 금용훈이 거짓말을 하도 늘어놓고 다녀서 더 나빠질 것도 없는 평판이었다. 백동호는 다른 사람들에게도 점잖은 소설가에서 돌변해 밥(좆밥. 교도소 용어)이 되었다. 아무런 예고 없이 들이닥치는 손님이 여자와 함께 오면 미친척하고 여자에게만 관심을 보이며 말을 걸었고, 남자들만 오면 잘난 척을 하거나 드러나게 무시를 해서 다시는 찾아오지 않도록 만들었다. 무례하게 구는 것도 통하지 않으면 누구를 막론하고 한판 붙을 작정이었다. 백동호가 정겹게 지내야 하는 사람은 같은 마을 이웃사촌들이면 충분했다.

겨울 보리밭과 속물근성은 밟아줄수록 좋은 것. 백동호가 갑자기 사납게 돌변하고 찾아오는 손님들에게까지 불쾌하게 만들기 시작한 뒤부터 교만이 하늘을 찌르며 끝없이 저울질을 하던 금용훈은 도저히 믿을 수 없을 만큼 겸손해졌다. 사람들 앞에서 백동호를 추켜세우기도 했다. 마치 기적을 보는 기분이었다.

하지만 갖은 핑계모를 세워 삼촌, 삼촌 하면서 등짐 지우고 형수님, 형수님 하면서 치마 속에 손 집어넣는 짓의 지겹고 끝없는 반복이었다. 도대체 백동호를 이용해서 주변에 자신의 존재를 과시하고 주목 받으려는 관심병 환자 금용훈을 떼어낼 방법이 없었다.

그 무렵 어처구니없도록 황당한 인간이 또 나타났다. 서울 후배의 친구가 이곳이 고향이었다. 어느 날 갑자기 텃세의 개념으로 저울질을 하고 점점 무례가 심해지더니 백동호의 아내에게'너!'라고 불렀다. 그 자리에서 화를 내면 딸로 오해를 했다고 변명을 할 것이 뻔했다. 하지만 백동호의 아내라는 것을 절대로 모를 수가 없었다. 전형적으로 금용훈 똑같은 방식, 은근슬쩍 상대의 반응을 저울질을 하며 점점 수위를 높여 가다가 결국 무리수까지 둔 것이다. 백동호는 그들의 뇌를 들여다보고 싶었다. 도대체 이런 짓들이 왜 필요한가. 나는 너희들과 기싸움 같은 것을 할 마음이 없다. 아예 만나고 싶지 조차 않은데 왜 자꾸 찾아와서 행패를 부리는가. 아내 앞에서 차마 주먹질을 할 수 없어 전화로 경고했다.

매우 거친 욕설을 주고받기 시작했는데 후배친구는 5초도 되지 않아서 꼬리를 내렸다. 그렇지만 분이 풀리지 않았다. 집요하게 수도 없이 다시 전화를 걸어서 귀를 막고 싶을 정도로 저속하고 심한 욕설을 했다. 인간이라면 도저히 참지 못할 만큼 온갖 경멸을 담은 말을 문자메시지로도 수십 번 보냈다. 상대가 강하게 나가면 뒤끝도 무르고 대차지도 못하면서 왜 이렇게 정신병자들처럼 심한 텃세들을 하는가. 아무리 생각해도 이해가 되지 않았다. 인터넷 다음카페 '귀농사모'에서 텃세, 텃새를 검색해보았더니 수백 개의 하소연이 올라와 있었다. 단 하나의 카페 게시판이 이 지경이었다. 좀 더 조사를 해보았다. 시골 도로변에 주유소를 하려다가 텃세 때문에 쫄딱 망하고 빚까지 진사람, 텃세 때문에 마을 이장을 살해한 사건도 있었다.

4부.
악연

❖

시골 텃세는 백동호가 아무 이유나 잘못도 없이 겪은 고통이었다. 하지만 박명길 문제는 백동호가 감당해야 할 30여 년 해묵은 원한이었다.

박명길은 요즈음 들어서 복부 통증, 설사와 변비가 심해지고 있었다. 살아 있는 것이 무기력하고 피곤했다. 사회병원으로 나가서 정밀진단을 받고 싶지만 면회도 거의 오지 않는 일반죄수에게는 그런 일이 여의치 않았다. 의무과에서는 위장약만 처방해 주었다. 박명길은 만약 김종석이 백동호 살해를 실패할 경우, 요행히 자신이 살아서 나갈 수만 있다면 기필코 동귀어진(同歸於盡 강한 적과 대결을 할 때 자신의 목숨을 도외시하여 상대와 함께 죽으려는 행동) 하겠다고 결심했다.

밤은 깊어가는데 잠은 오지 않는 박명길은 몸을 일으켜 백동호의 자전소설 중에서 자신과 관계된 대목을 찾아 읽었다. 『훗날 생각해보면……』으로 시작되는 그 장면은 하도 자주 읽었기 때문에 거의 달달 외울 정도였다. 하지만 읽을 때마다 겨우 22살의 애송이 불량패 백동호에게 부아가 치밀어 올랐다.

『훗날 생각해보면 그날은 그놈과 나 모두 지독히도 재수가 없었다. 원수가 외나무다리에서 만난 것이다. 친구를 만나기 위해 봉천동 사거리 서울대 입구를 건던 나는 이게 보통 일이 아니라는 것을 깨닫기 시작했다. 벌써 세 번째이다. 아니 내가 알아챈 것이 세 번이니 '적어도 세 번째'라고 해야 맞는 말이다. 누굴까, 이놈은? 앞에서 천천히 걸어오며 무심한 척, 안 보는 척하면서, 눈동자에 살기를 담아 나를 힐끔거렸다. 그리고 내 곁을 스치고 지나갔다 싶으면, 조금 더 걷다가 뒤를 돌아서 빠른 걸음으로 다시 나를 앞서간다. 그리고 저만큼 앞에서 슬그머니 뒤를 돌아 천천히 걸어오며 유심히 나를 살펴본다.

나도 모르는 체하면서 할개눈으로 녀석을 살펴보았다. 170센티 정도의 키, 마른 몸에 주걱턱, 옷차림이나 분위기로 봐서 결코 선량한 놈은 아닌데 나를 쳐다보는 눈길이 붉은 피가 팍팍 튀는 것 같다. 오늘은 아침부터 일진이 안 좋더니, 끝내 이렇게 난감한 일을 당하고야 말았다. 도대체 이놈이 누구인지 짐작조차 가지 않으니 어떻게 대처해야 할지 알 수 없었다. 나는 비교적 머리가 좋다는 소리를 들었지만 '안면인식장애' 비슷한 증세가 있다. 친한 사이가 아니라면 사람의 이름이나 얼굴을 잘 기억하지 못한다.

험한 객지생활에서 나 때문에 피눈물을 흘린 사람이 적지 않지만 놈은 겨우 스물서너 살 밖에 안 되었고, 약간 궁색한 끼마저 보이는데 내게 무슨 피해를 입었을 것 같지 않다. 문제는 내가 뒤가 구린 놈이라는 것이다. 어떤 경우든 시끄럽게 해서는 손해다. 더구나 지금은 중요한 볼일이 있다. 피해야 한다. 흉악한 세상을 살면서 닦여온 나의 동물적 본능은, 이럴 때 뛰어서 도망치면 오히려 역효과가 나니까 가능한 부드럽고 자연스럽게 이 자리를 모면하라고 지시하고 있었다. 20걸음쯤 앞에 골목이 있으니 우선은 보는 사람이 적은 그곳으로 가기로 했다. 마음은 초특급 열차지만 걸음은 소달구지로 걸었다.

하나, 둘, 셋, 아홉, 열셋, 앞으로 일곱 걸음쯤 남았다. 놈은 이제 네 번째로 내게 다가온다. 이번만 무사히 넘겨서 골목으로 들어가기만 하면 적어도 지금보다는 내게 유리한 상황이 될 것이다. 열넷, 열다섯, 그러나 늦었다. 놈이 내 앞에 딱 멈추어 선 것이다. 내가 태연한 표정을 유지하며 소 닭 보듯 멀뚱한 눈으로 놈을 한 번 쳐다본 다음 옆으로 몸을 슬쩍 비켜 지나가려 하자, 놈은 다시 내 앞을 완강하게 가로막았다.

"왜 이러는 거요?"

내가 영문을 모르겠다는 듯 바라보자, 놈은 너무 분한 듯 턱을 덜덜 떨더니 느닷없이 나의 멱살을 꽉 움켜잡았다.

"너, 너, 우, 우리집 왔었지, 왔었지?"

흥분해서 말조차 더듬거리며 부들부들 떠는 놈을 바라보며 나는 무엇을 잘못했는지는 몰라도 아무튼 엄청 큰 잘못을 범했을 것이라는 생각이 들었다. 하지만 그건 짐작이고, 무슨 일인지 아무리 머리를 쥐어짜도 기억이 나지 않았다.

멱살 잡은 놈의 손이 너무 힘이 들어 있어서 울컥 했지만 마음속으로 자신을 타일렀다. 흥분하지 말자, 이런 경우 흥분은 금물이다. 침착하자, 그리고 도대체 이놈이 왜 이렇게 지랄방정을 떠는지 알아보자.

"당신 집이 어딘데?"

"뭐라구? 이 뻔뻔한 새끼 좀 봐, 우리 집 안 왔었다고? 이 씨팔새끼."

"임마, 말조심해. 덜덜 떨지 말고 차근차근 말해야 알 거 아냐. 나는 니네 집은커녕 니 얼굴도 처음 본다."

"나를 처음 본다고? 내가 혹시 사람을 잘못 보았나 싶어서 몇 번이나 확인했는데 니 눈하고 팔자걸음을 봐도 틀림없어."

"허허, 나 이렇게 답답한 인간을 봤나. 당신 집이 어디이고 내가 왜 당신 집에 갔었는가. 천천히 얘기해보라니까. 세상에는 닮은 사람도 많고 또 흥분하면 제대로 보이지 않잖아."

나는 놈을 진정시키는 한편 우리의 해괴한 행동들을 구경하러 모여든 주위 사람들에게 화를 벌컥 내며 말했다.

"뭘 보는 거요? 가쇼, 가. 이 사람이 지금 흥분해서 사람을 잘못보고 있는데, 곧

오해가 풀릴 거요. 아무 일도 아니니까 가란 말이오."

"이 새끼야, 거짓말하지 마. 너 이래도 나를 모르겠어?"

놈은 한 손은 나의 멱살을 우악스럽게 잡은 채, 다른 손으로는 자기의 허리띠를 끄르더니 바지를 훌떡 내렸다. 오른쪽 다리가, 사타구니 부근에서 종아리까지 심한 화상으로 인해 구렁이가 감기듯 흉측하게 일그러져 있었다. 그 섬뜩한 모습을 보고, '아차!' 싶었다. 그놈이구나. 여기서 해치울까. 이 큰길에서는 무리다. 악에 받칠 대로 받쳐 있는 상대인

데, 선불리 때려눕히려다가는 오히려 사력을 다해 더 붙잡고 늘어질 염려가 있다. 나는 여전히 영문을 모르겠다는 표정을 지었다.

"이 사람 정신이상자 아냐? 당신 다리가 그렇게 된 것하고 나하고 무슨 상관이

있어?"

"뭐? 파출소 가서 밝혀보자, 임마."

"파출소에 가는 것은 좋은데, 나는 지금 중요한 약속이 있어. 그것도 바로 여기에서."

마침 바로 옆에 다방이 있었다. 그 다방을 손가락질하며 말했다. 그의 눈동자가 잠깐 사이 흔들리는 게 보였다. 먼 곳도 아니고, 바로 여기라는 게 효과가 있었다. 틈을 주지 않고 밀어붙였다.

"당신 지금 너무 흥분해 있는데, 마음을 일단 가라앉혀. 나는 지금 때아니게 벼락을 맞은 것 같은 심정이야. 당신이 찾고 있는 사람이 과연 나인가 다시 한 번 잘 봐. 그 사람의 이름이 뭔데?"

"내가 그놈 이름을 어떻게 알아?"

그놈 이름? 니놈 이름이 아니고? 녀석의 확신이 조금은 흐트러졌다. 내가 너무 태연하게 나가니까, 눈빛에도 자신감이 좀 숙어진 것 같았다.

"좋아. 마음 같아서는 당신 뺨을 갈겨주고 돌아서고 싶지만, 그렇게 되면 당신이 더 길길이 날뛸 테니까, 당신 말대로 파출소에 가서 흑백을 가리는 수밖에 도리가 없네. 만약 내가 당신이 말하는 사람이 아닐 경우 당신 각오해."

"좋아, 가보자."

"그리고 가는 건 좋은데 방금 내가 얘기했듯이, 나는 여기 이 다방에서 아주 중요한 약속이 있어. 잠깐 들렀다 가자구. 그렇지 않아도 시간

이 좀 늦었는데 당신 때문에 더 늦어지면 내 생활에 큰 지장이 있어. 이런 오해가 있으니, 파출소에 가서 오해를 풀어주고 오는 동안 잠깐 기다려달라는 말만 하면 돼."

그는 처음보다는 많이 수그러졌지만, 여전히 자기 눈을 믿는 모양이었다. 하긴 그

빠저린 일을 어찌 잊었겠는가. 그는 내 멱살을 놓고, 허리띠를 움켜쥐며 말했다.

"좋소. 당신 말대로 합시다. 하지만 다방에서는 그 말만 하고 나오는 거요."

8개월 전 딱 한번 잠깐 본 사람, 그것도 정신없이 두들겨 맞으면서 본 내 얼굴이니 잘 기억이 나지 않을 것이다, 더구나 나는 지금 안경을 쓰고 있으니 놈의 확신은 점점 긴가민가로 바뀌는 것 같았다.

내가 앞장을 서고 놈이 내 허리를 잡은 채 뒤따라서 다방의 계단을 올라갔다. 계단을 거의 올라가서 길을 지나다니는 사람이 안보이게 되자, 나는 걸음을 딱 멈추었다. 그리고 획 돌아서며 놈의 배를 걷어찼다. '욱' 헛김 빠지는 소리를 내며 배를 움켜쥐고 앞으로 쓰러지는 놈의 목덜미를 수도로 또 한 번 힘껏 내리쳤다. '컥'하며 계단 모서리에 이마를 부딪치며 완전히 고꾸라졌다. 나는 그런 놈의 머리칼을 움켜쥐고 고개를 뒤로 확 꺾어 얼굴을 마주 보며 말했다.

"야 이 씹 새끼야. 아니라면 그냥 가지, 왜 바쁜 사람 붙잡고 찰거머리처럼 지랄이야?"

움켜쥔 놈의 머리칼을 더욱 힘주어 잡고, 계단 모서리에 사정없이 찍어 내렸다. 피가 팍 튀며 돌아누운 놈의 얼굴을 보니, 이마가 찢어져 허

옇게 뼈가 보이는 것 같았다. 나는 손을 털었고, 구두에 피가 묻지 않도록 조심하면서 놈의 옆을 지나 계단을 내려왔다.

그때 커피 배달을 나가던 다방 여종업원이 계단에 붉은 피가 번져 나가는 것을 보고 너무 놀라 소리도 못 지르고 쟁반을 떨어뜨렸다. 고개를 돌린 나는 여종원이 소리치지 못하도록 살기등등하게 슴벅인 눈으로 손가락을 입술에 대며 조용히 하라는 시늉을 했다. 그리고 여유로운 몸짓으로 뚜벅뚜벅 계단을 마저 내려갔다. 여종업원은 여전히 얼어붙어서 그 자리에 서 있었다. 나는 건물을 벗어나 옆 골목에 들어서자 전력질주를 했다. 불알이 떨어지면 나중에 와서 줍는 한이 있어도 지금은 도망쳐야 했다. 나중에 생각해보면 그렇게까지 심하게 안 해도 되는 일이었는데 잘못하면 교도소에 갈 수도 있다는 두려움으로 필요 이상 잔혹한 폭력을 가했다.

아무튼 나는 그길로 택시를 타고 남영 전철역 앞의 남영기원으로 돌아 왔다. 옷가지 몇 개뿐인 짐을 주섬주섬 챙겼다. 이제 남영기원에서의 생활도 끝이었다. 놈의 어머니가 나의 정체에 대해 털어 놓을 것이며, 수배가 내려지면 남영기원이 밝혀지는 것은 시간문제였다. 그동안 나는 이곳의 바둑사범으로 지내고 있었다. 소년원과 교도소에서 바둑을 배운 나는 당시 아마 3단 정도의 기력이었다. 여기는 낮의 바둑손님보다는 밤에 화투나 포커판을 벌이는 단골손님들에게 받는 자릿세와 심부름값이 더 짭짭한 곳이었다. 그러니까 나는 바둑사범은 명목일 뿐, 밤이면 벌어지는 노름판의 심부름꾼 겸 문지기였던 것이다.

오늘 봉천동 사거리에서 내게 호되게 당한 놈의 이름은 박명길이었다. 8개월쯤 전, 용산역 부근 강호당구장에서 당구를 치고 있는데 전화가 왔다. 동원싸롱에 전자올갠을 치는 미스터 황이었다. 긴하게 부탁드릴 일이 있으니 만나자는 요청이었다. 당구장을 나와 약속장소인 보리다방을 향해 가면서도 무슨 부탁일까 궁금했다. 그는 비록 유흥업소에서 일을 하지만 아주 성실한 사람인데 나처럼 거친 사람에게 부탁할 일이 있다는 게 이상했다. 다방에 들어서니 미스터 황이 구석진 곳에서 일어나며 인사를 했다.

"무슨 일이오? 전화로는 상당히 심각하게 들리던데."

"우선 차부터 한잔 하시죠."

내가 커피를 마시고 담배를 피워 물때까지도 그는 심각한 표정으로 앉아 있었다.

"사람을 불렀으면 말을 해야지, 산부인과에서 애 지우고 나온 여고생처럼 찌푸린 얼굴만 하고 있으면 어쩌자는 거요?"

"백형, 사람을 하나 때려주셔야겠습니다. 하지만 드릴 돈이 좀 적습니다."

"우하하. 아닌 밤중에 홍두깨라고 미스터 황이 나한테 이런 부탁을 하리라고는 생각지 못했네. 내가 직업적인 청부폭력배도 아니고 그렇다고 잇속 없이 남의 일에 끼어들 처지도 아니니, 그 얘기라면 그만둡시다. 다른 사람 찾아보슈."

"사실 지난 며칠 동안 누구에게 이 일을 부탁할까 하고 고민을 많이 했는데, 인간적으로 이 일을 부탁할 만한 사람이 백형말고는 없더군요."

"글쎄, 나는 생각 없다니까."

"백형이 들으시면 승낙할 만한 일이니까, 결론을 잠시 뒤로 미루고 우선 제 얘기를 들어보시죠."

"좋시다. 얘기해보쇼. 하지만 얘기만 들을 뿐 승낙을 전제로 한건 아니요."

미스터 황이 길게 늘어놓은 얘기를 대충 간추리면 이랬다. 그가 하숙하고 있는 집에 박명길이란 아들이 하나 있는데, 스물다섯 살의 개망나니였다. 하숙집 주인아주머니는 젊어서 혼자 된 이후, 아들 하나만 믿고 살아왔다. 그런데 '오냐 자식, 호로자식'이라고 걸핏하면 아들에게 두들겨 맞고 산다는 거였다. 집에 돈이 붙어 있기가 무섭게 뺏어다 쓰고, 없으면 빚이라고 내서 갖다 줘야지 안 그러면 집안을 때려 부수며 패악을 부렸다.

작년에 당구장을 차렸다가 홀랑 말아먹었다. 지금은 구둣가게를 차려달라고 조르는 중이다. 아들은 집을 담보 잡혀서 구둣가게를 차려주면 어머니를 모시겠다고 했다. 하지만 10년 과부에 독사 되지 않은 년 없더라고 어떻게 살아서 마련한 집인데 허락할 수가 없었다. 언성이 높아졌고, 흥분한 아들이 마루 위에서 어머니를 마구 때리며 밀쳤는데 아래로 떨어졌다. 입원할 정도로 맞았으니 어머니의 심정이 오죽했겠는가.

"아주머니는 그 일로 허리를 크게 다쳐 한 달쯤 병원에 있다가 며칠 전 퇴원을 해서 집에 오셨습니다. 제가 하숙비도 드릴 겸 안방에 누워계신 아주머니에게 문안을 갔더니 얼굴이 반쪽으로 되어 있더군요. 병원에 있는 동안 아들놈은 코빼기도 안 보였다고 하시면서 눈물을 철철 흘리며 말했습니다. '내가 이놈을 위해 평생을 살았소. 어렸을 때는 말을 안 들으면 때려도 보았고 타이르기도 했는데 도무지 소용이 없더니 이제는 머리가 컸다고 오히려 이렇게 두들겨 패는구려. 내가 아들놈에게 두들겨 맞은 것이 한두 번이 아니지만 이렇게 심하게 맞고 병원에 입원해보기는 처음이오. 이제 나는 그 자식을 혼내킬 도리가 없으니 어쩌면 좋겠소.

황씨는 유흥업소에서 일하니까 주먹을 잘 쓰는 사람을 알 것 아니오. 사람을 소개시켜줘요. 아주 따끔하게 혼을 내주어도 좋고 아예 병신을 만들어도 좋으니 하여튼 내 아들놈이 정신을 차려서 다시는 이웃 사람이나 에미에게 폭력을 휘두르지 않게 말이요. 내가 병신자식을 먹여 살릴 수는 있어도, 걸핏하면 없는 돈을 내놓으라며 에미를 때리는 자식하고야 어찌 살 수가 있겠소. 나도 그 방법밖에는 도저히 어쩔 수가 없어서 그러니, 이 부탁을 꼭 좀 들어주시오.' 하며 하염없이 눈물을 쏟아내는데, 저도 목이 메어 혼났습니다."

황은 그 아들의 어처구니없도록 심한 행패에 대해 덧붙였다. 하숙집 일을 도와주고 있는 친척할머니가 어머니를 때리는 것을 말리자 웬 참견이냐며 그 할머니조차 두들겨 패서 한동안 눈두덩이가 퍼랬다는 거며, 술만 먹으면 고래고래 고함을 지르며 집안을 때려 부숴서, 하숙하는 사람이 시끄럽다고 항의를 했다가 깨진 유리병으로 찔려서 상처를 입은 일, 들으면 들을수록 주먹을 불끈 쥐게 하는 얘기였다.

"그놈 참, 복에 겨워 깨춤을 추네."

"어머니가 어떤 때는 죽어버리고 싶다는 푸념을 할 때면 정말 딱하더라고요. 백형께서 한 번 나서서 혼을 내주시죠. 수고비를 구체적으로 얼마 주겠다는 말이 없어서 적을 거라 했지만 섭섭지 않게 드릴 겁니다.”

“그래서 그 아주머니의 부탁으로 사람을 찾다가, 허물없고 만만한 내게 부탁을 하는 겁니까?”

“만만하게 느껴서 그런 것이 아니라 백형이면 이런 일을 인간적으로 들어줄 것 같아서 그럽니다.”

“아무튼 좋습니다. 내가 때려주지요.”

놈을 흠씬 두들겨주기로 했다. 비록 나도 깨끗지 못한 범죄의 흙탕물에 몸을 담그고 있지만, 나라고 어찌 사람의 도리를 모르겠는가. 세상에 제 어미를 걸핏하면 두들겨 패는 놈은 호되게 맞아도 괜찮은 놈이었다. 더욱이 나처럼 외로운 처지에서 놈을 생각하면 은근히 질투가 나기도 했다. 황을 통해서 놈의 어머니를 만나기로 했다 그날따라 햇빛이 왜 그리 좋던지. 서늘한 가을바람에 코트 깃을 세우고 걸으니, 따사로운 햇살에 리어카에 실린 햇사과의 불그레한 빛이 보기 좋았다. 이 좋은 날 자식에게 매를 맞고 끙끙 앓고 있는 어머니를 떠올리니, 내가 후회 없을 일 하나 한다는 생각이 들기도 했다.

약속장소에 들어가니 듣던 대로 검정색 뿔테안경의 수심 가득한 중년부인이 홀로 앉아 있었다. 내가 아주머니 쪽으로 걸음을 옮기자, 구석진 테이블에서 주책없는 노인네의 느물거리는 손을 허벅지에 올려둔 채 쌍화탕을 홀짝거리던 다방 아가씨가 코먹은 소리로 인사를 하며 일어섰다. 아주머니는 먼저 아는 체를 했다.

“강철민씨죠?”

나는 황에게 내 이름을 밝히지 말고 강철민이라고 하라 했다. 우리 사이에는 잠시 침묵이 흘렀다. 열 달간 배를 아파하며 낳은 자식을 남에게 때려달라는 청부를 하는 어머니와 그 부탁을 받은 청년과의 첫 만남은 어색한 분위기일 수밖에 없었다. 나중에 황에게 들은 말로는 내가 상당히 불량하거나 난폭해 보일 줄 알았는데, 눈빛만 날카로울 뿐 의외로 곱상하고 지적인 이미지라서 아무래도 무지막지한 자기 아들을 혼내줄 사람처럼 보이지가 않더라는 거였다. 그 아주머니는 나의 공손하고 점잖은 태도 뒤에 숨겨져 있는 발톱을 느낄 수 없을 만큼 순진한 사람이었기 때문일 것이다.

"내가 오죽했으면 이런 부탁을 하게 되었을까 이해해줄 것으로 믿어요. 그리고 내가 이런 마음까지 먹었을 때에는 모진 각오를 한 후이니까 우리 아들을 혼내주려면 어설프게 하지 말고 아주 치가 떨리도록 혼을 내어서 정신을 차리게 해주세요."

"저는 이미 그렇게 마음을 먹고 있습니다. 그런데 언제쯤 어디에서 그 일을 해야 하는가를 의논해야 되겠습니다."

아주머니는 미리 그것을 생각해두었다는 듯 말을 받았다.

"우리 아들은 동거하던 여자와 헤어졌는지 며칠 전부터는 집에 들어와 있어요. 보통 아침 열시까지 늦잠을 자고는 아침 겸 점심을 먹고 집을 나가서는 통금 직전에 들어오니까, 아무래도 하숙하는 사람들이 모두 나가서 집안이 텅 비어 있는 오전 열시를 전후해서 하는 것이 좋을 것 같군요. 우리집이 어디 있는 줄은 알죠?"

"네, 엊그제 미스터 황하고 가보았습니다."

"그럼 자세한 얘기는 미스터 황하고 하시고, 이건 약소하지만 양복이나 한 벌 하세요. 일이 끝난 다음에 더 드리겠어요."

두어 번 사양을 했지만 아주머니는 돈을 받는 게 자기가 편하겠다며 완강했다 나는 못 이기는 척 받아 넣었다. 돈을 꼭 바라고 하는 일은 아니었지만, 그 시절 나는 돈이라면 무엇이든 할 수 있는 놈이었다.

"미스터 황이 어련히 알아서 적합한 사람을 소개시켰을까만, 우리 아들도 보통은

넘으니 강씨 혼자서 오는 것보다 한 사람쯤 더 오면 어쩔까요?"

아주머니는 아무래도 내가 못 미더웠던 모양이다. 나는 용산으로 돌아오면서 아주머니의 마지막 말을 곰곰이 생각했다. 싸움이라면 자신이 있었지만, 그렇다고 상대가 어떤지도 모르는데 혼자 가서 오히려 매를 맞고 오면 그게 무슨 망신일까 싶었다. 한 사람을 더 이 일에 가담시키려면 누가 좋을까를 생각해보니 역전 후배인 왕빈이(임대균)가 떠올랐다. 왕빈이는 힘이 장사고 깡다구가 좋아 이런 일에는 적합할 것 같았다.

"왕빈아, 사람을 하나 때려줄 일이 있는데 같이 안 갈래?"

"좋지요. 근데 돈 생기는 일이유?"

나는 그 동안 있었던 일을 대강 설명해주고 그 아주머니에게 받은 돈을 반씩 나누어가졌다. 그리고 미스터 황에게 이삼일 내로 놈이 집에 있을 때 전화하라고 일러두었다. 다음날 연락이 왔다. 나는 왕빈이와 함께 택시를 타고 그 집에서 약간 떨어진 마포 굴다리에서 내려 비탈길을 걸어 올라갔다.

우리는 전쟁터에 나가는 병사들처럼 걸음걸이가 당당했다. 사건현장이 가까워올수록 어쩐지 예감이 좋지 않았지만 농구화 끈을 꽉 졸라매었다. 그리고 집 앞에서 서로 눈짓을 교환한 후 벨을 눌렀다.

잠시 후 그곳에서 일하는 친척할머니가 문을 열어 주었다. 미리 연락을 받은 듯 우리를 바라보는 눈길에 두려움이 담겨 있었다. 얼굴이 하얗게 변하며 방을 손짓으로 가리켰다. 우리는 가죽장갑을 꺼내 끼었다.

2층 놈의 방안에는 당시에 유행하던 톰 존스의 '고향의 푸른 잔디'가 은은하게 들려오는데 왕빈이가 방문을 벌컥 열었다. 백동호는 훗날에도 고향의 푸른잔디라는 노래를 들으면 그 순간이 생각나곤 했다. 아무튼 창가의 삼단요 위에 한눈에도 불량기가 보이는 청년이 파자마 바람으로 드러누운 채 음악을 듣다가 놀란 눈으로 우리를 바라보았다.

"누, 누구요?"

왕빈이가 아무런 말도 없이 성큼성큼 들어가 막 몸을 일으키려는 그의 멱살을 잡아 꾹 누르며 솥뚜껑만큼 큰 주먹으로 사정없이 눈덩이를 내리쳤다. 그는 너무 급작스럽고 우리가 만만치 않아 보여 그런지 '아이구!' 비명과 함께 눈을 감싸 쥘 뿐 이미 전의를 상실한 것 같았다.

"당신들 누, 누구요?"

"임마, 우리가 누군 걸 알면 뭐 해. 니가 하도 소문이 나빠서 고쳐주러 온 저승사자들이다."

왕빈이는 그가 눈두덩을 만지느라 빈 옆구리를 퍽 하고 갈겼다. 그래서 시작된 주먹질은 옆구리, 턱, 복부, 관자놀이 골고루 때렸고 나는 문 앞에서 팔짱을 낀 채 말없이 서 있기만 했다. 그의 비명소리는 듣기에도 처참했다.

"임마, 앞으로 정신 차려서 이웃사람들에게 공손하고 어머니께 효도할 거야?"

"아이고, 아이고 왜 이러십니까?"

"이 자식이, 묻는 말에는 대답을 안 하고 엄살은."

그는 이미 얼굴이 피투성이고 숨을 못 쉬겠다는 듯 옆구리를 잡은 채 속수무책으로 당하며 이리저리 몸을 굴려 나의 발치까지 와 있었다. 나는 묵묵히 보다가 무심코 담배를 꺼내 무는데, 그가 벌떡 일어나더니 온 힘을 다해서 머리로 나의 배를 들이받았다. 녀석은 맞으면서도 밖으로 뛰어나갈 기회를 엿보았던 것이다. 배를 쇠뭉치로 강타당한 듯 '욱' 숨이 막혔다. 나는 뒤로 넘어지면서도 놈의 어깨를 잡았고 무릎으로 그의 얼굴을 세차게 올려쳤다. 피가 팍 튀며 벽을 적셨다. 맞아죽을 지도 모른다는 위기의식이 들었는지, 그렇게 맞고도 그는 옆으로 떼구루루 구르며 일어나서 후다닥 아래층으로 튀었다. 어찌나 빠른지 잡을 수가 없었다. 그는 아래층 복도를 지나 문이 열려진 방으로 쑥 들어갔다. 우리가 문 앞에 서자 어느새 부엌칼을 들고 있었다.

부엌의 가스렌지 위에서는 무언가가 큰 솥에서 펄펄 끓고 있었는데, 부엌에서 일하던 할머니는 기겁을 하며 뛰어나갔다. 나도 팔소매에서 칼을 꺼내 들었다. 그러자 왕빈이 역시 부엌문 옆에 세워둔 복도청소용 마포걸레자루를 뚝 분질러 잡았다. 그런 우리의 모습을 본 그는 칼을 들고서도 서서히 뒷걸음질 치면서, 여기저기 터지고 일구러진 얼굴을 씰룩거리며 말했다.

"니네들 누군지는 몰라도, 이제 그만 가."

"니네들? 이 새끼, 식칼 하나 드니까 말뽄새 봐라. 칼 버리고 무릎 꿇어!"

이때 왕빈이가 마포걸레자루로 어깨를 세차게 내리쳤다. 그의 한쪽 어깨가 허물어지며 칼이 뚝 떨어졌다. 이제 적어도 큰 위험은 없어진 것이다. 나는 칼을 집어넣으며 앞으로 나섰다. 조금 전에 배를 강타당한 분풀이도 겸 해서였다.

"왕빈아, 비켜! 무식한 귀신에겐 부적도 안 통한다더니, 이 새끼가 칼을 들고 설치는 꼴을 보니 아무래도 덜 맞아서 그런 모양이다."

나는 왕빈이에게 말하면서 그의 인중을 세차게 때렸다. '욱!' 소리를 내는 그의 머리를 발로 차자 부엌 벽에 부딪쳐 금방 주먹만한 혹이 생겼다. 싱크대를 붙잡고 일어서는 그의 손을 옆에 있던 칼도마로 팍 내려찍자, 아악 비명을 지르며 손을 붙잡고 비틀거렸다. 그런 그의 턱을 발길로 차올리니 쿵 하고 나가떨어지며 가스렌지 밑으로 처박혔다. 그러자 싱크대가 부서지며, 무언가 펄펄 끓고 있던 큰 솥이 그의 다리로 떨어지며 쏟아져 내렸다. 솥에 빨래를 삶고 있었던 것이다.

"앗, 뜨뜨뜨뜨."

소리치는 그를 보니 이제는 그만 해도 될 성싶었다. 아니, 그가 나의 배를 때리거나 칼을 들지만 않았어도 적당한 선에서 그만두었을 것이다. 그런데 홧김에 너무 심했다는 생각이 들었다. 하지만 그냥 돌아갈 수는 없었다. 무언가 한마디 하고 가야 할 것 아닌가. 다 죽어가는 몸짓으로 꿈틀거리는 그에게 말했다.

"임마, 생활 잘해. 니가 얼마나 악랄하게 놀았으면 동네 사람들이 경찰서에다 널 잡아넣으라고 진정을 다 했겠냐. 너, 어머니조차 걸핏하면 두들겨 팬다며? 지금부터 내가 하는 대로 복창을 하는데, 따라서 하는 소리가 적으면 이층 네 방으로 끌고 올라가 처음부터 다시 시작할 거니까, 알아서 해."

"앞으로 저는 이웃에 공손하고."

"앞으로 저는 이웃에 공손하고."

"어머니께 효도하는 착한 사람이 되겠습니다."

"어머니께 효도하는 착한 사람이 되겠습니다."

몇 마디 훈계를 더했지만 흐느끼느라 대답조차 꺼져가는 그를 남겨두고 그 집을 나왔다. 다음날, 만나기로 한 그의 어머니가 약속장소에 나오지 않았다. 두 시간 가까이 기다렸는데도 나오지 않아 전화를 걸었더니, 그 집 할머니가 받으면서 아들과 병원에 갔는데 어제부터 지금까지 전화연락도 없고 집에도 안 왔다는 거였다.

나는 그렇다 쳐도 잔금을 받아야 왕빈이에게 수고했다고 돈을 줄 것이 아닌가. 며칠을 기다렸지만 여전히 아주머니를 만날 수 없었다. 하지만 그 집을 또 찾아갈 수도 없어서 황에게 연락을 했더니 그는 겁을 잔뜩 먹은 얼굴로 나왔다.

"큰일 났습니다. 그놈이 갈비가 석 대나 부러지고 이빨도 몇 개 나갔는데, 다리 화상이 너무 심해서 끔찍하대요. 어젯밤에 집에 왔는데 머리서부터 발끝까지 전부 붕대로 칭칭 동여 감았더라고요. 아주머니는 완전히 실성한 사람같이 눈동자에 초점도 없고 울지도 않는데, 그 동안 잠을 한숨도 못 자고 밥도 안 먹었대요. 백형, 나는 일이 이렇게 크게 될 줄 몰랐는데요. 어떻게 하지요?"

"뭘 어떻게 해?"

"잘못하면 우리가 구속될 거 아녜요."

"이런 니기미. 그렇게 겁날 일을 왜 싫다는 사람에게 끈덕지게 졸라댄 거야? 만약 당신한테 형사가 추궁을 하면 그냥 동원싸롱에 온 손님을 소개시켜줬기 때문에 잘 모른다고 해. 하여튼 아주머니가 어젯밤에 왔다니, 내가 전화해보지."

나는 황을 그 자리에 두고 전화를 걸었다. 아주머니의 착 까라진 목소리가 들려왔다. 나는 잠시 뜸을 들였다가 말했다.

“저, 강철민입니다.”

그러자 수화기가 부르르 떨리도록 큰 소리가 귓전에 '쨍' 울려 나왔다.

“이 악마 같은 놈들아, 사람을 때려도 정도가 있지. 이게 사람이 할 짓이냐?”

나는 잔금을 받기는커녕 욕만 먹고 말았다. 자식이 뭔지, 그렇게 속을 썩여도 막상참혹하게 널브러진 모습을 보니, 아주머니는 자신의 부탁은 잊고 우리만 나무랐다. 우리가 좀 너무하기도 했다. 좌우간 이 사건에 후유증이 있을 것 같아서 미스터 황은 그 하숙집을 나와 일자리도 옮겼으며 왕빈이는 대전 집에, 그리고 나는 봉천동에 들어가 한참동안이나 피해 있었다.

결국 아무 일 없이 그냥 넘어가는가 싶어서 왕빈이도 용산역에 돌아오고, 나는 남영기원에 취직이 되어 생활하던 중인데, 오늘 낮에 친구를 만나러 봉천동에 갔다가 그만 박명길을 만나 일이 커진 것이다. 무연하게 서서 거리를 바라보자, 내가 한심했다. 계절의 여왕이라는 5월 중순은 햇빛도 좋으려니와 오고가는 사람들의 표정이나 옷들도 활기차고 싱그러워 보였는데, 나 혼자만 12월의 앙상한 나목으로 서 있는 것 같았다. 큰돈을 벌어 그럴듯하게 살고 싶은데, 이렇게 좀스러운 짓으로 쫓겨다니는 신세가 처량했다.』

그렇게 박명길은 8개월 만에 봉천동 사거리에서 우연히 다시 만난 백동호에게 근처 다방으로 유인되어 시멘트 계단모서리에 머리를 찧었고, 기절에서 깨어났지만 뇌진탕으로 수술을 받았다. 정신병원까지 들랑거려야 했다. 3년 뒤, 박명길은 어머니의 중매로 동네 미용실 여자와 결혼을 했다. 하지만 정신병원 입원경력과 다리의 끔찍한 화상을 숨겼다는 것. 그리고 교도소까지 들어가자 이혼을 당하고 말았다. 망가질 대로 망가진 인생의 박명길은 모든 것을 백동호 탓으로 돌리며 여러 개의 전과를 기록했다.

한편 백동호는 그 사건으로 기소중지가 되었다가 검문에 걸려 징역 1년을 선고받았다. 피해내용보다 징역을 싸게 선고받은 것은 어머니의 부탁으로 패륜아를 징치했다는 정상참작의 사유가 있었기 때문이었다. 출소 후 23살이 된 백동호는 금고털이로 변신한다. 그로부터 거의 20년이 흐른 뒤, 백동호는 전주 모악산 염불암에서 소설을 집필하며 MBC 라디오 강석 김혜영의 싱글벙글쇼에 청주교도소에서 들었던 방송에 대한 느낌을 편지로 보냈다. 곧 발간될 자전소설에 대한 홍보를 겸한 것이다. 강석은 백동호의 슬픈 사연에 목이 메어 울먹이며 편지를 읽었으며 옆에 있던 김혜영의 훌쩍거리는 소리가 정도였다. 전국에서 청취자들의 위로전화가 염불암으로 수 없이 걸려 왔다. 백동호는 자전소설의 성공을 예감했다.

그런데 하필 박명길도 택시에서 싱글벙글쇼 방송을 듣고 백동호를 찾아온 것이다. 깊은 밤, 모악산 염불암 깊은 숲속에서 그야말로 피비린내 흉건한 살인게임이 벌어졌으며 박명길은 간신히 목숨을 구해서 도망쳤다. 그 후에도 박명길은 이를 갈며 성남 모란시장에서 독사를 20여

마리나 사서 서울 백동호의 원룸에 풀어 넣는 등 살해시도를 멈추지 않았다. 백동호는 여러 번 달래기도 했고, 경고까지 했지만 더 이상은 도저히 어찌할 방법이 없었다. 차마 죽일 수는 없었기에 사람을 시켜 강력범죄자로 살아가고 있는 박명길에게 은밀한 미행은 붙이는 등 뒤를 캤다. 그리고 강도, 살인강도 등의 혐의로 밀고해서 15년의 징역을 살게 했다. 적어도 박명길의 입장에서는 어머니와의 폭력사건은 백동호가 참견할 일이 아니었으며, 봉천동 다방 계단에서 머리뼈에 금이 가도록 당한 일도 원한을 가질만했다. 게다가 백동호의 밀고로 징역 15년을 살아가는 동안 병까지 얻었다. 20대 푸르른 청춘에서 50대 중반의 늙은이가 되도록 당하고만 살아온 것이다.

『육체적 절름발이에게는 화가 나지 않지만 정신적 절름발이에게는 참을 수 없는 분노가 치밀어 오르는 것은 왜일까? 육체적 절름발이는 자신이 똑바로 걷지 못하고 있다는 것을 인정하지만, 정신적 절름발이는 똑바로 걷는 것은 자기이며 오히려 우리에게 절름발이라고 비난을 하기 때문이다. 그러한 비난이 아니라면 우리는 그에게 연민을 느낄지언정 그토록 화가 나지는 않을 것이다. -파스칼의 팡세-』

백동호는 금용훈에게 A4용지 6장의 절교장을 보냈다. 심각, 구구절절, 살벌함이 뒤섞인 절교장을 받은 금용훈은 그렇게 너그러웠던 타관바치, 업신여겼던 나무가 불알 퉁기듯 이토록 하늘을 찌르는 분노를 하기까지 자신이 부린 행패가 얼마나 심했고 많이 쌓여 왔는지에 대한 성찰은 전혀 없었다. 그저 자신의 훌륭한 인격과 백동호를 인간적으로 좋아했던 진심을 몰라주며 오해를 하고 있다고 생각했다.

집요하게 사람을 괴롭힌 스토커가 경찰의 조사를 받게 되면 절대로 자신의 잘못을 인정하지 않는다. 적어도 주변사람들에게는 겸손하고 선량한 그들은 한결같이 모든 것이 오해이며 자신은 상대를 좋아한 죄밖에 없다고 주장한다. 하지만 모든 스토커의 기본은 자신이 상대를 좋아하는 것이 아니다. 상대가 자신을 좋아하며 무슨 희생을 해서라도 자신을 만족시키라는 강요이다.

금용훈의 문제는 절교장으로 해결되지 못했다. 백동호에 대해 늘어놓는 험담이 수위를 높여가며 자꾸 바람을 타고 들려왔다. 도대체 무엇 때문에 지난 몇 년 동안 만나는 사람들마다 나의 험담을 그토록 계속했던가. 백동호의 별명은 호박이다. 객관적으로 평가해서 개똥참외쯤은 되는 인생이었다. 지금은 곰팡이 핀 좁쌀을 만들어 놓았다. 그럼에도 금용훈은 소름이 돋을 만큼 악착같이 백동호와 절친한 관계를 유지하기 위해 그의 집을 들랑거렸다.

백동호는 도저히 참을 수가 없어서 근처 음식점 하림각에서 금용훈을 만나기로 했다. 술까지 마시며 10여만 원의 밥값은 백동호가 냈다. 하지만 속이 풀리는 것이 아니라 더욱 울화가 끓었다. 사과를 받았지만 진정성이 전혀 없었고, 말이 통하지 않았다. 적반하장도 유분수지 자신도 백동호에게 절교를 선언한다는 말에 어안이 벙벙했다. 이 정신적 절름발이는 죽을 때까지 내 욕을 하고 다닐 것이다.

악담은 계속 바람결에 들려오고 있었다. 욕이 배따고 들어오는 것은 아니니 참으면 된다. 하지만 이런 결말을 보자고 지난 세월 동안 머리털이 빠지도록 고민한 세월이 분하고 억울했다. 마치 고문으로 억울한 죄를 뒤집어쓰고 징역을 살고 나왔더니 고문했던 당사자가 정말 죄인 취급하는 모습을 보며 원한이 더욱 깊어지는 것과 같은 심정이었다. 본때를 보여주고 싶었다. 참으려니 더욱 미칠 것 같았다. 이런저런 생각을 하며 밤을 지새운 백동호는 몸이 이상해지는 것을 느꼈다. 사실은 밤새 이상했었다. 치과에서 마취주사를 맞은 것처럼 혀가 얼얼하게 마비되고 오른 팔과 다리가 저릿저릿하더니 시체처럼 뻣뻣하게 굳기 시작했다.

아래층의 아내를 부르려고 해도 말이 소리가 되어 나오지 않았다. 백동호는 자신에게 일어난 일을 믿을 수가 없었다. 한쪽 팔다리만으로 혼신의 힘을 다해 엉금엉금 기었고 날벼락에 썩은 소나무 부러지듯 계단을 굴러 아래층으로 내려왔다. 백동호는 자신의 증세가 무엇인지 몰랐다. 어지럼병이 지랄병 되기는 수월하더라고 금용훈으로 인한 극심한 스트레스가 뇌졸중으로 온 것이다.

다음은 백동호의 아내 손재은의 일기장을 편집한 것이다.

『호남병원을 향해 조급한 운전을 하면서도 별 일 없을 거라 믿었다. 당시에 매우 심각한 상황이었음에도 불구하고 내가 어째서 그렇게 믿었는지 나중에 곰곰이 생각해봤다. 그것은 아마 그동안 아저씨에게 전조증상이 있었음에도 불구하고 적극적으로 병원에 가자고 권하지 못한 죄책감 때문이었을 것이다.

의사에게 뇌졸중이며 상태가 몹시 좋지 않다는 말을 들었을 때 멍했다. 어제 밤부터 몸이 이상했다면서 왜 이제야 왔냐는 말까지만 귀에 들어왔다. 그 다음부터는 머리가 깜깜했다. 나도 모르게 자꾸 눈물이 났다. 지금부터 보호자가 해야 할 일에 대한 의사의 얘기를 빠짐없이 듣고 머릿속에 담아두려 했다. 하지만 현기증이 나서 안간힘으로 버티고 있었을 뿐이다. 이 상황에서 내가 눈물을 보이면 안 된다는 생각이 들었다.

아저씨는 혀까지 마비되어 인광요양원 정원장님과 힘겨운 통화를 했다. 아무것도 해주지 못한 채 지켜만 보고 있어야 하는 상황이 너무나 안타까웠다. 하룻밤 자면 괜찮아 질 것 같다는 말에 동조해서 이층 서재에 올라가는 아저씨를 그냥 두고 본 것이 후회의 대못이 되어 가슴에 박혀들고 있었다.

아저씨가 금년 봄에 차라리 이사를 가는 것이 어떠냐고 했을 때 반대했던 것도 마음에 걸린다. 아무 잘못도 없는 우리가 금용훈이라는 사람 때문에 왜 이사를 가야하는가. 그렇게 생각했다. 이제와 생각해 보니 오죽했으면 그랬을까 아저씨가 너무 측은했다. 입원 수속을 밟고 병실에 돌아오니 아저씨는 아무 일도 없다는 듯 민석이의 재잘거림을 들으며 누워 있었다. 평소보다 더 밝은 표정을 지으려고 애쓰는 것이 눈에 보였다. 내가 걱정할까봐 그러셨을 거라는 걸 안다. 아저씨는 아무것도 모르는 민석이를 가끔씩 깊은 슬픔을 담은 눈으로 바라보았다.

나는 아담한 여자이고 아저씨는 한 덩치 하는 남자이다. 하지만 아저씨가 그렇게까지 무거운 사람인 줄 한 번도 실감하지 못하고 살았다. 아저씨가 화장실에 가고 싶다고 했을 때 대수롭지 않게 겨드랑이에 손을 넣어 부축했다. 그러나 아저씨는 집채만큼 커다란 바위였다. 나도 모르게 '끙!' 소리가 나왔다. 후들후들 다리를 떨며 화장실 문 앞까지 간신히 도달했다. 하지만 문지방을 넘다가 기어코 부부가 함께 나뒹그러졌다. 아저씨는 넘어진 채 호탕하게 웃으며 말했다.

"하하, 민석 엄마. 다친데 없어?"

여전히 혀가 마비되어서 무슨 말인지 잘 알아들을 수도 없을 정도였다. 차라리 아픈 표정으로 화를 냈으면 그토록 내 가슴이 찢어지지는 않았을 것이다. 얼마나 튼튼하고 늠름한 사람이었던가. 그런데 넘어진 채 몸을 일으키지도 못하고 있었다. 마비된 몸 때문에 소변을 조절하는 능력을 상실한 것인지 환자복과 바닥에 누런 물이 번지고 있었다.

간신히 목욕을 마치고 나오는데 정원장님이 보낸 화분이 병실에 배달되었다. 그리고 오후에는 인광요양원 정원장님, 삼도우체국 오국장님, 삼도파출소 정소장님, 서예가 원담선생님이 위로금 봉투를 들고 문병을 왔다. 봉투에는 원담선생님이 붓글씨로 쓴 '백동호작가를 사랑하는 사람들'이라고 쓰여 있었다. 삼도초등학교 김영수 교장선생님도 정치인 이재철님 등과 따로 오셨다.

사람들이 돌아간 뒤 나는 간호사에게 집에 갔다 오겠으니 아저씨가 혹시 깨어나면 그리 말해달라고 부탁한 뒤 병원을 나섰다. 병원생활에 필요한 자질구레한 것들을 챙겨오기 위해서였다. 집을 향해 운전을 하는 동안에는 아무 생각도 나지 않았다. 뒷마당에 들어서자 길산이(개)가

길길이 뛰며 반겨주었다. 집 주변을 둘러보니 곳곳에 아저씨의 손길이 닿지 않은 곳이 하나도 없었다. 나도 모르게 눈물이 수르르 흘러내렸다.

민석이의 옷을 챙기면서도 소리 없는 눈물이 계속되었다. 아저씨의 세면도구와 속옷을 챙기려니 걷잡을 수 없는 통곡이 터져 나왔다. 아무도 없는 빈집에서 오래도록 흐느꼈다. 얼마를 그렇게 울었던 것일까. 나는 정신을 차리고 찬물 세수를 했다. 아저씨의 병이 나을 때까지 다시는 울지 않겠다고 결심을 했다. 아저씨가 침대에만 누워있는 것이 답답할 것 같아서 휠체어에 태우고 병원 복도를 돌아다녔다. 휠체어 팔걸이에 올린 아저씨의 손이 의지와는 다르게 자꾸만 툭툭 아래로 떨어졌다. 옆에서 손을 다시 올려드리면 또 툭 떨어지고 그랬다.

아저씨가 옷을 갈아입는 것도, 밥 먹는 것도, 화장실 가는 것까지 모두 나의 몫이었다. 신기한 것은 아저씨가 참지 못하고 팬티에다 대변을 보았는데 전혀 더럽지가 않았다. 앞으로 고생이야 얼마든지 감수할 수가 있지만 힘이 부쳤다. 퇴원을 하면 운동기구를 사다놓고 열심히 운동을 해야겠다고 마음먹었다. 아저씨는 이런저런 얘기를 나누다가도 문득 슬픈 눈으로 나를 쳐다보았다. 그럴 때 마다 입은 웃고 있었다.……』

백동호는 응급치료가 끝난 다음날 황급히 달려온 황용주에게 업히고 휠체어에 실려 병원을 몰래 빠져 나가서 관할 파출소에 금용훈을 협박, 갈취, 명예훼손, 모욕죄로 고소했다. 혀가 마비되어서 떠듬떠듬 알아듣기 힘든 말을 하는 동안 계속 눈물이 났다. 여물 많이 먹은 소 똥 눌 때 알아보고 스트레스 많은 놈 뇌졸중으로 쓰러질 때 알아보더라고, 의사는 백동호가 재활치료를 해도 회복이 쉽지 않을 것 같다고 했다. 악에 바친 백동호는 금용훈의 인생을 송두리째 부셔버리고 폐인이 되거나 자살하게 할 작정이었고 자신 있었다.

아마 인광요양원 정원장이 간곡하게 말리지 않았더라면 금용훈의 인생을 송두리째 부셔버렸을 지도 모른다. 합의조건은 그동안 금용훈에게 당한 일들을 소설로 써도 이의 제기하지 않는다는 것이다. 그리고 형식상으로 받은 약간의 위로금은 그 즉시 전액을 삼도동사무소에 불우이웃돕기와 인광요양원 무의탁환자를 위해 쓰라고 기부했으며 그 사실을 확인할 수 있도록 내용증명으로 보냈다. 설마 그 추접하고 더러운 돈을 백동호가 받아 쓸 것이라 생각하는 것이 싫었기 때문이다.

도무지 이해를 할 수 없었던 것은 옆집의 가난한 과부 할머니조차 병원비에 보태라고 봉투에 5만원을 넣어 왔고 시골 인심을 거절하는 것은 예의가 아니라며 동네 여러 사람이 십시일반으로 도움을 주었다.

그런데 부자가 패가하면 등신이 되고, 없는 놈이 돈을 벌면 안하무인이 되더라고 그토록 어마어마한 부자라고 과시하며 돈자랑이 하늘을 찌르던 금용훈이 고소사건의 합의금으로 1만원도 내지 않으려고 자신들이 얼마나 돈에 쪼들리며 사는지 마이너스 통장을 보여주며 하소연을 하는 것이다. 그래서 부자와 재떨이는 모일수록 더러워진다는 말이 생긴 것이다.

금용훈으로 인해 당한 정신적 고통, 뇌졸중으로 쓰러진 육체적 장애,

몇 년간 소설을 쓰지 못해서 입은 고랑때를 금전으로 계산을 하자면 수억 원을 받아도 절대로 원한이 풀리지 않는다. 만약 예전의 백동호였다면 집요하고 아금박차게 보갚음하며 받아내고 싶은 만치 충분하게 받아냈을 것이다. 형사고소사건에 대한 합의는 했지만 민사소송은 제외이며 공장을 쫄딱 망하게 하는 고발들은 언제든지 할 수 있는 여지를 깔맵게 남겨 두었다. 물론 그 민사소송과 고발이 얼마나 엄청난 것이며 무서운 일이 벌어질 것인지는 끝내 밝히지 않았다. 쌀독과 마음은 남에게 보이지 않는 것이며, 맹수의 발톱은 드러낼 때 외에는 감춰야 하는 것이다.

백동호가 금용훈을 용서한 더 큰 이유는 젊은 시절 범죄자로 살아올 때 많은 사람의 눈물을 흘리게 했다. 그분들께 사죄하는 마음으로 금용훈을 용서하는 것이 옳다는 생각이 들었기 때문이다. 뇌병변 2급 장애 판정을 받은 백동호의 재활치료는 말 그대로 처절한 사투였다. 2층의 넓은 서재 바닥이 온통 손, 발, 무릎의 피로 물들고 딱지가 입혀질 만큼 넘어지고 일어서기의 반복이었다. 그렇게 하루 18-20시간씩 쉬지 않고 보냈다. 밥을 먹는 시간도 아까워서 틈틈이 김밥을 집어 먹었다. 죽음은 두렵지 않았다. 그러나 내가 일어나지 못하면 젊은 아내와 어린 자식은 누구를 믿고 살 것인가. 백동호는 마침내 조금씩이나마 절룩이며 걷기 시작했다.

태풍 곤파스의 영향으로 구중중한 밤그늘에 거센 비바람이 몰아치고 있었다. 전남지방은 중심을 비켜났지만 김종석은 더욱 거센 비바람이 되기를 바라면서 운전을 했다. 뇌졸중으로 쓰러진 백동호는 아직 투병 생활 중이었다. 간신히 몸을 일으키는 정도라서 자신과 몸싸움 같은 것은 아예 할 수도 없는 중환자였다. 날씨마저 도와주니 일이 잘 풀릴 것 같은 기분 좋은 예감이 온몸을 휘감고 있었다.

CCTV도 없는 시골 봉학마을 저편 귀살찍은 어둠 속에 잠들어있던 지방도로에 자동차 불빛이 홀연히 나타났다. 자동차는 쫓기는 짐승처럼 달려가고 있었다. 하마터면 목적지를 지나칠 뻔 했던 자동차는 급격히 속력을 줄이더니 봉학마을로 방향을 틀었다. 자동차는 김종석이 탄 대포차 쏘나타였으며, 농협창고부근에 멈추었다.

김종석은 자동차에 앉은 채 사방을 둘러보았다. 모든 집은 불이 꺼져 있으며 백동호의 집만 TV라도 보고 있는지 1층에서 가는 불빛이 새어 나오고 있었다. 조금 더 기다려보자고 생각했다. 새벽 1시 40분, 드디어 백동호의 집도 불이 꺼졌다. 백동호 가족사진은 인터넷 팬카페를 통해 충분히 익혀두었다.

얼마간의 시간이 더 흐른 뒤, 김종석은 준비한 배낭을 메고 세찬 바람에 고개를 숙이며 전진했다. 백동호의 집 앞에 가로등이 있었다. 그러나 높이가 상당한 2층 기와집이라서 개가 있는 넓은 뒷마당은 칠흑 같은 어둠이었다. 개는 워낙 거센 태풍, 비바람 소리와 높은 건물에 가로막혀 집 앞으로 괴한이 숨어드는 것을 알아차리지 못하고 있었다. 청산가리 든 돼지고기를 가져왔지만 사용하지 않아도 될 것 같았다. 일부러 험한 날씨를 기다렸는데 태풍까지 와서 안성맞춤이었다.

창문으로 들여다 본 작은 방에는 희미한 취침등 불빛에 어린아이가 곤하게 잠들어 있었다. 현관 옆 유리 미닫이문을 밀어 보았더니 잠겨 있었다. 김종석은 주머니에서 만능키를 꺼내 열쇠구멍에 넣었다. 행여 안에서 수상한 낌새를 챌까봐 조마조마해서 백년 묵은 불여우를 세워두고 콩팥 빼먹는 심정이었다. 열쇄는 속 썩이지 않고 쉽게 열렸으며 가만히 문을 옆으로 밀었더니 소리 없이 부드럽게 열렸다.

거실은 캄캄했고, 안방문은 닫힌 채 잠잠했다. 아이가 있는 작은 방은 문이 약간 열려 있었다. 회칼을 꼬나 잡고 살그머니 들여다보았다. 흐릿한 취침등 불빛의 아이는 침대 위에서 여전히 곤하게 잠들어 있었다. 아이 침대 옆은 커튼으로 가려진 옷장 같았다. 회칼을 움켜 쥔 김종석은 최대한 주의를 기울이며 살금살금 잠든 아이에게 접근했고, 이불을 확 젖히며 아이의 입을 틀어막았다. 순간 무언가 잘못되었다는 것을 깨달았다. 아이가 잠들어 있는 줄 알았는데 실물크기의 인형이었던 것이다. 얼바람 맞은 머릿속이 놀람결에 하얗게 비워지는 것 같았다.

그때 뒤통수에서 번갯불이 번쩍하며 김종석은 정신을 잃었다. 전등이 환하게 켜졌다. 야간투시경, 군용철모까지 완전무장한 백동호가 교묘하게 위장된 아이 방 커튼 뒤에서 나무로 된 야구방망이를 들고 서있었다. 백동호가 입고 있는 방탄, 방검 겸용 조끼 주머니에는 전기충격기, 최루가스총이 들어 있었다. 백동호는 바닥에 떨어진 회칼부터 치웠고 기절한 김종석을 묶었다. 김종석이 꿈틀거리며 정신을 차리고 있었다.

"김종석! 기다리고 있었다. 기어코 찾아왔구나."

백동호는 황밤주먹으로 김종석의 이마를 세차게 내려쳤다. 쇠망치로 얻어맞은 것 같은 충격에 정신이 혼미했다. 잠시 뒤, 백동호가 대접에 찬물을 떠와 김종석의 얼굴에 끼얹었다. 김종석은 믿을 수가 없다는 표정으로 더듬거리며 말했다.

"다, 당신은 환자가 아니었습니까? 그리고 내 이름은 어떻게 알았습니까?"

"쩝! 질문은 내가 하고 너는 대답만 해야 할 상황이라고 생각지 않느냐?"

"꿈을 꾸고 있는 것 같아서 그럽니다."

"네가 말하는 환자는 백동호 작가이고, 나는 쌍둥이 형 황용주이다. 만약 오늘 밤 내가 너를 이렇게 잡지 않고, 내 동생 가족이 터럭 하나라도 다치는 일이 생겼으면 지옥 끝까지라도 찾아가서 너를 갈가리 찢어 죽였을 것이다."

백동호는 이런 일이 생길 가능성에 대비해서 오래 전부터 교도관과 재소자를 통해 박명길의 동향을 간간히 듣고 있었다. 때문에 박명길에게 보내준 돈의 많은 부분이 김종석에게 간 것도 알고 있었다. 김종석이 출소 한 뒤, 모든 행동은 뇌졸중으로 쓰러진 백동호를 대신해 황용주가 맡아서 감시했다. 사람을 시켜 그의 핸드폰를 몰래 복제했으며 지금 농협창고 부근에 세워져 있는 대포차에도 위치추적기가 부착되어 있었다. 안방에서 전동 휠체어에 앉은 진짜 백동호가 사제 자동소총을 든 모습으로 나왔다. 아무리 일란성쌍둥이라지만 두 사람은 가족들이 봐도 구분을 할 수 없을 만큼 꼭 닮아 있었다. 진짜 백동호가 침착하게 말했다.

"김종석. 이제 네가 털어 놓을 차례이다. 어째서 석유통을 가지고 왔으며 아이 방에 먼저 들어가기까지의 과정을 모두 털어 놓아라."

"………."

황용주가 싸늘한 미소를 지으며 말했다.

"상황파악이 느린 놈이구나. 오늘 네가 이 집에 침입하는 과정이 모두 녹화되어 있다. 그리고 지금부터 이방에서 벌어진 일은 아무도 증명을 할 수가 없다. 만약 경찰에 넘기게 되면 신고 전에 나는 네가 들고 온 칼로 그다지 깊지 않은 상처를 내겠다. 너와 격투에서 입은 상처들이지. 너는 동종의 전과가 있으며 누범기간이다. 그런데 박명길의 청부로 강도상해, 살인미수, 방화살인미수 죄를 범한 것이다. 따라서 네 운명은 지금부터 아무리 잘 풀려도 최하 징역 15년이다. 아예 후환을 없애기 위해 정당방위로 너를 죽일 계획도 치밀하게 짜놓았지."

"경찰에 넘기지 말고 차라리 나를 죽여주시오."

이번에는 백동호가 말했다.

"서울이 근거지인 네가 이곳까지 내려와서 나를 죽이려고 했던 과정을 낱낱이 털어 놓고 사죄를 하면 너를 풀어줄 수도 있다. 포장마차라도 할 수 있는 돈도 주마. 다만 어떤 경우에라도 거짓이 조금도 섞여 있으면 안 된다."

백동호는 김종석을 거실로 데리고 나와서 박명길을 처음 만났을 때부터 범행을 하기까지의 과정을 모두 녹화했고 얼마간의 돈과 함께 김종석을 풀어주었다.

재활치료를 계속한 백동호는 장애인 재심사에서 식물인간 수준인 2급 장애가 3급 장애로 호전 되었다. 의사도 기적이라고 했다. 어느 날은 미치도록 밖에 나가서 혼자 힘으로 걸어보고 싶었다. 때 마침 밖에는 세찬 바람과 함께 비가 내리고 있었다. 구시월 돌풍은 호랑이보다 무섭고,

비 한 방울에 바람이 석 섬이라는데 절룩절룩 깨웃한 걸음으로 뒷문을 나섰다. 비바람에 서 있기도 힘들 정도였지만 가슴에는 기쁨이 용솟음쳤다. 나는 백동호다. 나는 해냈다. 이제는 걸을 수가 있다.

백동호는 비로소 박명길에게 면회를 갔다. 이미 김종석의 실패를 모두 알고 있는 박명길은 백동호 눈치를 보았다. 만약 백동호가 고발을 하면 박명길은 살인교사와 강도상해 공범으로 추가징역을 살아야 한다. 영영 교도소에서 뼈를 묻게 되는 것이다. 교도소 죄수들이 흔히 하는 말 중에는 '죽어도 나가서 죽어야 한다.'는 말이 있다. 백동호가 해명을 듣고 싶은 표정으로 침묵하자 절박한 심정의 박명길이 정중하게 사과했다.

"백동호씨! 많은 말은 줄이겠소. 내가 잘못했습니다. 맹세 하건데 앞으로 다시는 그런 일이 없을 것이오."

백동호는 온갖 감회가 서린 표정으로 박명길을 바라보았다. 악수를 나누고 싶었지만 투명아크릴이 가로막고 있어서 불가능했다. 어쩐지 박명길의 인생이 측은해서 눈물이 나왔다.

자두나무 세 그루는 젊은 아내를 위한 것이었다. 그리고 작은 계란만하며 당도가 높아서 처갓집에 보내드리면 장인이 즐겨 드시는 상왕대추 외에도 감, 매실, 석류, 복숭아나무 등 30여 그루에서 떨어진 낙엽은 넓은 마당과 잔디밭을 온통 점령하고 있었다. 시골낙엽은 빗자루로 쓸 것도 없이 가을바람이 거둬간다. 백동호, 황용주 형제는 뒷마당 바위에 나란히 앉아 잘 가꿔놓은 잔디위에 뒹구는 낙엽들을 바라보았다. 황용주가 담배를 피워 물더니 말했다.

"어째서 내가 작은 건물(백동호와 공동명의)조차 저당을 잡히고 게다가 연대보증을 부탁하는지 묻지를 않네. 고다마가 한국에 남겨 둔 보물의 관계자들끼리 암살을 시도하는 등 살벌한 전쟁이 있었고, 미국의 오교웅 형님 가족들이 어떤 약점이 잡혔는지 백기를 든 것 같다. 그동안 많은 은혜를 입었는데 내가 해야 할 처신을 해야지. 어차피 공으로 얻은 재산이고 관리해주던 재산도 있으니 먹고 살만치만 남겨두고 모두 보내주었다. 그리고 나는 초심으로 돌아가 새로운 사업을 시작했다."

"형수는 잘 있어?"

"그럼! 안부 전해달라고 하더라. 너는 괜찮아?"

"뭐가?"

"박명길이 병보석으로 출소했다며."

"그래. 다 죽어가고 있더라. 간암수술을 비롯해서 박명길이 원하는 것은 무엇이던 해줄 생각이다."

"금용훈은 요즈음 어떻게 지내고 있어?"

"여전히 내 욕을 하고 다니면서 주목을 받고 싶어 하겠지."

인간이 최후까지 미련을 버리지 못하는 것은 명예욕이다. 인간은 죽은 뒤도 자신의 이름이 알려지기를 바라며, 주위의 대여섯 사람만 칭찬해도 우쭐해서 만족한다. 인간의 명예욕이 얼마나 부질없는 것인가를 강연한 수도승조차도 자신의 강연내용이 감명 깊었다는 명예를 얻고 싶어 한다. 심지어 연쇄살인범조차 자신이 가장 흉악한 인간이라는 명예를 원한다. 그것은 인간의 본능이다.

때문에 인간이라면 누구에게나 존재하는 명예욕으로 저질러진 다소 지나친 언행은 웃으며 넘길 수가 있다. 하지만 칭찬이나 주목을 받으며 우쭐거리고 싶은 욕망을 적당한 선에서 멈추지 못하는 사람들이 있다. 그들은 타인에게 심각한 피해주고 심지어 살인까지 저지르면서도 아무런 죄책감을 느끼지 못하며 자신을 여전히 착한사람이라고 확신한다.

비버리 앨릿(1968년생)은 영국 종합병원 간호사였다. 그녀는 1991년 4명의 아기를 살해하고 13명의 아기에게 심각한 위해를 가했다. 약물로 아기의 심장발작을 일으키게 한 뒤, 자신의 지극한 간호로 되살아나면 아이의 부모에게 감사와 칭찬을 받고 우쭐한 기분을 느끼기 위해서 저지른 일이었다. 실제로 아이의 부모들은 그녀를 천사처럼 여기고 대모가 되어달라고 부탁하기도 했다. 그녀는 모든 죄가 밝혀진 뒤에 한마디의 사과도 없었다. 세상의 관심과 주목을 받아 오히려 기뻐했다.

적어도 백동호의 입장에서 금용훈은 비버리 앨릿보다 더욱 끔찍한 관심병 환자였다. 하지만 일이 이 지경으로 악화시킨 것은 처음부터 스토킹의 빌미를 주고 차단하지 못한 백동호의 책임도 있었다. 그런 의미에서는 금용훈도 피해자였다. 황용주가 그렇게 떠나고 난 뒤, 백동호는 한동안 자동차가 사라진 방향을 보고 있다가 다시 바위에 주저앉았다. 새는 죽을 때 그 울음이 슬프고 사람은 죽을 때 그 말이 착하다고 했는데, 간암 말기로 시한부 인생이 된 박명길이 또 다시 백동호와 살인게임을 벌이지는 않을 것 같았다.

많은 비가 내리고 있었다. 평소에는 거의 바닥을 드러냈던 평택 통복천이 도시를 통째로 삼켜버릴 듯 범람하고 있었다. 동삭교 다리 위에서 걸음을 멈춘 황용주와 손하윤는 한 개의 우산으로 둘이서 쓰고 있었다.

그들은 어깨와 발목이 화락하게 젖어들 만큼 줄곧 걸어 다녔다. 오늘은 손하윤의 어머니 기일이었다. 이상하게 오래전 떠나온 고향을 다시 찾고 싶어 황용주와 동행한 것이다. 아침부터 비가 내려서 우산으로 얼굴을 가릴 수 있어 좋았다.

평택은 그야말로 상전벽해였다. 논과 밭이었던 곳이 온통 아파트와 건물, 넓은 도로가 뚫려 있었다. 동삭교 난간 아래에는 도시의 모든 것을 샅샅이 훑어서 모인 물들이 무서운 기세로 흘러내리고 있었다. 한껏 성이 나서 부풀어 오른 물에는 유흥주점의 고성방가와 주정뱅이의 노상방뇨, 온갖 인간들의 목욕물, 잠 못 이루고 고뇌하던 사람의 한숨, 속절없이 떨어진 꽃잎도 마구잡이로 뒤섞여 있었다. 손하윤는 온갖 감회가 서린 눈으로 비 내리는 평택을 바라보며 말했다.

"고향의 옛 모습이 하나도 없네. 알던 사람도 모두 없어졌고요."

"내가 시 하나 읊어줄까."

"하하. 해주세요."

"당나라 시인 하지장의 '고향에 돌아와서'란 시야.

소소이가 노대회(少小離家老大回) 어려서 집을 떠나 늙어서 돌아왔네.

향음무개 발모쇠(鄉音無改鬢毛衰) 고향사투리 그대로인데 내 머리는 희었구나.

아동상견 불상식(兒童相見不相識) 아이들을 나를 알지 못하고.

소문객종 하처래(笑問客從何處來) 웃으며 묻는다. 손님은 어디서 오셨습니까?"

"어머! 진짜 내 얘기 같아서 슬프다."

손하윤는 황용주의 팔짱을 끼고 다정하게 걸었다. 너무 행복해도 눈물이 난다. 헤아려보니 끔찍한 악몽의 화재를 겪고 병원에서 눈을 떴을 때가 거의 40년 전이었다. 어머니는 돌아가셨고, 자신은 얼굴이 온통 망가져버린 것을 알았을 때 앞날은 깜깜한 암흑이었다.

하룻밤 인연에도 죽을 때까지 기와집을 지었다 헐었다 하더라고 자꾸 자신을 구한 뒤 사라져버린 청년이 생각났다. 그런데 그 사람과 이렇게 살고 있다니 우산으로 막고는 있지만 행복의 빗방울이 끝없이 쏟아지는 것 같았다. 자동차 앞에서 그들은 서로 우산을 씌워줄 테니 먼저 타라고 우기다가 결국 손하윤이 먼저 탔다.

38살의 노총각 최태수는 안성 공도읍 한국 폴리텍여자대학 부근의 소주방에서 마음대로 되지 않는 세상에 대한 한숨을 섞어 3병째 낮술을 마시고 있었다. 모든 것이 돈 때문이었다.

자식은 아비의 가난한 것을 원망하고, 아우는 형이 부자로 사는 것을 미워는 것. 가난한 집이었는데도 형은 대학까지 나와서 고급공무원이 되었고, 자신은 고등학교만 졸업하고 변변치 못한 직업으로 살고 있었다. 지금은 폐가전무료수거업체와 계약을 해서 가져다주는 건수마다 푼돈을 받고 틈틈이 고물도 수집하고 있는 중이었다. 오늘은 형을 찾아가서 담판을 지을 작정이었다.

최태수는 자신이 운전하는 고물 트럭에 올라탔다. 거의 만취한 상태의 음주운전이었지만 그런 자각조차 없이 거칠게 트럭을 몰기 시작했다. 더구나 트럭은 무보험 차량이었다.

영혼의 동반자였던 쌍둥이형제 황용주가 느닷없이 교통사고로 죽었다. 얼마 후, 손하윤도 유서 한 줄 남기지 않고 자살했다. 그 충격과 슬픔을 어떤 말이나 글로 표현할 수가 있으랴. 1년 뒤, 백동호는 황용주 부부의 무덤 앞에 잔잔한 미소를 지으며 앉아 있었다. 처음 소식을 들었을 때는 몸부림치는 곡지통을 일으켰다. 그리고 눈자위가 개진개진 하도록 소리 없이 눈물을 흘리는 세월이 한동안 계속되었다. 산채로 껍질이 모두 벗겨져 수득수득 말라죽어가는 강대나무와 같은 나날이었다. 이런 과정을 모두 거친 후의 잔잔한 미소였다.

겨울이 시작되고 있었다. 이제 곧 태양이 식어서 강물이 얼어붙고, 뼈 시린 바람이 눈 덮인 무덤을 핥아 대겠지. 금방이라도 황용주 부부가 무덤을 헤치며 걸어 나와서 '그동안 잘 지냈어?' 라고 말할 것 같았다. 서늘한 바람이 불어왔다. 가만히 들어보면 숲은 많은 이야기를 한다. 벌거벗은 나무들이 머리채를 흔들며 마음 비우고 살라고 한다. 사랑하는 사람을 먼저 보내지 않는 인생은 없다. 잊지는 말되 너무 슬퍼하지 말고 오늘도 또 하루를 살라며 산새가 울었다.

그 무렵부터 백동호는 생활이 쪼들리기 시작했다. 시골에 올 때 현금만 4억6천만 원이 있었으며, 서울에 공동명의로 된 건물에서 얼마간의 월세 수입이 있었다. 지난 7년 동안 검소하게 살았지만 박명길의 간암수술비가 예상했던 것보다 많이 들어갔다. 약속한 대로 박명길 아내에게 아담한 연립주택을 마련해주고 박명길에게도 적지 않은 돈을 주었다. 백동호는 다시 소설을 쓰면 걱정이 없다며 돈에는 전혀 미련을 두지 않았다.

그런데 뜻밖에도 금용훈의 텃세와 집요한 스토킹으로 집필을 하지 못했으며 끝내는 뇌졸중으로 쓰러져서 투병을 하며 허송세월로 보내고 나니 얼마 남지 않은 돈도 모두 겡까먹고 만 것이다. 더구나 쌍둥이 형과 공동명의로 되어 있던 서울의 건물은 경매로 넘어갔고, 연대보증으로 백동호에게 남겨진 진 빚이 2억 원 남짓 되었다.

내 발등의 불을 꺼야 아버지 발등에도 불이 붙었음을 알고, 내 텃밭 배추가 주인 밭 배추보다 속살이 더 여물게 차는 것이 인간의 이기적 속성이다. 간암수술이 재발 된 박명길이 마지막 부탁이라며 적지 않은 돈을 요구했지만 거절할 수밖에 없었다. 빚을 내서 줄 수야 없지 않은가.

해남군 고천암호는 계곡, 폭포, 시냇물이 강으로 흘러 바다를 만나기 직전 방조제로 거대한 호수가 되었다. 50만 평의 갈대밭에 수많은 가창오리가 한꺼번에 날아오르는 모습은 하늘을 까맣게 덮은 메뚜기 같았다. 시베리아와 뉴질랜드를 오가는 세계 가창오리의 95%가 이곳을 중간 기착지로 삼는다고 한다. 과연 철새들의 천국이었다. 그런데 방조제라고 하기에는 높이가 낮아 보였다. 약간 둔덕진 2차선 도로의 한쪽은 바다였고, 반대편은 호수였다.

백동호는 방조제 도로변에 자동차를 세우고 길가에 박명길과 나란히 앉았다. 말갛게 솟아오른 아침 해가 황금빛 파편을 쏟아내고 있었다. 파도가 하얀 물거품으로 스러지는 방조제에는 자동차만 간간이 지나칠 뿐 사람들은 보이지 않았다. 간암수술이 재발해서 외견상으로 보아도 살날이 얼마 남지 않은 것이 확연한 박명길은 수구초심(首丘初心)으로 고향 바다를 보고 싶다기에 데려 온 것이다.

"얼마 만에 오는 고향이야?"

"내가 12살 때 서울로 이사를 갔으니 50년이 다 되어 가네. 그때는 이런 방조제가 없었지. 뱀이 진흙 위를 지나간 것처럼 구불구불한 숲길을 지나야만 나오던 갈대밭도 듬성듬성 했는데 이렇게 아름답게 변해 있을 줄은 생각도 못했다."

초췌한 얼굴의 박명길은 무엇을 추억하는지 쓸쓸한 모습으로 생각에 잠겨 있었다. 백동호는 마음이 착잡했다. 그 옛날 내가 박명길 어머니의 청부폭력을 수락하지 않았으면 다른 폭력배가 나타났을까. 하지만 이미 지나간 일을 만약이라는 가정처럼 부질없는 짓은 없다. 박명길은 조금 다른 방향으로 백동호와의 악연을 생각하고 있다가 말했다.

"너, 정말 내가 해달라는 돈이 없어서 못 준 것이냐?"

"너에게 들어간 돈이 얼마인지 생각해봐라. 그리고 지난 몇 년 동안 내가 장애인으로 살며 얼마를 썼겠냐. 내가 지금 허허 해도 빚이 천 냥이다."

"사람이 죽을 때가 되니까 세상 모든 것이 예사롭지 않고 걸핏하면 감상적인 상념에 빠져 눈물이 나오더라. 그런데 변치 않은 것은 너에 대한 미움이다. 맞은 놈은 다리를 펴고 자도 때린 놈은 다리를 오그리고 잔다는 속담은 말짱 거짓말이다. 나는 30여 년 동안 이를 갈며 너에 대한 악몽에 시달렸는데 너는 아무 일도 없었던 사람처럼 씩씩하게 살아서 이렇게 성공했고 뇌졸중도 이겨냈잖아."

"………."

박명길은 돌아오는 길에 말이 없었다. 백동호의 도움으로 수술을 받아 생명이 연장되었고, 뒤늦게 찾은 아내와 아들의 생활터전도 마련되어 여한이 없었다. 권총을 마련해서 놈을 죽이고 나도 죽겠다는 각오는 막상 출소를 하니 차일피일 하다가 물건너 갔다. 이제와 새삼 느낀 것이지만 백동호도 그렇게 나쁜 놈만은 아니었다. 그런데도 원한의 마음고름이 풀리지 않았다. 평생 백동호를 죽이던가 아니면 황천길에 동행을 하리라고 다짐하며 살아온 세월이었는데 혼자 죽기는 죽기보다 싫었다. 백동호가 지금 빚에 쪼들리며 살고 있는 것은 사실 같았다. 하지만 오뚝이 같은 놈이니 반드시 재기할 것이다.

자동차가 호남병원 앞에서 U턴을 할 때 박명길은 소매 속에 감추어 두었던 과도를 슬며시 꺼냈다. 아무것도 모르는 백동호는 앞만 보고 운전을 하고 있었다. 박명길은 어느 정도의 미안함과 지난 세월의 한 많은 슬픔을 담은 칼을 백동호의 옆구리에 깊숙이 찔러 넣었다. 갑작스러운 칼질에 놀란 백동호가 급브레이크를 밟는다는 것이 오히려 엑셀레이터를 밟아 걷잡을 수 없이 가속이 되었고 박명길은 칼질을 계속했다.

만약을 위해서 방검조끼를 입고 있었는데 그것을 알아차린 박명길이 이번에는 목을 노리며 찔러왔다. 예전의 백동호 같았으면 운전을 하면서도 병든 환자 박명길쯤은 주먹질 한방으로 단번에 제압 했을 것이다. 하지만 뇌졸중의 후유증으로 오른발과 팔에 힘을 줄 수가 없어 겨우 운전이 가능한 상태였다. 간신히 몸을 피하며 자동차는 지그재그로 진행하다가 전혀 사고의 위험성이 없는 곳에서 시멘트벽을 사정없이 들이받으며 멈추었다. 비스듬히 충돌해 에어백도 터지지 않아서 부상이 더 컸다.

백동호는 그 사고로 두개골을 절반이나 잘라내는 중상을 입었다. 전두엽 부분에 손상을 입어 수술 후에 맑은 정신이 돌아오지 않았다. 처음 몇 달은 분노를 조절하지 못했고, 하도 미친놈처럼 몸부림치며 소리를 질러서 사지를 묶어두고 대소변을 아내 손재은이 받아내야 했다. 백동호는 기억을 하지 못했지만 아내에 의하면 박명길이 다치게 했는데도 엉뚱하게 '금용훈 이 새끼!'라는 욕을 자주 했다고 한다. 아마 무의식 속에 워낙 쌓인 것이 많았고, 금용훈 때문에 뇌졸중으로 쓰러지지 않았으면 단 한방에 박명길을 기절시켜 교통사고를 당하지도 않았을 것이라는 원망이었던 것 같다.

백동호는 몇 달 만에 퇴원을 했지만 정신은 여전히 돌아오지 않았고, 뇌졸중이 악화되어서 다시 휠체어 신세를 져야했다. 이층 서재의 휠체어에 앉아 무표정한 얼굴로 창밖을 보았다. 제정신이었다면 틀림없이 다시 일어서기 위해서 재활치료를 시작 했을 것이다. 그러나 문득 정신을 차려 시계를 보면 무려 9시간 동안 스스로를 전혀 자각하지 못한 채 바보처럼 멍 앉아 있었다는 것을 알게 되곤 했다.

이제 내 인생은 끝났다. 지금 내가 선택할 수 있는 유일한 길은 휠체어 신세를 벗어날 수 없는 늙은 남편의 똥오줌 시중을 들어야 하는 젊은 아내에게 자유를 주는 것이다. 죽자. 이렇게 죽는 것은 불에 달군 동전을 삼킨 것처럼 목구멍과 가슴이 뜨겁고 고통스러운 일이지만 내가 살아 있으면 우리 가족 전체의 불행이다. 처갓집이 넉넉한 것은 아니지만 아내가 민석이를 데리고 돌아가 살 집은 있다.

어떻게 죽어야 할까. 올가미를 만들어 목에 걸자. 그리고 아래층으로 내려가는 계단 난간 위에 줄을 묶어두고 난간을 넘어서 떨어지면 가능할 것이다. 그런데 내가 과연 저 난간을 넘을 힘이 있을까. 마당에만 가면 제초제, 살충제가 여러 병 있다. 아내에게 산책을 나가자고 해서 주의를 다른 곳으로 돌린 뒤 한 병만 몰래 숨겨올 수는 없을까. 생각만 하면 무얼 하는가. 식료품을 사러 간 아내가 돌아오려면 아직도 1시간은 더 있어야 한다. 일단 실행하자. 유서 한 통 남기지 않아도 아내는 나의 마음을 잘 알 것이다.

백동호는 한쪽 손과 이빨로 10m 정도의 전기선을 올가미로 만들어 난간에 단단히 묶었다. 사람은 죽음을 앞두면 파란만장했던 자신의 인생이 몇 개의 짧은 순간으로 압축되어 떠오르고, 마지막 숨을 고를 때면 한평생 무거리가 모두 헛되고 부질없이 느껴진다고 하던가. 아직 죽은 것은 아니지만 그 말이 맞는 것 같다.

올가미를 목에 건 백동호는 왼쪽 팔을 난간 위에 올리고 바리작 바리작 힘을 주며 힘겹게 넘었다. 그러나 사력을 다해 넘는 동안 목에 건 올가미가 빠지며 그대로 추락하고 말았다.

두 번에 걸친 자살 실패 후, 속절없이 세월이 흘러갔다. 투병생활 중에도 많은 일들이 있었다. 쌍둥이 형 황용주의 연대보증으로 생긴 2억1천의 빚, 마이너스 통장, 카드대금 등으로 늘어나는 이자를 감당치 못할 정도였다.

여자가 앓으면 살림이 안 되고, 남자가 앓으면 집안이 안 되는 것. 백동호는 이를 악물고 비상수단을 쓰지 않을 수가 없었다. 언제고 갚겠다. 돌려주지 못하면 내가 죽은 부조금이라고 생각하라며 지인들에게 모금을 시작했다. 당연히 도와 줄 것으로 믿었던 사람들의 외면하는 경우도 적지 않았다. 다행히 서울생활을 할 때 형제처럼 지내던 극동스크린 김승 사장은 몇 년 뒤라도 좋으니 시나리오를 하나 써줘라. 만약 쓰지 못하는 상황이 생기면 자전소설의 영화 판권을 사는 것으로 하겠다는 각서에 사인을 받고 4천만 원을 마련해 주었다.

문학동네 강태형 사장의 3백만 원을 비롯해 수십 명의 도움으로 4천9백만 원이 더 모였다. 어둠의 옛 인연 중에서는 딱 한명 현재 외국에서 살고 있는 염채은(금고털이 제자)에게는 1억5천을 빌렸다. 백동호 자전소설과 영화 실미도 원작소설에도 중요한 인물로 등장하는 그녀는 백동호의 도움으로 경제적 여유를 얻었으며 범죄에서 벗어날 수가 있었다. 때문에 돌려받을 생각이 없이 1억5천을 그냥 준 것이다. 이래저래 해서 2억4천만 원을 모을 수가 있었다.

백동호는 채권자들에게 전화를 걸었다. 원금에 이자까지 다 받으려면 민사소송을 해라. 하지만 원금의 80%-90%라도 받을 의향이 있다면 최선을 다해서 해결해주겠다며 협상을 시도했다. 백동호의 상황을 알고 있는 채권자들은 울며 겨자 먹기로 합의를 했다. 나머지 돈으로 다른 빚도 어느 정도 갚고 생활비로 썼다.

그렇게 또 3년이 흐른 뒤에도 백동호는 투병생활을 계속했다. 여전히 맑은 정신이 완전하게 돌아오지 않았고, 겨울에 조금만 몸의 보온을 게을리 하면 걷지를 못하고 휠체어 신세를 져야했다. 온몸에 핫팩을 붙여서 화상을 입을 정도였다. 앞날에 대한 아무 희망이 없이 그저 숨을 쉬니 살아 있을 뿐이었다. 게으른 계집 콧등에 앉은 파리도 혓바닥으로 쫓더라고, 손가락 하나 까딱하기 싫었다. 하지만 다시 경제적 어려움이 생겼다. 임신 중인 아내와 초등학교에 다니는 어린 아들을 위해서도 빨리 건강한 몸을 되찾고 집필을 하기로 결심했다. 일단 생활비부터 마련해야 했다. 백동호의 새로운 소설을 후원하고 협찬해주는 주식회사 12곳을 찾기로 했다. 몇 백만 원씩을 선뜻 후원해주는 회사가 쉽지 않을 것 같았는데 다행히 5일 만에 12곳의 후원사를 모두 채웠다.

맑은 정신이 돌아오기 위해서는 몸부터 건강해야 한다. 엄두가 나지 않았지만 일단 팔굽혀펴기부터 시작했다. 백동호는 청년시절 한 번도 쉬지 않고 1천2백 개의 팔굽혀펴기를 할 수 있었다. 교도소 독방에서 밤마다 발가벗은 여자가 사무치게 그리워지면 물먹은 솜, 소금에 절인 배추처럼 축 늘어질 때까지 팔굽혀펴기와 당랑권법을 연습했다. 독방이니까 이런 행위가 가능했다. 그런데 뇌졸중의 후유증, 뇌수술로 흐릿한 정신 때문에 팔굽혀펴기를 1개도 제대로 할 수가 없었다. 오른쪽 팔다리가 바들바들 떨리고 하늘이 뱅글뱅글 돌았다.

집념은 사람을 귀신으로 만든다. 귀신이 된 백동호는 날마다 하루 종일 팔굽혀펴기를 하기 위해 얼마나 이를 악물며 안간힘을 썼는지 치아가 심하게 흔들리며 하나 둘씩 빠지기 시작하더니 결국 윗니는 한 개도 남아 있지 않은 합죽이가 되고 말았다. 아랫니도 형편무인 지경이었다. 하지만 팔굽혀펴기가 조금씩 늘어나고 있었다.

2015년 2월 5일 새벽, 창밖에는 늦겨울 함박눈이 펑펑 내렸다. 토막잠에서 깨어난 백동호는 모처럼 파스칼의 팡세를 읽고 있었다. 그가 성경과 함께 40년 동안 틈틈이 읽어온 팡세는 하나님에 대한 사색이 주된 내용이다. 하지만 백동호는 파스칼이 인간의 본질에 대해서 갈파한 단상들을 좋아했다.

'이 무한한 공간의 영원한 침묵에 나는 전율한다.' '인간은 생각하는 갈대이다.' 같은 말들은 22년 전에 출간된 그의 자전적 장편소설에 인용되기도 했다. 그런데 지난 세월동안 전혀 울림이 전달되지 않았던 한 구절에서 울컥 목젖이 아파오더니 뜨거운 눈물이 마구 흘렀다. '닥치지 않은 이러이러한 일들을 네가 제대로 해낼 수 있을까 의심하는 것은 네가 아니라 나를 시험하는 것이다. 그 일이 닥치면 네 속에 있는 내가 해내겠다.'

백동호는 온몸의 수분이 눈물로 다 빠져나갔다고 해도 과언이 아닐 정도로 통곡하며 죄 많은 인생, 하나님을 버렸던 교만에 대해서 용서를 빌었다. 아내는 그것은 종교적 회심이 아니라 백동호가 자신의 서러움에 겨워 그토록 통곡을 한 것 같다고 조심스럽게 말했다. 위로 받을 길 없는 절망적 상황에서 재기를 위해 팔굽혀펴기를 하다가 이빨마저 몽땅 빠져버린 합죽이가 되어버렸다. 아무리 강철 같은 의지를 가졌더라도 인간은 나약한 존재이다. 무엇인가에 매달리고 싶은 마음이 어찌 없었겠는가. 그래서 팡세를 보며 구원의 느낌이 들었다는 것이다.

하지만 그때부터 백동호의 건강이 기적처럼 빠르게 회복된 것은 인정을 했다. 절룩이던 걸음이 불과 며칠 만에 뜀박질을 할 수 있으며, 팔굽혀펴기를 한 번에 쉬지 않고 1백 개를 했다. 20대 청년의 95%가 한

번에 쉬지 않고 1백 개를 할 수 없을 것이다. 정신도 과거 그 어느 때보다 맑아졌다. 백동호는 집필을 시작하는 한편 일요일마다 교회에 나가기 시작했다. 한 곳에 등록을 하지 않고 그냥 관광하듯 여러 곳을 순례했다.

백동호와 신앙관이 맞는 목사님, 그리고 교회가 기도의 중심점을 무엇에 두고 있는가. 분위기를 보고 싶었다. 대부분 기도가 마땅치 않았다. 영국인은 사교를 위해서 교회에 다니고, 이탈리아와 프랑스는 이성을 만나기 위해 다니며, 미국인은 자기 과시를 위해 교회를 다닌다는 농담이 있다. 한국인은 복을 빌기 위해 교회를 다닌단다. 시련이 많았던 민족의 역사 탓도 있는 것 같다. 진정한 예수그리스도의 복음의 의미는 그런 것이 아닌데도 말이다.

2016년 5월 31일 백동호는 인생의 재앙이었던 금용훈에게 전화를 걸었다. 멀지 않은 곳에 살면서 7년 만의 통화였다. 가명으로 했지만 그래도 본인의 부끄러운 이야기가 소설에 나오는데 먼저 보여주는 것이 매너라는 생각이 들었기 때문이다. 사실이 아닌 부분이 있다면 이의를 제기할 기회를 주고 싶은 마음도 있었다. 백동호의 집에서 만나기로 했다.

그런데, 금용훈에게 자신의 공장 사무실로 만남의 장소를 바꾸자는 연락이 왔다. 번쩍 머리를 스치는 생각, 이 사람은 죽을 때까지 절대로 변하지 않는다. 내가 찾아가면 주변사람들에게 마치 무언가 사과를 받은 느낌을 주려는 의도가 있다. 진정한 화해라면 많은 세월이 흘렀으니 그럴 수도 있다. 하지만 다른 의도가 있다면 그를 만나러 가는 것은 미친 짓이다. 결국, 금용훈이 백동호의 집을 찾아왔다. 금용훈을 바라보는 백동호의 시선은 미움도 분노도 없었다. 시골에서 누리려고 했던 마음의 평화는 그를 만남으로서 꿈에 만져 본 돈다발이 되어 버렸으며, 내 삶은 철저하게 부서졌다. 앞으로 또 다시 그런 일이야 없겠지만 새삼 인생이 허무하고 쓸쓸했다.

금용훈은 자신에 대한 소설 부분을 대부분 읽었고, 과장된 사실은 없었다. 이쯤 되면 몸뚱이가 모두 입이라도 변명할 말이 없어야 정상이다. 하지만 그는 자신에게 불리한 정보를 순식간에 모조리 삭제하는 천재성을 보였다. 벙어리 웃는 뜻은 양반 욕하는 것. 자신의 치부를 적나라하게 묘사한 백동호에 대한 적대감을 썩은 미소로 감춘 그는 헤어지면서 이렇게 말했다.

"지난 일은, 모두 내가 사람을 좋아하는 방법이 서툴러서 벌어진 일입니다. 모쪼록 백동호씨가 건강을 되찾기만을 바라겠습니다."

요강 뚜껑으로 물 떠먹은 기분으로 금용훈을 보낸 백동호는 뒷마당 바위에 주저앉아 담배를 피워 물었다.

잘 익은 복숭아 빛 노을이 병풍산 뒤에서 공포의 군단처럼 장엄하게 도열해 있었다. 백동호는 이제야 비로소 어두운 과거의 깊은 우물에서 벗어난 느낌이었다.

바람이 불어왔다. 시인 김춘수는'나의 하나님'을 '늙은 비애(悲哀)'와'푸줏간에 걸린 커다란 살점'으로 비유하다가'연두빛 바람'으로 결론을 내린다. 병풍산 산자락에서 삐꾸기소리와 함께 연두빛 봄바람이 불어와 얼굴을 스쳤다. 백동호는 가만히 눈을 감았다.

문득 아들 민석이가 초등학교 2학년 때 지은 시가 생각났다.

제목 : 우리 부모님

내가 어릴 때는 젊지만 컸을 때는 늙은 부모님.
어릴 때도 컸을 때도 친절하고 다정한 부모님.
좋아요. 정말 좋아요.
날 낳아주시고 길러주신 고마운 엄마.
장난을 치며 놀아주시는 좋은 아빠.
오늘도 부모님과 함께했던 즐거운 하루다.
-끝-

소설 집필에 후원, 협찬해주신 기업대표님들에게 깊은 감사를 드립니다.

보우실업
(서울 송파)
김명자 대표

영양숯불갈비
(경북 경주)
황태욱 대표

중앙금속
(경남 창원/
1차금속제품도매)
정영건 대표

함씨네
토종 콩식품
(전북 전주)
함정희 대표

고려철강
(경남 창원/
철강제조)
한철수 대표

미도치과
(서울 강남)
변성자 이사장

㈜대성가설산업
(경남 진주)
조현국 대표

㈜제일금속
(경북 경주)
조덕수 대표

드라마치과
(강원 원주)
김명수 원장

서울호서전문학교
(서울 화곡동)
이운희 이사장

사회복지법인예담
(제주 서귀포)
송옥희 이사장

다비육종
(경기 안성/
양돈업)
윤희진 대표